2018年
中国
微型小说
排行榜

微型小说选刊杂志社 选编

百花洲文艺出版社
BAIHUAZHOU LITERATURE AND ART PRESS

图书在版编目（CIP）数据

2018年中国微型小说排行榜 / 微型小说选刊杂志社选编. —— 南昌：百花洲文艺出版社，2019.1
ISBN 978-7-5500-3078-7

Ⅰ.①2… Ⅱ.①微… Ⅲ.①小小说－小说集－中国－当代
Ⅳ.①I247.82

中国版本图书馆CIP数据核字（2018）第240429号

2018年中国微型小说排行榜

微型小说选刊杂志社　选编

出 版 人	姚雪雪
责任编辑	李梦琦　丁文勇
书籍设计	方　方
制　　作	何　丹
出版发行	百花洲文艺出版社
社　　址	南昌市红谷滩新区世贸路898号博能中心20楼
邮　　编	330038
经　　销	全国新华书店
印　　刷	江西千叶彩印有限公司
开　　本	850mm×1168mm 1/16　印张 21.75
版　　次	2019年1月第1版第1次印刷
字　　数	300千字
书　　号	ISBN 978-7-5500-3078-7
定　　价	43.50元

赣版权登字　05-2018-432

目 录

跑步鱼

蔡　楠

白洋淀沟壕众多，水质清新，水草茂盛。古往来承包了几条沟壕，然后用苇箔将沟壕拦截，开始沟壕养鱼。别人养鱼投放玉米、豆饼、颗粒饲料，而古往来是割沟壕边上的水草、捞大淀里的苲菜、捕沟渠里的螺蛳来喂养。鱼自然天养，膘厚肉肥。别人在入冬之前都将鱼捕猎一空，而他却让鱼在淀里过冬。第二年河开时节再集中出鱼，价格能成倍增长。古往来就凭这绝招儿率先在淀边富了起来。

年轻的村主任鱼篓带人来向他取经的时候，他数着票子说，没什么诀窍，就是万事你得动脑子，还得猫腰撅腚地干！我爹当年就是这样干的。鱼主任，我爹古树桐你知道不？渔民合作社那会儿，他被县上授予农民养鱼专家，受到过毛主席的接见呢！

鱼篓见古往来把话题岔开了去，黑虎着脸带着一群人走了。

等大伙儿都偷着学会用自然饲料天养越冬鱼了，古往来却在大淀的港道上开始了网箱养鱼。这回他投放的饵料是全价科技饵料，当年养殖，当年出鱼，再不进行过冬管理。200亩网箱一年下来，古往来轻轻松松地赚了十几万。几年过去，古往来在村头盖起了三层小楼。

早上太阳在淀里升起的时候，古往来常爬上楼顶去眺望他的网箱群。那时候，他的网箱群已成了白洋淀的一景。远远望去，网箱错落有致，木桩点缀其中，晨曦里，鸥鸟鸣叫着，单腿立在木桩上引吭高歌，忽然有游船或者快艇奔过，鸥鸟一声呢喃，嗖地一跃直插蓝天。待船艇远遁波涛散尽，鸟们就又悠然飞回，停在古往来高架起的护鱼窝棚上，对着荷花舞蹈，引逗得荷花都涨红了脸。

这时候，早起的村主任鱼篓总会踱到古往来的小楼跟前，嘻嘻地说道，往来叔，又自我享受呢？嗨，你是赶上好时候了，这要是在老年间，你准成了咱村的秋邦宗！

秋邦宗是村里的大家主，有钱有船有势力，刚解放就被当成渔霸镇压了。古往来见村主任把自己比作秋邦宗，脸一下拉得很长，拉成了一双长手，那手恨不得化成巨掌，狠狠掴在鱼篓的脸上。但古往来嘴里还是支吾着，鱼主任你说笑了，我可不是秋邦宗，我是古往来。主任嘴别管说笑，你要是吃鱼就自己去逮，去钓，咱自己养的，随便！

鱼篓嘿嘿地答应着，就走下码头，解开他的快艇，点着火，一溜烟钻进了大淀深处。

日子就在富足中水一样流过。突然有一天，村主任鱼篓开着快艇拉着几个干部模样的人来到了古往来高高的窝棚前。古往来坐在窝棚上，将老腿垂了下来，在淀风中晃悠着说，鱼主任终于肯来了，你是逮鱼呢还是钓鱼呢？咱自己养的，随便！

鱼篓立在快艇上，脸仰起来说，老古，我不逮鱼不钓鱼，我是来拆你这网箱的！这是县农综站马站长，他是带着精神来的！

被称作马站长的人从文件袋里掏出了红头文件，给古往来抖落着，网箱养鱼不可取，鱼的粪便和残饵污染水体，还阻碍水上交通，得取缔！

古往来的两条腿不晃悠了，他咚的一下跳到了鱼篓的快艇上，一把薅住了鱼篓的脖领子，鱼篓子，我早知道你对我有意见，有意见你明来啊，用不着用汉奸这一套！前些年你喊我秋邦宗，我看你就是汪精卫！

鱼篓一俯身，挣脱了古往来，反身将古往来的胳膊拧到了背后，古往来，你老小子劲儿不小哦，可惜用错了地方。网箱限你三天拆除，三天之内拆除给你补助，三天之后不拆，将你带到县里办学习班！

老古在窝棚里睡了三天。三天后，网箱依然星罗棋布。

鱼篓没有食言，他带着人来了，先是拆了古往来的窝棚，然后将古往来真的带到县里去办学习班了。

半月后，古往来才回来。他急匆匆地划着小木船来到了他的渔场。他看见渔场完全变了样。星罗棋布的网箱和梅花林般的木桩都不见了。取而代之的是一溜大铁箱子。铁箱子一字排开，每个铁箱子都安着一个气泵。气泵将铁箱子里的水不停地朝同一方向推动，天性逆流而上的鱼儿便奔跑起来。望着以前懒散不动的鱼儿变成了跑步鱼，古往来蹲在那里不停地用手机拍起了小视频。

小视频里鱼儿上下跳跃，竞相奔跑，跑着跑着就没了影儿。鱼没影了，小视频里出现了人影儿，是从后面闯进镜头的倒影儿。古往来回头一看，是鱼篓，马站长，还有几个拿着玻璃仪器的人。

鱼篓子，你个混——古往来还没把"蛋"骂出来，马站长就堵住了他的嘴。马站长说，老古啊，鱼主任可是为你的鱼操了不少心啊！先是帮你捕鱼圈养，然后带人替你拆除了网箱和木桩，将渔场改为了鱼塘，再然后请来了北京科委的专家为你设置了绿色环保的跑道养殖，将捕捞的鱼又放回跑道。了不得噢——你看，鱼的粪便和残饵，让气泵推动着集中在一起，从水底抽上来，沿循环管道聚集到岸上，在那里进行生化处理后，变成有机肥料，直接浇灌鱼塘边你栽的果树了。你说神奇不神奇啊？

古往来抽了一下自己的嘴，攥住了鱼篓的手，侄子，我才是混——

鱼篓用力抽出手来，从怀里摸索出一沓钱，往来叔，你看这是县上给你的补助，你虽然办学习班了，但在限定期限内拆除了网箱，补助还是有的！

古往来哪里好意思接钱，吭哧着说，鱼主任，你就和马站长请专家喝酒吧！

现在不用，等你的跑步鱼上市以后，再喝酒不迟！鱼篓说。

对了，你这可是咱雄安新区第一家跑步鱼呢！鱼篓又说。

菩　萨

李立泰

父亲老咳嗽，半夜咳醒，披衣服坐起来，母亲也坐起来陪父亲，两个人面对着说话，母亲给父亲倒杯水喝，压压咳嗽。

父亲日渐消瘦。母亲也拿不出什么好的补品，当年能吃上饭就不错了，母亲最好的东西就是早晨的一个鸡蛋花儿，叫父亲喝。

吃的药嘛，厂医务室薄荷片、止咳糖浆，啥的。

父亲是先进工作者，早上班晚下班，对工作是勤勤恳恳、兢兢业业、吃苦在前、享受在后、服从领导、团结同志、任劳任怨、以厂为家……这些四个字的好词，毫不夸张，都用在父亲身上也不为过。上班三十年从没请过假，没缺过一天勤，全厂有名的老黄牛！

一次父亲随领导陪客人吃饭，父亲拘谨地光拣青菜吃。最后把剩下的半瓶酒，一盒烟，一个打火机（南方刚出的液体塑料打火机）交到办公室。

看看这就是二十世纪五六十年代的国家主人，工人阶级父亲，公家的好处一星一点不沾，厂里的一草一木，一个钉头，半截铁丝也没往家拿过，真正的大公无私。

现在的年轻人看到这些，会说当年俺父亲憨，可父亲响应党的号召，毛泽东思想挂帅，鼓足干劲力争上游，多快好省地建设社会主义，学雷锋、学王杰、学王铁人、学焦裕禄做革命的"傻子"。

这次领导也是变相地奖励父亲，安排他出差天津，看看大城市。

父亲工作这些年，从没出过远门，母亲为父亲做了件新上衣。母亲嘱咐父亲，给厂里办完事，转悠转悠，看看景致，再到大医院看看咳嗽。父亲说，行。

父亲买硬座，住旅店，不住宾馆，在小吃摊吃饭，给厂里省钱。厂里搞建设需要资金呀！最后一天上午办完事，去火车站买了返程票，下午去了天津第一人民医院。

大夫听诊器在手里暖着，待温暖了，父亲解开扣子，给父亲听诊，大夫感觉有问题，开了单子叫父亲去做透视，父亲不情愿去，一个咳嗽，还用透视啊？去吧，诊断需要。大夫说父亲。父亲透完视，X光报告交给大夫。

大夫问父亲：谁跟你来的？

父亲说：我自己来的。

大夫说：你不能回去了，需要住院观察。

父亲的脸腾地红了，说：大夫，我的火车票都买了，晚上七点的火车，要不火车票就瞎了。

大夫说：老同志，我不是开玩笑，你真的需要住院治疗，马上去邮局给你厂里打电话，告诉家人。

父亲无奈地说：好吧，那我给厂里说，让家里来人。大夫您写住院手续，我去去就回。

父亲出了医院，回头看看没情况，就撒了丫子，奔火车站去了。到了天津站候车室，父亲找个座位眯起来。你叫我住院，虽是好意，可是有那必要吗？厂里上新设备，人手紧，一个人当俩使。家里也离不开我，孩子小，老伴顾不过来。再说了，我不回家，住院了，还不把她吓个半死，啥病啊，这么严重吗？假如真需要住院，我再回来不迟。

5

想到这，父亲还暗自庆幸逃出了医院，只是觉得对不住大夫，态度多么好的人啊！俺这不是不知道好歹吗？好同志啊，对不起了！

几天来太疲劳了，父亲迷迷糊糊地打着小呼噜困着了。

睡梦中父亲忽然听到火车站广播喇叭喊：各位旅客请注意、各位旅客请注意，下面广播寻人启事，钟祥明同志，钟祥明同志，听到广播后，请到进站口，有人找。播音员喊了两番儿。

父亲惊醒，扑棱坐起来，揉揉眼睛，朝进站口快步走去。

谁呀这是，进的设备有变故？是刘科长啊？还是机床厂的胖科长？

当父亲走到出站口，朝人群里望去，没刘科长也没胖科长，却见医院的大夫下来救护车，冲父亲快步走来。

父亲看见大夫后，眼瞪得老大，惊呆了！哎呀，大夫追到火车站来了。

大夫喊父亲：老钟同志！老钟同志！父亲的脸又腾地红了。

大夫说，老钟同志，你说出去打电话告诉厂里，和家人，我一等不来，二等你也不来，到下班你也没回来。

父亲不好意思地说，大夫，对不起，对不起，别生气，俺是怕家里人挂着我。

大夫说，别说了，你是我的病人，马上跟我回医院，你这病耽误不得。

父亲涨红着脸，鼓了鼓勇气，对大夫说：我、我都买火车票了。

大夫说：老钟啊老钟，病要紧！票好办，退掉。

这是那个年代的事。

当年的白衣天使，救死扶伤，他们大都是好人，菩萨心肠。

采访江秀琴

骆 驼

这条路，走了多少回了？让我算算，这前前后后，应该是七回了吧。

每往返一次，我的心，都如尖刀划过……

虽然那场巨大的灾难离我们远去，已经快一年了，但留在心底的伤痛、呈现在眼前的现实，是无法与时间同步，慢慢消去的。

前往汶川的路上，我不止一次地问自己，现在，她过得好吗？她的生活，是不是真的像电视里说的那样，充满了阳光与欢笑？

我说的她，叫江秀琴，是汶川某单位职工，地震后四天获救。她的丈夫、姐姐、母亲，全部在地震中遇难。这个坚强的女人，依靠一小瓶藿香正气水，顽强地生活了四天！人们救出她时，她手里还紧紧地攥着还有半瓶液体的药瓶！

就此打住，说正事。单位头儿知道后，要我快速出击，搞到第一手新闻资料。我便在2008年5月中旬的某一天，满腔热情地踏上征程。

现在回想起来，在2008年，中国的媒体的功能，是多么强大！各类媒体纷纷涌向四川，涌向各大灾区。作为地方报刊，要在当时顺利采访，是多么艰难！不过，我还是通过当地的朋友，顺利地见到了江秀琴。

面前坐着的，是怎样一个弱不禁风的女子啊。瘦小的身材，消瘦的脸庞。也许是年纪相近，加之我这人长得比较容易让人产生悲情的缘故吧，江秀琴没有说几句话，就已经满面是泪了。

我默默地为她递上卫生纸，她默默地接过，但我很快发现，那么多的卫生纸，都不能挡住她的泪流。她的每一次述说，都是肝肠寸断；每一次哭泣，都是撕心裂肺！

我说，我们休息一下吧。她看了看我，没有语言，但我读懂了她眼里满含的感激之情！

我故意岔开话题，谈了一些与地震无关的事。慢慢地，她的心情便平静下来。我们便接着谈。这时，江秀琴单位的领导在门口探了探头，对我说，能不能快一点啊，会议室还有好几个记者等着要采访她呢。虽然时间才中午11点，但江秀琴告诉我，今天，我已经是第11个采访她的人了。

我一惊，忙问她，每天都这样吗？

江秀琴说，是的。昨天20多个，前天30多个，今天啊，不知道会有多少个哦。江秀琴接着说，没有办法，这是单位安排的工作啊！

我的心一下子狂躁起来，不知道是悲痛、同情、理解，还是失落、无助、后悔。

我起身给她倒了一杯水，她有些不好意思，忙感激地接下，说该我给你倒啊，你是客人。

我说，不要客气。便转身站到窗前，想努力使自己的心情平静下来。

我说，这样吧，你将自己所有的关于地震的事情，全部讲给我，我保证，以后，在一般情况下，你再也不会像前几天这样过了！江秀琴半信半疑地看着我，再次开始了她的讲述。

前几天，我在电视里看到了满面阳光的江秀琴，她的精神比我想象中的还要好，电视画面上呈现了她在单位、在家的工作和生活画面，我还看到了她的父亲、女儿。于是我便产生了前往看看的念头。

我很快就见到了江秀琴。见到我时，她自然先是一惊。当我问她这一年生活得怎样时，她突然转过身去，偷偷地抹泪。我的心情降到了冰点。看来，我们的所谓新闻，在这次报道中，依然只是注重了表象。

江秀琴突然转过身来，一把握住了我的手，我明显感到，这只小手，是多么用力。她浑身颤抖，无论怎么努力，都难以平静。

我不知所措。此时才深深感到，男人，有时候也是多么无助！

终于，江秀琴平静下来，说，这几个月，我一直在托人找你，但是，都没有音讯。没有想到，真的没有想到，今天居然在这里见到了。

江秀琴对我说，要不是你，我不知道能不能活到今天！真的！

我说，没有什么，应该的。我问她，前几天的那个采访你的电视节目，你看了吗？

她高兴地说，看了，看了啊。我还向采访我的电视台记者打听过你呢，我还托他们帮我打听过你呢。江秀琴有些后悔地说，采访我那天，我怎么会忘记了找你要张名片呢？

随即，江秀琴便硬要我去看看他们一家新的住处，还说，必须要到她家去吃顿午饭，她的父亲、女儿，都想当面感谢我这个恩人呢。

我的心，不安起来。

或许，朋友你现在会心生疑惑地对我说，你并没有帮助过人家啊？哪里谈得上恩人呢？

是的！我也这样想。

其实，我只是在采访完江秀琴的当天下午，就起草了一份关于江秀琴地震遭遇的介绍材料，详细介绍了前后的一切。然后，我跑到当地的文印店，打印了几百份，送给了江秀琴。并对她单位的领导，提出了非分要求：以后，无论谁要采访江秀琴，请不要通知她本人，将这份材料交给来者，就行了，在短时间内，请不要再让她面对媒体了！

事情就是这么简单。

树上的老头

谢志强

突然，整块地笼罩了阴影，像他家门前那千年胡杨树的树荫。他以为是乌云。他仰脸。一只大鸟展开翅膀，向他俯冲下来。眼见两个巨大而尖锐的爪子即将抓住他，他像野兔那样打了滚，用腿蹬，还挥动着坎土曼。如同一股旋风腾起，拉下一坨屎，像一个偌大石头落下。他被埋进了热烘烘的鸟屎里。

他惊醒。梦里，那大鸟的屎，像一座坟墓，他在坟中，有热乎乎、臭烘烘的感觉。他起床。出门，看见一棵胡杨树。他拿上铲子、筐子——要是有坟墓一样的一泡鸟屎，他的那块地有丰收的希望了。

东边的地平线已发亮。一座一座沙丘，仿佛一群梦中的大鸟飞过拉下的屎。他听见一声鸟叫，忍不住仰脸。确实有一只鸟，羽毛很漂亮，他从来没见过。好像是一滴雨水落在他的额头，却带着微热。他用手一抹，再拿到鼻前一闻：有点臭。

像沙枣那么大的一坨屎。屎已在他的手上散开，他发现软乎乎的屎里露出一粒种子。绿洲所有的种子，他都见识过，可是他辨识不出这是一粒什么种子。他已站在自己的那块地头前，背后几十步远是那棵胡杨树，胡杨树旁是土坯屋，土坯屋像个蹲着的老人。

这块小小的地，表面还跟沙漠保持着差不多的颜色，他已种下了苞谷，估摸着苞谷已在泥土下发出了又尖又嫩的芽了。鸟屎也是屎，他用细棍子拨了鸟屎，埋在了地中央的一个发了芽的苞谷种子旁边，好像给它安了一个小伙伴，他重新盖住泥土，说：好好长，看谁先拱出土。

他还是怀念那一泡像坟墓像沙丘一样的鸟屎。他每天早晨捡粪：驴粪蛋、牛粪饼。渐渐地，屋后堆起了梦里那么大一堆屎。不远，方方的一块地，像绿色的地毯，苞谷苗的叶片，犹如无数小手。他说：你们再长高些，我给你们供好吃的东西。

地中央那粒种子，拱出两瓣椭圆的绿叶，它不是往高长了，而是长出了藤蔓，贴着地，藤蔓到达的地方，苞谷苗纷纷枯萎。补种已过了季节。藤蔓仿佛大鸟投在地上的身影，扩张到整块地。

他特别照顾它，多多施了肥。只是，一些苞谷苗最高也长到接近膝盖，然后，叶子无力地耷拉下来。眼睁睁地看着它们耷死了。而藤蔓已覆盖着整块地。他说：你也太霸道了吧。

他不得不把剩下的粪都施在地中央它的根部。

绿油油的藤蔓里结出毛茸茸的瓜。他几乎能看出瓜在长大，像里边有什么在吹气。而且，瓜皮脱掉了细细的茸茸的毛，渐渐地，由绿转向白。

秋天，白生生的瓜像他的脑袋一般大的时候，停止了膨胀，瓜皮很硬很薄，他敲一敲，觉得像鸡蛋的壳。他想起大鸟的梦。只有大鸟有这么大的蛋。

这一年，颗粒无收，整个瓜地，那么繁盛的藤蔓和叶子，只结了一个白生生的瓜，甚至，能敲出清脆的响声。

他拿了些麦草，模仿鸟儿筑巢，在胡杨树的杈上铺了一个窝，还将剩余的苞谷面，打了馕。把又白又大的瓜——他已经视为蛋，抱上树，还把光板羊皮祆带上去。他开始孵蛋。

三十年前，他心爱的姑娘，随着父母前往太阳升起的方向，骑着骆驼，进入了沙漠，沙漠的那一边也有绿洲。那时，他娶不起那个姑娘。他坐在树上，想象有一天，一只雌鸟破壳而出，他把鸟喂养得像梦中的大鸟，展开的翅膀如同树荫，然后，他抓住鸟脚，大鸟携带着他飞越望不到尽头的沙漠。一个姑娘向他招手。

有时他似乎听见身体下边有啄壳的声音。他坐在蛋上，手脚发酸发麻了。可是，他焐着蛋，不动，还检查，不让蛋露出来。这么孵蛋，过了十天。一天半夜起风，沙漠的风，携带着沙子。他双手攀着树枝，随着风中的树摇晃。

早晨，风似乎也累了，沙子渐渐沉淀。东方吐出嫩红，多么像遥远的姑娘羞红了脸。他背靠的树枝发出折断的声音。蛋滚出巢，他看见白白的蛋，像果实成熟一样坠落下去，一声清脆的裂响。他看见一只白色的鸽子惊飞。

其实，那是一只觅食的鸽子。镶掉下的碎屑。可是，他以为蛋里飞出了鸽子。他懊悔，怪自己没顾了重要的东西，孵的时间还不够，就提前出壳了。

他发现，薄薄的蛋壳还有瓜子，跟原来的种子一模一样，只不过是一包，排列整齐。他饿了，把带有浆汁的的瓜子吞下。他返回树上的鸟巢，不再下来。他的肚子持续地保持着充实的饱腹，不吃，不饿。他已习惯了树上的生活。

日复一日，他住在树上，想象自己长出翅膀。不过，他感到喉里一阵一阵痒痒。什么东西在里边慢慢地往外爬？终于有一天，他的目光看见嘴里探出绿芽。他生怕合拢了嘴，咬断了芽。那芽很放肆，像他年轻的时候给姑娘编织一个柳条圈——起初藤蔓缠着他，然后，沿着树枝，往上生长。仿佛要登向树梢眺望。

藤蔓固定住了他，很舒服。他的身体已剩下空壳，成了吸取营养的土壤。

风吹进他的嘴、耳，发出鸽哨声。有一天，一股沙漠刮来的风，灌满了他躯壳，突然，他轻轻地飞起来，在空中，响起来悦耳的鸽哨声。树上看似悬挂着一个最大的白瓜，连着藤，却坐在鸟巢里。而无数小小的白瓜，像是树上的果实，互相碰撞，发出驼铃般的响声。

我听过关于这个护林员的多个版本的故事。那条防沙林，东边是沙漠，西边是绿洲。老护林员有一杆老枪，没子弹。

白　鸦

邢庆杰

那对白色的乌鸦从空中扑向他的一瞬间，朱老三从梦中惊醒了，直挺挺地坐了起来，脸上、身上全是汗珠子。

窗外，电闪雷鸣，雨声如瀑。

奇怪，好多年前的事了，咋又梦见它了呢？

朱老三翻身下了床，右腿画着半圆，一瘸一拐地走到饭桌前，给自己倒了一杯白开水。

大前年的一天早晨，朱老三起床的时候，右腿忽然就不听使唤了，西医、中医都看了，打了无数针，吃了无数药，大半辈子的积蓄都花光了，也没治好。

朱老三重新躺到床上，却再也睡不着了。外面的雷雨声倒没影响他，他的脑子里，全是那对白色的乌鸦。

朱老三是个护林员，已经干了二十多年了。护林员的主要职责就是防火防盗伐。盗伐树木是要入刑的，所以，真的敢来伐树的人并不多，最让他头痛的，是那些来砍树枝的半大孩子，他们专瞅他中午打盹的时候，选个离他远一些的地方，猴子一样上了树，专拣手腕粗细的大树枝子砍。等他听到动静赶过去时，他们早就拉着树枝跑远了。

那年月，农村穷，老百姓买不起煤，冬天取暖做饭，全靠晒干的树枝子这种"硬柴火"。自家的树枝不够烧的，就都打起了集体林场的主意。朱老三原则性很强，他自己决不上树砍树枝子，而是用绳钩子把树上已经枯死的树枝子钩下来用。这样当然不会收集到大量的柴火，但朱老三还有一个办法：拆鸟窝。一个硕大的鸟窝，足够一家人烧多半个月的。这是朱老三的特权，因为鸟窝都筑得非常结实，短时间内是不可能弄下来的，别人都没有机会。

那年冬天，朱老三的儿子刚刚出生，家里那三间四面透风的房子更需要取暖。他就把留了多年的一个最大的鸟窝拆了。那个鸟窝足有一间房子那么大，他从中午一直拆到太阳西斜。拆到最里层时，竟有了意外的收获，里面有四只鸟蛋。他把鸟蛋放在口袋里，就顺着树干溜了下来。

朱老三用地排车把拆下来的柴火运到家里时，太阳已经落山了，整个天空红彤彤的，让寒冷的冬天有了一丝暖意。他正从地排车上往下卸柴火，忽然面前掠过一阵冷风，他下意识地缩了缩头，一只鸟儿贴着他的头皮飞了过去，头皮火辣辣地疼，用手一摸，满手掌的鲜血。他惊恐地抬起头，恰好看见两只白色的影子冲他俯冲了下来！他从地上抄起一根木棍，迎面抢了出去！鸟儿惊叫着，留下了几片白色的羽毛，落在了对面的房顶上。是乌鸦，两只罕见的纯白色乌鸦，冲他愤怒地鸣叫！他忽然明白了，下午拆的鸟窝，应该是这两只白鸦的，它们来寻仇了。

那天晚上，他把四只鸟蛋煮了，给妻子补充了营养。两只白鸦在他的屋顶上叫了一夜，吵得他和妻子一夜都没睡好，孩子更是不停地哭叫。第二天一早，孩子发了高烧，请来村里的赤脚医生，折腾了一天，也没让孩子退下烧来。第三天，等他把孩子送到镇上的卫生院时，孩子已经没有呼吸了。妻子当天就精神失常了，几天后在村后的河里淹死了，不知是失足，还是投河自尽。

朱老三把鸟枪装满弹药，开始找那两只白鸦寻仇，但那两只白鸦再也没有出现过。

天快亮的时候，朱老三打了个盹，醒来时太阳已经一竿子高了。

推开屋门，朱老三吃了一惊，门前的水洼里，躺着两只白色的乌鸦。望着曾经的仇家，朱老三竟没有丝毫复仇的快感，而是从心底升起一阵兔死狐悲的伤感：它们也老了，经不起大的风雨了。

他踩着一地的泥泞，走出院子，吃惊地发现，院外的小路上，也躺着十多只死鸟，有燕子、麻雀、啄木鸟……昨天晚上的风雨太大了，无家可归的鸟儿都被风雨打了下来。

把所有的鸟儿都埋葬之后，朱老三的心情变得异常沉重，脑海里不断闪现二十几年来他拆除的那一个个鸟窝，他第一次感觉到，那不但是谋财害命，也是作孽……

朱老三开始行动，是三天以后的事情了。他找出了祖传的木匠家什，伐倒了两棵枯死的榆树，用大锯把它们拆成板子，就开始在护林屋里制造鸟窝。他有祖传的手艺，整个鸟窝，没用一颗钉子，所有的木板都是用卯榫扣起来的，板子之间的缝隙全部用蜂蜡封得密不透风。鸟窝的出口处，上下各安上了一个巴掌大的平板，上面的遮雨，下面的供鸟儿站立。他对自己设计的鸟窝非常满意，就按这个样品，日夜不停地做，困了就睡一会儿，饿了就啃个馒头，喝点开水。一个多月后，他把所有的木板都用完了。他数了数，共做了四十八个鸟窝。

朱老三休息了一天，炖了一只自己养的老母鸡，美美地犒劳了自己一下。

他觉得自己体力恢复了，就扛着一把轻巧的竹梯子，把鸟窝一个一个地安在林场的树上。他的口袋里装着泡透的小米，每安好一个鸟窝，他都撒一把在鸟窝入口的木板上，用以吸引鸟儿来这里安家。

朱老三用了十几天的工夫，才把四十八个鸟窝均匀地安在了林场的各个部位。最远的地方，离护林屋有三四里路。在来来回回的路上，他欣喜地发现，最早安装的几个鸟窝，已经有鸟出入了。

在安装完最后一个鸟窝回来的路上，他忽然觉得有什么地方不太对劲，停下来想了想，却想不出有什么不对劲，就不再想，继续走了几步，才发现，自己的右腿不知什么时候不画圈了，恢复正常了。

他的目光停留在一棵枯死的槐树上，在心里估算着能做多少个鸟窝。

乱 子

相裕亭

国军溃败的时候，如同盐河滩涂上栖息的鸟儿，看似"叽叽喳喳"的一大片，掷一粒石子过去，或是某人远处高喊一声，立马就会惊飞四散。

时光倒退至一九四八年秋，午夜。打盐河内陆的河道里，疾驰而来三匹快马。铁蹄下，洪峰一般的烟尘闪过，留在旷野里的是那骤雨般的马蹄声。

马背上，是三位全副武装的军人，他们一路扬鞭催马，直奔盐区的土财主葛怀德家的内宅。

打头的那位年轻少尉，是葛家的大公子葛孝谦。

葛家，共有三个儿子，除大儿子葛孝谦读书读到军营中去，另外两个兄弟，尚未成年就夭折了。

是年春，葛老爷趁大儿子回乡探亲，急匆匆地把孝谦的婚事给办了。新媳妇是盐河北乡刘员外家的闺女刘采莲，那小女子识字不多，但温顺贤惠，深得葛家人喜爱。只可惜当初孝谦回乡探亲时婚期太短，小两口缠绵几日，没等采莲怀上孩子，他便匆匆离去。

今日，孝谦午夜返乡，可谓是小夫妻难得的良宵之夜。按照常规，孝谦与娇妻今夜要百般恩爱。可此时的孝谦毫无眷恋之意。他匆匆地穿过前厅，看都没看西厢房内妇人的烛光灯影，直奔正堂去见父母大人。葛公子给家人带来一个极为不幸的消息——八路军已经打到日照府。

日照府，离盐区的直线距离不足百里。这对于一向为国军摇旗呐喊的葛家来说，可谓是"城门失火，殃及池鱼"了。

葛老爷听到这个消息时，半天没有醒过神来。末了，他问儿子："我们该怎么办？"

之前，葛家给国军支援过钱粮，只盼望国军能打个大胜仗。眼下，儿子告知前方战事吃紧，这在葛老爷看来，还应该再捐些钱粮，支援国军一把。

可儿子说，当务之急，只有一个办法，那就是赶快逃跑。说这话时，儿子从怀里掏出一张上海吴淞口至浙江舟山码头的船票。

父亲看到儿子手中只有一张船票，眉头一拧，问："你媳妇与你娘呢？"

儿子没有说媳妇与娘不是主要的专政对象。他只告诉父亲，当下的船票，千金难求。他让父亲收拾一些散金碎银，赶快南下。

父亲接过儿子手中的船票，正反面看了看，问："那我从家里到上海的这段路程该怎么走？"

父亲想知道国军在苏鲁交界线上还能抵抗多久，他本人是否能从盐区顺利地逃离出去。

儿子说，盐区暂未得到"老蒋"撤退的命令，一切还在按部就班。他让父亲不必声张与惊慌，择日把家中的事情安排妥当后，如同外出赶集、卖盐一样，乘盐河的货船，可神不知、鬼不觉地直达上海吴淞口。

儿子向父亲交代好这些以后，急匆匆地要返回军营。父亲一听，当即拉下脸来，他拦住儿子，指着西厢房里摇曳的烛光，说："媳妇，你媳妇在家苦苦地等你小半年啦，我个傻儿子！"

儿子说："门外还有两个卫兵候着呐。"

父亲说："我还等着抱孙子呐！"

儿子无语。

当夜，葛孝谦与采莲短暂缠绵后，便急匆匆地上路了。

次日，葛老爷原本该按照儿子的指点启程南下，可他念及家中的财产，尤其是这些年来积攒的整坛整罐的钢洋，以及夫人戴过的和没有戴过的那些金银首饰。他想找个合适的地方把那些财宝藏起来。

于是，葛老爷守着家中那些财宝，就像一只急于寻窝下蛋的母鸡，围着自家的宅院转悠，以此寻找安全的藏宝之地。末了，他借助于夜色，先是挖开了水井台旁边的石块，随之又在石磨底下掏洞，末了，他连茅坑底下的石板也撬起来，并掏出深深的洞穴，将家中那些装满金银的坛坛罐罐，一个一个深深地埋入地下。最后，等他从橱柜的夹层，翻出家中的地契时，葛老爷犯了愁。那些看似薄如蝉翼的纸片，实则价值连城，它是葛家几代人勤奋努力的成果，原本要世代相传，可现在遭遇乱世，它见火可着，遇水将会腐烂，不能深埋地下，也不便于带在身上游走四方。再说，他此番离家出走，并非是外出谋生，而是被迫逃命，很难预料他此番一去，以后是否还能活着回来。

葛老爷想把地契交给夫人保管，可那老婆子，自从失去两个尚未成年的儿子后，便自认天命，无端自慰地信起佛来，整天只想着往寺庙里跑，心中早已没有这个家。

转而，葛老爷想把地契交给儿媳妇采莲，又担心儿子只匆匆回来那一趟，尚不知儿媳的腹中是否留下葛家血脉。倘若某一天儿子在前线阵亡，媳妇又未能为葛家怀上一儿半女，到头来，那地契落在这小妇人之手，且随嫁了他人，岂不人财两空。

想到此，葛老爷便推迟了行期，他想静观儿媳采莲的变化，如果她真是怀上葛家的种，他就把地契及家中的藏宝之地，一一托付给她。

由此，在接下来的日子里，身为公爹的葛老爷，有事没事地老往儿媳采莲的西厢房里跑，他先是跟采莲讲了外面的形势，随之向采莲陈述他们葛家的盐田、地产等辉煌家业。等葛老爷把家中的地契及藏宝之地一一托付给采莲时，采莲还真怀上了葛家的血脉。

转年，也就是葛家父子一个远去台湾，一个战死沙场时，采莲生下一个大胖小子。

采莲给那孩子取名——乱子。

对外，采莲说，孩子生于乱世，取名乱子，以适年景。

对内，也就是对葛家父子来说，她采莲也分不清那孩子是谁的。因为，公爹把家产托付给她的同时，在她身上，同样是下了"赌注"的。

补 树

司玉笙

路两边都是绿化树，公家栽的，隔几米一棵，大都碗口粗了。

他新开的烟酒门市部就在这条背街上，路北，正对着门有一棵，相距也就是四五米。起先，他并没在意这棵树对自己的生意有什么影响，只觉得有棵树立在门前好像挡住了什么。看看左右那些开饭店的、做针灸按摩什么的，你来我往的，人气很旺，心里就暗怨这棵树——那时，他刚进城，不知道这树叫什么。

门市部开张不到仨月，他将妻子和一岁多的儿子接来，吃住都在这不大的空间。白天，女人坐在门旁小凳子上照看店面，小儿就在她腿间攀上横下的。小儿屙屎拉尿，女人就携到树下进行，路人皆侧目绕行。

这天夜里，妻子对着他的耳朵柔柔地说，这进城有些日子了，该给俺娘俩儿添件新衣了。

瞧你说的，我还能亏你和孩子吗？

你可不能再哄俺——俺叫你哄惯了，红的白的啥都是你说了算。

不会的，不会的。说罢，窃笑。

有了这一句，他让妻子照看小店，自己出去又揽了一份活儿，每晚回到家，就将当天挣的工资如数交与妻子，时多时少，同时盘点店里的收入。看进账不多，阴着脸也不言语，到树下抓住上面的一根粗树枝向上引体，那树就一晃一晃的，掉下许多叶子。时间长了，树身子歪长，驼背哈腰的。他似乎还不解气，趁夜里没人时，持刀凿砍树的根部。完事后，随便用什么秽物糊住创面，喘几口气，回到店里，邀功似的叙说一番。

妻子嗔道，这树不欠你啥，你咋对它有这么大的仇气？

不是有仇气，是它碍事。

女人说，这树能碍着咱的啥事？

你不懂，不懂……

到了七八月份，附近的树上开出朵朵伞状的花，粉红色的，一层一抹的，带些毛茸茸的软刺，煞是好看。而这一棵稀稀拉拉地开了几朵，风一吹便掉落下来……

负责这一段的环卫工是一个上了年纪的阿姨，穿着显眼的橙色马甲，还戴着帽子。每天黎明时分，阿姨扫到这棵树下，便仔细地上上下下审视，弄不明白为啥唯独这棵合欢如此羸弱，晨风中像个中风的患者，还耷拉着一只胳膊……

那天下午，一直等在小店旁的阿姨，见女人牵着小儿的手到树下屙尿，上前笑着说，闺女，瞧你这孩子长得多喜人，调教好了，将来一定有出息……

听阿姨一夸，女人满脸溢笑，嘴角都歪了。

闺女，离这不远就是公厕，孩子大小便引他到那里去……

年轻的母亲愣了一下，笑意霎时消失了。这才仔细地看了看这位老龄环卫工——脸上的皱纹和自己的母亲一样多。

大姨，这是给树上肥料哩……

树不缺你这肥料——多少次我都想给你提个醒，看你也不容易张不开口，可天天打扫你这屙拉巴脏的东西，我都觉得这树受不了……

大姨，听您的，往后俺一定会经心。

阿姨和女人越聊越亲近，女人就让小儿喊奶奶，并将其排泄物收拾干净。

21

言谈中，女人知道这种树叫合欢，是一种观赏树木，花和荚还能入药，宁心安神……

当晚，女人将下午的事对男人述说了一遍。男人听了，还是不言语，看了外面一眼，又跑到树下重复那动作……

第二天早上太阳起来时，树下已被扫得干干净净。因为夜里下了一场雨，还有亮晶晶的水珠在滴落。店门刚一打开，那小儿就跑到老地方厕尿。忽听得一阵咔嚓嚓响，撕心裂肺的哭喊声骤起。俩人慌忙跑出去，发现孩子被倒下的树闷在地上……

从医院回到小店，儿子脖子是歪着的，瞪着眼不吱声——这是被砸伤后落下的后遗症。看着儿子，再看看外面，敞亮是敞亮了，留下的却是一块空白。正看着，那片空白被填补了：身着环卫服的阿姨手持扫把站立在那儿，活像一棵树。

孩子回来了？

回来了。

没事吧？

事不大，养养就好了……

补上吧，补上吧——违法的事再小、再隐蔽，有天看着哩……

两口子相互看了一眼，连声说，补，补……

不几日，一棵树补栽到那树坑里，四周还用铁丝扎了个篱笆桶。

这还是一棵合欢树，不过比其他的低矮。

有人留意到，每到男人出门时，他都会默默地对着这棵树点点头，像是鞠躬，又像是忏悔……

后来，他也成了一名环卫工，接替的就是阿姨曾经负责的路街。

阿姨也经常来——她是来看孩子的。

不多久，孩子恢复了健康。守着阿姨。孩子的父亲那天对着那棵树说了一句什么。阿姨听不清楚，问，还是不清楚。再问，只听见了两个字——天堂。

"天吃星"仇九天

凌鼎年

仇九天胆子大，在古庙镇是出了名的，他从小就是皮大王、闯祸坯。他最让小伙伴服帖的是什么都敢吃，用他自己的话"天上飞的，飞机不吃；地上四只脚的，凳子不吃"，其他，对不起，只要是活物，只要能吃，再丑陋，再恶心，再腻心，他都能吃下去。

他的发小都能证明：他吃过癞蛤蟆、吃过地扁蛇、吃过老鼠肉、吃过野猫肉、吃过蜗牛、吃过蚯蚓、吃过蝎子、吃过蟋蟀、吃过蝉蛹、吃过竹虫、吃过大青虫……于是，有了"天吃星"的外号。

因他好吃、敢吃，那些发小、玩伴如果发现什么难吃的，就问他敢不敢吃，他一准说："小狗不敢吃！"大家如商量好一般，异口同声："谁信啊！"

这一刺激，仇九天就入套了。"我打赌，我不敢吃，吃不下去，当众学狗叫！"

"你就学三声狗叫算了，别吃了。"小诸葛故意这样劝他。

这一硬一软的，往往好戏开场了。仇九天百分之百当众吃了下去，不管什么东西。或火烤，或水煮，甚至生吃。确确实实，仇九天从没有怯过场，败过阵。

夏天的时候，古庙镇的钓鱼迷喜欢去田里捉蝼蛄，用鱼钩一钩，一般不马上死，鱼线放水里，蝼蛄就在湖面上拼命游动，因为是活的，因为在游动，目标显眼，蝼蛄游着游着，就有一种俗称"翘白水"的鱼蹿上水面，一口吞了。"翘白水"嘴大，只要贪吃，钓这种鱼十拿九稳。可以说，没有比蝼蛄更好的诱饵了。

但这蝼蛄，长相不敢恭维，有些怕人，两只獠牙挺大的，又是钻在土里的，给人感觉脏兮兮的。

仇九天的发小中，小诸葛的点子是最多的，他提议：我们来嗦仇九天吃蝼蛄怎么样？大家一致叫好。

嗨，这仇九天真是名副其实的"天吃星"，把小诸葛等人抓来的十几只活蝼蛄用一根脚踏车上的废钢丝串了，架了几根枯树枝，点了火，像吃烧烤似的把活蝼蛄烤熟后，就津津有味地吃了，看得小诸葛等人目瞪口呆，不能不服。

一晃好多年过去了，读了大学的小诸葛暑假里回古庙镇，发现仇九天开了个烧烤店，其中卖得最火的竟然是"烤土狗"。

小诸葛说起来读了大学，但他并不知道土狗是什么，还以为就是散养的狗，就像散养的鸡叫土鸡。结果进店一看，烤土狗就是烤蝼蛄。这小子绝，把当年打赌吃下去的蝼蛄变成了时尚美食。

原来仇九天不是读书的料，读到初中就读不上去了，复读后勉强考取高中，终究与大学无缘。去厂里打工他嫌不自由还不来钱，就在父亲的资助下开了这家"天吃星"烧烤店。因仇九天不断推出新品种，诱惑得那些吃货时时光顾，生意好得很。

可能他想起了学生时代吃过的蝼蛄，觉得味道还可以，就试着开发这新品种，但一想蝼蛄这名字古庙镇老老少少都知道，一说起蝼蛄，有些人会起鸡皮疙瘩，怎么办呢？他查了百度，蝼蛄，又名拉拉蛄、地拉蛄、土狗崽、地狗子、扒扒狗、水狗、耕狗、草狗、都猴等，仇九天从生意人的角度出发，考虑再三，定名为"土狗"。

为了一炮打响，仇九天请广告公司做了两块宣传板，一块是"土狗的药用价值"，什么"利水通淋，消肿解毒……"，一块是抄录了《日华子本草》《本经》《纲目》《玉楸药解》《本草图经》《救急方》《千金方》《圣惠方》《本事方》《杨氏家藏方》等古医书中有关土狗的偏方，给食客感觉发掘了民间瑰宝似的。

仇九天在烹制方面也下了点功夫，除烧烤外，还推出了"油炸土狗"，让厨师剪去蝼蛄的短翅膀，下油锅炸至金黄，再撒点细盐，口感甚脆，除了微微带有一点泥土的味道，没有一般昆虫特别的那种味。

一经推出，大受欢迎，尤其受年轻吃货的追捧。

因蝼蛄还没有人工饲养，全靠野外一只只捕捉，数量有限，而吃货越来越多。仇九天就在"天吃星"微信群里要求吃土狗的要提前预约，这愈发刺激了食客的食欲，最后炒到了好几百元一斤，但吃的人还是源源不断。

因了"烤土狗""油炸土狗"的热销，古庙镇一带出现了有人专门捕捉蝼蛄卖钱的现象。以至于今年夏天，古庙镇附近已很难抓到蝼蛄了。

据说，古庙镇与娄城的中药铺很伤脑筋，因为已收不到蝼蛄这味中药了。

口叼木棍的小狗

申 平

二哥在镇里上班。有一天，他在回家的路上救了一条遭人遗弃的小狗。这是一条本地土狗，瘦巴巴，脏兮兮，两眼怯怯地望着大家，尾巴一直夹在两条后腿之间。二哥拿东西给它吃，它狼吞虎咽吃完，尾巴这才翘起来摇摆。后来二哥又给它洗澡，拿风筒给它吹毛，它的尾巴就摇得更欢了。

从此，这狗就把二哥当成亲人。也真是奇怪，每当二哥回家，他的摩托车刚刚开到村外，这狗就能听到。这时它会突然跳起来，先是"汪汪汪"地大叫几声，然后它就在院子里急速跑动，必须寻找到一截木棍叼在嘴里，之后就箭一样冲向村外，去迎接二哥。这时二哥恰好到了村口，它就口叼木棍摇头摆尾，撒欢蹦跳，直到二哥取下它嘴里的木棍，它才一路欢叫跟着摩托车飞跑回家。

天天如此。

大家就开始研究这狗为什么要叼木棍献给二哥，难道它是要通过这种方式来表达对二哥的感激和亲昵之情吗？！看来，这是一条懂得感恩的狗。

难得的是它一直坚持下来。院里的小木棍早就被它叼光了，它就到院外去寻。我们见它辛苦，就故意扔一些小木棍在院里。还有二哥再收到木棍礼物，也不丢了，而是直接带回家，供它下次使用。

就这么不觉过了两三年的时间，累计算一算这狗送给二哥的小木棍，差不多有上千条了。但是它依然乐此不疲，坚持不懈地送着，送着。它的名字也因此叫作"阿棍"。

那一年，阿棍怀孕了。它的肚子一天比一天大，奔跑速度明显变慢，可是它还是要坚持送木棍给二哥。二哥就有点不忍心，反复告诉它不要送了，还故意当着它的面把木棍丢得远远的。但是阿棍偏偏一根筋，依然送棍不止。

后来，它的肚子大得快拖地。二哥为了不让它再送木棍，就不再骑摩托车，而改骑自行车。这样直到二哥到了院外，它才发觉。在二哥打开大门往里走的当儿，它还是要寻找一根木棍献给他。嘴里还呜呜噜噜的，很不好意思的样子。

后来阿棍就做了母亲，一窝产下了八只狗崽。

这期间，家里人特别是二哥加强了对阿棍的照料，阿棍更是一心扑在孩子身上。不过，每当二哥到狗窝这里来看阿棍和它的孩子，哪怕阿棍正在喂奶，它的尾巴依然热烈摇晃，嘴巴也会在周围寻找。二哥理解它的心情，就自己找来一条木棍，放在阿棍嘴里含一下，然后他再接过来。在完成这一神圣仪式之后，阿棍才能安静下来。

那八只狗崽一天比一天大，胖嘟嘟的煞是可爱。谁知问题也恰恰出在这些小家伙身上。

原来我们这地方有个不好的习俗，就是幼狗上席。残忍的人们把不足月的幼狗杀死，剥去皮，烹制成佳肴端上餐桌，而且还非常上讲究。那些天二哥恰好要结婚，准备酒宴时家里人首先想到了阿棍的狗崽，还带着厨师去狗窝看。厨师看了很满意，说正好可以做八盘好菜。

哪知第二天早上一看，狗窝里的小狗连同阿棍一起都不见了。肯定是阿棍一看大事不好，连夜带着狗崽逃走了。大家在附近寻找不见，最后对二哥说：今天是你大婚的日子，还是你去找吧。找不到，你的面子就栽了。

二哥本来是不想伤害阿棍的，但是事情逼到了脸上，他也没有办法。于是二哥就到后山去找。他在山下喊了几声"阿棍，阿棍！"，一会就看见阿棍嘴里叼着一根木棍，从一条很隐蔽的沟里钻出向他跑来。二哥颤着手接过木棍，含泪拍了拍阿棍的头，说了声"对不起"，转身就回去了。

随后，厨师就带人拿着家伙到沟里捉狗崽。阿棍虽然试图反抗，但它哪里是人的对手。最后，它只能眼睁睁看着自己的孩子被人捉去杀掉。

阿棍一连几天没有回家。后来回来了，重新变得瘦骨嶙峋，走路打晃。新婚燕尔的二哥见它这样，急忙拿来好东西给它吃，还和新娘一起安慰它，但是阿棍却始终不抬眼看他，尾巴也不再摇摆。

婚假结束，二哥骑上摩托车，带着二嫂去上班。临走他对阿棍喊：阿棍，我走了。今天你要到村外去接我啊！

下班的时候，二哥的摩托车驶近村子，不见阿棍；后来进了村，也不见阿棍。他使劲按着喇叭，但是仍然没看见阿棍来迎接他。

那个口里叼着木棍的小狗，不会再来了。

别　墅

刘国芳

很多年前，他骑着自行车在乡下玩，在一块开满栀子花的山坡上，他看见有人在画线，他走过去，问他们说："做什么呢？"

一个人回答："盖房子。"

他说："附近农民盖房子都是在村里拆了老房子再盖新屋，你怎么把房子盖在这荒无人烟的地方。"

那人说："我不是这里的农民，我是城里人。"

他看看说话的人，觉得他确实不像农民，他说："别人的地，人家怎么会让你在这里盖房子？"

那人说："买呀，买了地就可以盖。"

他说："买一块地多少钱？"

那人说："十万。"

他又问："那把房子盖起来呢，要多少钱？"

那人说："差不多也是十万吧。"

他说："花二十万在这样荒凉的地方盖房子？"

那人说："现在荒凉，以后就会热闹，你要买地吗，我介绍你去买。"

他说："我才不买哩。"

说着，他骑着车走了。

过了几年，大概是四年或者五年吧，他又往那块山坡上走过，这次他没骑自行车，而是骑摩托。在那儿，他忽然发现山坡上盖了好多房子，确切地说，山坡上那些房子都是别墅，很好看。当然，山坡上还有很多空地，有人画线，有人在挖地基，他又走过去，跟一个人说："没想到才过去了几年，这里建起了这么多别墅。"

对方说："地便宜呀，城里有钱人都在这里盖别墅。"

他问："现在一块地多少钱？"

对方说："我花了三十万。"

他瞪大眼睛说："三十万？"

对方说："是呀。"

他说："那建起一幢房子至少值六七十万。"

对方说："是呀"

他说："早晓得会升值，我那年也花十万块钱买一块地，在这儿盖一幢房子，到现在就赚到几十万了。"

说过，他摇着头走了。

又过了几年，也是四年或者五年吧，他再次往那儿走过。这次，不是骑自行车，也不是骑摩托，而是开着汽车。车里坐着几个朋友，到那儿时，他发现那儿完全变样了。随着城市的扩张，那儿已是城市的范围了，前后左右都是马路，不仅如此，火车站也建在不远的地方，还有行政中心、实验学校等离那儿都不远。再看那块山坡，别墅更多了，一幢连着一幢。他真的没想到这儿会发展得这么快，他跟朋友说："原先这里一片荒凉，没想到现在快要变成市中心了。"

朋友说："城市发展确实太快了。"

他说："不晓得现在这里一块地要买多少钱？"

朋友说："下去问一问不就知道。"

他认同，随后停了车。不远处还有人在盖房子，他们走过去，然后他问一个人说："你买这块地花多少钱？"

对方说："一百万。"

他吓了一跳，他说："一百万？"

对方说："是呀。"

他说："那这儿一幢别墅至少值二百万。"

对方说："是呀。"

他默默不语，过了许久，才跟朋友说："有些事真想不到，这儿有人盖第一幢别墅时，我就来过，当时一块地只要十万块，过了几年，涨到三十万，现在居然涨到一百万，要是我当时也买一块地，在这儿盖起了别墅，我就发了，我当时，怎么就没有那样的眼光呢？"

说过，他不停地摇头。

朋友说："再买，在这儿盖别墅。"

他说："晚了，太晚了，地都涨到一百万了，还有什么意义？"

朋友说："我觉得有意义，我想在这儿买地，你也买吧。"

他说："哪有那么多钱？"

朋友说："借。"

他仍说："晚了，太晚了，没意义了。"

朋友说："你不买我买。"

他这个朋友后来真花一百万买了一块地，盖起了别墅。一晃几年又过去了，那儿没有一块空地了，全是别墅连着别墅。他那个朋友的别墅，就在其中。这么多年，他跟朋友有联系，但不多，偶尔会联系一下。这天到了这儿，他想看看朋友了，于是去了朋友的别墅，但敲开门，发现朋友不住这里了，于是打朋友的电话，他说："你现在没住在幢别墅里？"

朋友说："我把那别墅卖了。"

他说：“卖了？”

朋友说：“是呀。”

他说：“卖到多少钱？”

朋友说：“五百万。”

他说：“怎么卖得到这么多钱？”

朋友说：“怎么卖不到，两万多一平，二百多平，不就是五百万吗？”

他有些傻了。

这以后，他不敢去那儿了。

魏大力是条汉子

万 芊

　　银泾村多水，村中间是条大河，村两边是两条小河。三条河东西贯通，西承白淀湖，东泻淀山湖。一年四季，河水清澈。

　　银泾村多水，银泾村人全都会水。有些走路蹒跚的小孩，丢在水里竟如鱼一般游动自如。

　　只是银泾村大人小孩游泳的姿势实难恭维，一律非常难看的狗刨式。一到夏天，满河水面上都是乒乒乓乓双脚板打水的声音。曾有好几回市里、省里游泳队听说银泾村多游泳高手，专门赶来物色游泳苗子，一看满河的狗刨式，掉头就走了。

　　魏大力回村后，情况就开始变了。

　　魏大力是个军人，当年也是百里挑一才选上当了海军。谁料想，在一次抢险中，魏大力两腿受了伤。受伤后的魏大力当时又被台风困在海岛没有得到有效的救治，最后两腿因肌肉坏死而截肢。截肢后，魏大力只能退役回到了老家。

　　当过海军，那游泳技能自然是一流的，只是魏大力缺了双腿，整天只能坐在轮椅上无所事事，内心空空，每天伴着他的是无尽的寂寞。

到了暑天，孩子们像他小时候一样整天泡在水里，大河成了村里最热闹的去处。魏大力心里痒痒的，常常坐在轮椅上看孩子们戏水。

有一回，村头李家的二丫头学游泳时，用来辅助的小木桶翻了，慌乱中一边挣扎一边呛水。说来谁也不信，魏大力就着岸上的坡度滚着轮椅冲入河中，靠两条坚实的手臂，快速游近李丫头，又神奇地用手臂挽起李丫头，让她趴在自己的肩膀上，游了回来。所有的人都愣住了，谁也没有想到，双腿截肢的魏大力竟有如此绝技。

之后，魏大力每天还是坐在桥边或河埠边看孩子们戏水，只是手边多了一根长长的竹竿，但凡有孩子出情况了，他就会迅即伸出长竹竿，让孩子在水里拉着，助遇险孩子一臂之力。过了一段时间，魏大力手里又多了一根小竹竿，孩子们在他边上水里游动时，他会用小竹竿指点孩子们的手脚动作，传授一些游泳的要领。孩子们都喜欢他，上岸时，总推着他的轮椅，满村转悠，满村的欢笑。又过了一段时间，银泾村河面上安静了，再也没有难看的狗刨式了。这是魏大力教的游泳技能在孩子们中传开了，那泳姿优雅文静又快速。甚至大人们也开始模仿起来。再过了一段时间，魏大力的脖颈里多了一只哨子，他非常专业地为孩子们的游泳比赛发令。整个夏天，魏大力是忙碌的，更是快乐的。他成了孩子们游泳的教练，成了孩子们游泳的救生员，更成了孩子王。魏大力在哪里，欢乐的声音就在哪里。忙碌的大人们自从有魏大力带着自己的孩子，也放心让他们在河水里折腾了。

那年秋天，又有市里、省里游泳队来挑游泳苗子，村头李家大小子、会计家的二丫头被选上了，他俩带着简单的行李跟着镇上开来的机帆船走了。之后，每年都有一些孩子被选上，离开银泾村，成了游泳运动员。

再后来，市里要在银泾村挂一块"游泳之村"的牌子。金泾村不服，说我们也被选拔过游泳苗子，只是没有你们多。

银泾村就提出搞个邀请赛，两个村赛一赛。

比赛就设在银泾村中的大河里，起点和终点都插着红旗，也请来了专业裁判。市体育局干部、电视台记者、报社记者都来助兴。大河两岸站满了好多看热闹的人。

发令枪响，比赛开始。两村的男女老少游泳高手像下饺子一样，跃入河中，又如蛟龙一般争先恐后，河水顿时沸腾一般。渐渐地，好多游泳高手汇成了一股长队，依次向前游动，而只有一个头影游在最前，率着队伍向终点冲去。奇怪的是，原先游在前头的一些零散的高手也慢了下来，汇入到游泳队伍里。等领头的那位靠近终点红旗时，整个队伍像潮水一般涌了过去。

金泾村的游泳高手们上岸后，都说，我们服了。为啥？你们银泾村有魏大力。原来，刚才游在最前的竟然是没有下肢的魏大力，而银泾村所有的高手都自发地跟在他的身后。

上岸后，魏大力双手挽着自始至终紧随他的几个最得意的徒弟，哭了。

后来，魏大力在市体育局的资助下，参加了几次全国残疾人游泳比赛，获得了几枚金牌。

其实，知情人说，没残疾前，魏大力就获得过几次全军游泳比赛冠军，只是他没有跟人说而已。

一个人的涅槃

谢大立

老和住进老干部公寓的头一天，是刘副市长离开这个世界的日子。追悼会上，他碰到了老搭档吴局长。吴局长调市工业局任局长前，在东风机械厂当书记，他当厂长。

参加完追悼会，两人一起往回走。吴局长心事很重地叹气说，我是老伴走得早，不想总麻烦孩子们才住进来的，你实在不该住进来。老和说，我老伴也走了，也跟你一样不想麻烦孩子们。吴局长吃惊地说，弟妹去世也不电话一声，看来你心里是没我这个老兄弟了。老和说，教书的人怪，不许开追悼会，不许搞遗体告别，并留下话，如违了她，阴曹地府再见时也绝不饶我。她退休后跑到龙泉寺做义工，也是怕对你这个老干部有负面效应……吴局长说，都不在位了还正面负面个啥！老和说，也是。话锋一转说，市里在这个山清水秀的地方为老干部们建养老院，住在这里跟神仙住在天堂里有啥区别……

吴局长摇头叹息，随后是一连串的反问句：从城里坐车到这里是四路车吧？四的谐音是死吧？四路车经过这里的下一站是火葬场吧？把这里说成火葬场的中转站不为过吧？……撇开这些不说，氛围就让人受不了，你今天一来就参加了刘副市长的追悼会，我可是隔三岔五都在参加追悼会，参加完一个，几天都缓不过神来，刚好一些，又来了追悼会，排队似的，说不定哪天就排到了自己……

老和没有接吴局长的话，只是在心里默默地说，人从生下来就在为这个"死"字排队。可是几天后，老和觉得吴局长的话有些道理，仙境不假，住在这里的人们却无动于衷，基本上是早晨喝茶看报，中午睡个午觉，下午坐在电视前拿着个遥控器东找西找。不像住在厂里，早上买菜，中午做饭，下午在树荫下与退休的职工们下两把象棋，晚上散步碰到说得来的东聊西聊，累了，就该回家睡觉……

老干部们每人一个小房，不熟的不好擅入，他只好串吴局长的门。吴局长的门虚掩，吴局长坐在沙发上面对电视，电视播放着。老和见吴局长半天没动，估摸他打瞌睡了，望着打瞌睡的吴局长想到等死两个字，觉得很形象。就在他想着是否要弄出点动静弄醒他时，吴局长一惊，醒了。他对吴局长说，看电视打瞌睡的习惯不好。吴局长说，大家都这样。老和说，得想些法子，比方我老伴，刚退时没着没落，后来和那些在龙泉寺做义工的老娘们混到一起，变成了另外一个人……吴局长很本能地说，你不会是叫我也去信佛吧……老和说，哪能呢，再说，做义工与信佛也不是一码事。

突然地，吴局长脸色发白，说，你猜我刚才碰到谁了？刚才？谁？老和茫茫然。吴局长满脸的恐惧说，对，就是刚才，刘副市长活灵活现地站在电视机边上，还是他说你来了，我一惊，醒来，果然是你在门外……我可是从来不信神鬼的，你说这事……老和说，心有所思梦有所想，幻觉。吴局长说，你说是不是该轮到开我的追悼会了？老和说，瞎说啥！吴局长说，人死前真有征兆，也叫幻觉，刘副市长说他快死了，头一天委托我事情，第二天就走了。说着像想起了什么似的从抽屉里拿出个存折说，这存折上有二十万元钱，刘副市长吩咐我每月给卫小虎的卡上汇两千元钱，看来我得委托你了。

老和把存折翻了翻说，别弄得跟真的一样，这事你要交也该交给刘副市长的儿子女儿。吴局长说，要能交给孩子们他就不会委托我了，刘副市长生前待我们都不薄，领导的事你我就不要东猜西猜了。毕竟二十万数目不小，他反复叮嘱我一定帮他这个忙，你不用我再叮嘱你吧？老和说，你要对我不放心，就对上帝许个愿，祈求你的灵魂进天堂，听说灵魂到了天堂就可以看到人间的一切……吴局长说，人说不定真有灵魂，刚才我看到的可能就是刘副市长的灵魂……嗨，你干吗不早两天住进来，把这话让刘副市长听到，让他的灵魂也进天堂，在天堂里能看到我俩多好哟！

第三天，吴局长果然出事了，说不了话，手脚也动不了了，只一双眼睛睁得老大，一口气久久不咽。老和想，他是不是为刘副市长委托的事不放心俺？立马到银行按卡号汇了两千元钱给卫小虎。拿回凭证在吴局长的眼前晃时，吴局长的眼睛眨了一下。是了，老和以为他会闭眼了，但还是不闭。还是对俺不放心？他想，如不让他放心地离去，自己也不得安心，他决定去把那个叫卫小虎的人想办法找来。

卫小虎，一个大一的学生，他费了很大劲才找到。他把卫小虎带到吴局长的面前，说，往后我每月给这个叫卫小虎的同学汇两千元钱，直到卡上的二十万元钱汇光为止……吴局长这才缓缓地闭上了眼睛。在送卫小虎到班车站时，小伙子的长相使他突然想起了一个人——刘副市长家的保姆。刘副市长的夫人五十岁那年就成植物人了，家里全靠那个保姆，难道……他刚想问问小伙子的家庭情况，想到吴局长的叮嘱，把到了嘴边的话收了回去。

亏了没问！要是刘副市长和吴局长在天之灵看到他问了卫小虎什么，那真是件糟糕透顶的事。他决定不折不扣执行吴局长的嘱托，争取活到把卡上的钱汇完的那一天。那一天到了那边，刘副市长一定会拍着他的肩头说他好同志，吴局长说不定一激动和他来个拥抱，赞他好兄弟。

承　诺

申　弓

　　下班时间已经过了有一刻钟，你还呆呆地坐在那里不走。你不是不想走，而是不愿走。回到家里，母亲见了，就是那句话：都快三十的人了，还不找个朋友，看看就要过圩了，不成嫁不出去的老姑娘才怪咧。

　　你是最不愿听到这句话的。你总是相信缘分，相信"有食自然到，何必爬上灶"的说法。

　　烦恼，烦啊！

　　一个汉子走了过来。汉子不高，一米六左右，且走起路来左边膊头高右边膊头低。他明显是朝你走来的。来到跟前，还露出黄黄的牙齿向着你笑咧。

　　你一时没有反应过来，总觉得在哪里见过。是见过的，你有印象，但一时想不起来。

　　阿姐，还不走？

　　你找谁？

　　你呗，忘了？我终于攒够一万元了，这，给你。

　　什么什么？我什么时候让你攒一万元？有没搞错？

　　阿姐你真是贵人多忘事噢。前年那天，你乘过我的车，你不是说，等我攒

39

够了一万元……

哦，想起来了，是有那么回事，你真的攒足了一万元？全是凭你的气力挣的吗？再没有贪过心吗？

看着眼前的一沓百元大币，你不由起了疑虑。

皇天做证，汗水做证。你别看这一百张票子，每一张都是一元二元攒成的，积一元成十元，再积十元成百元，我一元一元地拉，一元一元地兑，又一张一张地攒，才积够这一百张，皇天做证汗水做证！

你信了。随即记忆的闸门也慢慢地打开了。

两年前是有过一次，你去省城出差回来，已经时过午夜，下了汽车，举目茫茫，既没有公车，也没有出租车，你对着大包小包发愁。这时一辆人力三轮车驶了过来：阿姐，用车吗？

你便喜出望外地上了他的车。由于高兴，你跟他一路地聊了起来，回到新兴路18号，你对他的了解基本上得了个轮廓：姓李，木子李，年已三十四岁，由于犯过盗窃罪被判过两年有期徒刑，出狱后，又因斗殴被人刺了一刀，虽然大难不死，却落下了终身残疾，左边膊头高，右边膊头低，婚结不了，家成不了。

你便随口同他说，等你攒足了一万元，就帮他介绍个姑娘。不过，这一万元必须是用自己的血汗挣来的。

他很悲观，说今生今世再没有人看得上了。

你说会有人看上的，只要你凭自己的气力攒足一万元。要知道当时一万元是个天文数字，而且蹬一回车拉一趟人，多则有二元，少则五角到一元，得拉多少人走多少路才行？况且还要对付生活。可谁知今日竟然是戏言成真，你又去哪里寻找到一个合适的人选呢？

见你这副表情，他的面色便又阴暗了起来：

阿姐，也许我不该，是我奢想了。我都说过，今生今世是再没有人能看上我这样的人了。

不，会有人的，你先回去吧，记住，明晚八点，在汽车总站门口，你看见一个穿紫色连衣裙的姑娘，你就大胆上前去招呼她，祝你好运！

真的？

真的，不过你要好好洗个澡，换上套新衣服，毕竟是相亲啊。

一定！一定！汉子半信半疑走了。

你也就回了家，从箱底里找出了那件久而没穿的连衣裙，一看，那紫色还是那么鲜艳。

田螺姑娘

王　溱

这是他人生的第一份工资。他兴奋地揣着并不厚实的信封进了商场，出来时信封瘪了大半。

他把新买的裙子包好，藏在某个能让她惊喜的角落。他们租住的单间只有十来平米，简陋，却十分温馨，她的巧手总能把一切装扮出爱情笼罩的模样。他最爱轻轻刮她的鼻子说，呵，能干的田螺姑娘。

他的田螺姑娘发现裙子果然很开心，穿上后在他面前旋转一圈又一圈。然后她恋恋不舍地脱下裙子拎起菜篮子出去买菜，她说今天要做三明治，庆祝他第一次领了工资。

很快她的菜篮子里就有了一颗风华正茂的生菜，一根衣服快爆开的胖火腿肠，几个骨碌滚的西红柿，还有几个一惊一乍唯恐被打烂的鸡蛋。不过这些家伙没机会上餐桌了，他赶到的时候，这些东西都以一种不太雅观的姿势贴在水泥路上，色彩倒很丰富，跟蜷缩在血泊中的她的身体一起构成了一幅很艳丽的画。

他听不见警察的询问，也听不见她家人歇斯底里的哭声，他脑子里只有那幅画，你看，她蜷缩的身体就跟缩在田螺壳里一样的，只是壳碎掉了。

他步行回家，开门，一屁股坐在茶几兼餐桌旁，餐桌上两片三角形的面包平铺在盘子里，他拿起来，喃喃道，没有夹馅料的三明治还能叫三明治不？刚说完，她就匆匆走过来了，她说，等等，我出去买点生菜鸡蛋吧。

他转头看着她，她正穿着他新买的裙子，像仙女，这么美的裙子怎么能跟生菜鸡蛋什么的混在一起呢？

还是就这么吃吧，他说，然后拿起面包狼吞虎咽。

第二天他起了个大早，步行好几条街去上班。其实坐公交车也就两块钱的事，可他的田螺姑娘又着腰说：你需要多动动啦，整天坐在电脑前面不动，你的猪蹄就快变成火腿那样啦。过一会儿，她又掩嘴笑道，走路上班一天能省下四块钱呢。是的，一天能省下四块钱呢。他脑子里浮现她掩嘴笑的模样，酸痛的双腿忽然又有劲儿了。

他很勤奋，没几个月就有很好的业绩，拿到的信封又厚实了一点，拿到信封的他又兴冲冲去了商场。

回到家，餐桌上已经摆了两碟菜，米饭的热气也滋滋从电饭锅里冒出来，他的田螺姑娘正在满头大汗擦着地。看着她辛苦的样子，他忽然觉得那个田螺姑娘的传说太不靠谱了：那男的怎么能让田螺姑娘整天就知道洗衣做饭收拾房间呢？那男的怎么就能心安理得享用呢？我可做不到！他郑重其事地看着她说，亲爱的田螺姑娘，你就穿着漂亮的裙子，优雅地坐着就行了，有我呢。他还俏皮地套用了一句网上流行的话：你负责貌美如花，剩下的交给我。

他到底是个说到做到的家伙，当真系上围裙开始洗菜做饭。她穿着他新买的裙子，笑盈盈地坐在椅子上看着他。

他拿起抹布认真仔细地打理房间，她俏皮地在他打扫过的地方蹦来跳去。

他使劲又笨拙地搓洗着衣服，她伸出手指一戳，啵，破了一个泡泡。

他哼着歌，她一直保持微笑。

房东来收房租，从门口探头一看，干净明亮，啧啧赞，不错呀小伙子，会过日子！

他心里暗暗高兴，田螺姑娘也这么夸我呢。

街口卖早餐的大妈说，小伙子，一个人不容易呀，大妈给你介绍一个吧？

他吓得连连摆手，不用不用，谁说我一个人了。

月复一月，年复一年，每到发工资的日子，他都会去商场买一条裙子，他喜欢看她穿上新裙子那兴奋得发红的脸蛋，然后绕着他一圈又一圈地旋转裙摆。

她问他，为什么对我这么好呀？

因为我不能失去你呀！他说，你知道吗，有一次我也不知道怎么回事，居然幻想你出车祸死了，这太可怕了，我会活不下去的。所以我必须竭尽全力照顾好你，不让你出一丁点问题……

他的勤奋和能干终于有了回报，才几年工夫就存够首期按揭买了一套房子，他高兴地对田螺姑娘说，我们终于有自己的窝啦！

搬家的时候，搬运工惊讶地发现，自己满头大汗扛上楼的那几大箱子，居然全都是裙子！优雅的礼服，端庄的职业裙，俏皮的短裙，风情万种的民族裙，几十条款式各异的裙子被他用衣架撑开，摆满了整间房子，沙发上一套，餐椅上一套，床边挂一套……见搬运工看着他发呆，他不好意思地说，都是我爱人的裙子呢。说完，扭头朝着餐桌那边说：亲爱的，你坐着别动，等我给师傅倒水就行了。

搬运工扭头一看，餐椅上就挂着一套裙子，哪有人？

王大壮的最后请求

代应坤

王大壮昨夜几乎没睡，一大早起来眼睛红红的，走起路来一点精神都没有。

他担心的事情终于还是来了：派出所要辞退他。吴所长昨天下午找他谈话，他闷头一个劲地抽烟，没有提出任何要求。他知道县公安局局长只能干到60岁，而他已经66岁啦。

他是一名合同工，以前叫临时工，有趣的是，他这名临时工居然在国家机关待了几十年，比有些正式工待的时间都长。

太阳刚从东方爬出地平线，王大壮就在院子里背着手转悠，这里的一草一木，一砖一瓦，是如此亲切，又是那么遥远。

28岁那年，他从部队退伍回到农村，昔日的警卫连班长一下子没有了奋斗的方向。正当他苦闷的时候，镇上工商所招聘协管员，他毫无悬念地被录用了，所里只有3个人：所长，副所长，他。他是这里的顶梁柱，力气活、得罪人的事大多由他出面，那时候执法不规范，不存在临时工无权执法的事，他也就大大咧咧，天不怕地不怕地执法。一次，本镇一家最红火的食品厂用霉变的面粉生产月饼，一时间引起许多人食物中毒，群众跑到镇政府反映，没人搭理，于是跑到工商所投诉，所长副所长哼哼唧唧也不表态，任群众在所里大喊大叫，王大壮头脑一热跑到这家食品厂，弄来样品，送检，检验结论是霉变食品。于是封存了所有月饼，并要求所长予以经济处罚。

这下可捅了马蜂窝，食品厂老总跑到县政府喊冤叫屈，要求解除合作协议，返回老家浙江。

县政府与食品厂的合作协议未解除，王大壮却被解雇了，理由是执法不当。

王大壮是含着微笑离开工商所的，心里想：当官不为民做主，不如回家卖红薯，大不了继续种我的二亩地！

镇上派出所的姜所长当初跟王大壮是一个部队的，虽说不是一期兵，但脸不热心热，他知道王大壮有过硬的擒拿技术，于是招聘他为治安员，协助干警抓捕犯人，巡逻放哨。这期间，王大壮多次负伤，多次被评为优秀治安员，但是他转正的事，却一次次搁浅。姜所长抚摸着王大壮伤痕累累的头部，眼眶湿湿地说，弟弟呀，眼看你就到40岁了，这年龄几乎没有转正的可能了，一月几百块钱工资只能糊口不能养家，回去吧，所里补助你一万块钱，你在镇上做点小生意，比在这儿强。

王大壮的脸突然红了，说，姜所长嫌我年龄大了，想撵我走？如果是这样，我现在就走，所里的补助费我分文不要。

姜所长说，好，好，算我多嘴，你继续战斗！

谁知这年冬天，王大壮遇上那个事呢。

那天晚上，派出所抓来十多个吸毒人员，人多，手铐不够用，有几个人就没有严格控制着，一个嚷着小便的年轻人，走近院墙时突然一个跃身逃了出去，王大壮随后也翻过墙头，追赶过程中王大壮被逃犯捡起的石头袭击，下颌骨粉碎性骨折，他忍着剧痛生擒了逃犯，乖乖，原来是毒枭！

姜所长调走，马所长继任，姜所长离开所里的那天晚上，跟王大壮结结实实地喝了一次酒，两人都醉了，两个大男人抱在一起哭得稀里哗啦。

王大壮50岁那年冬天，马所长单独请王大壮喝了一顿酒，喝酒回来马所长说，由于年龄问题，县局决定让您离开治安岗位，您在所里食堂忙忙，活轻，也没有危险。

王大壮转过身，说，所长，别说了，我要喝酒！拿酒！

马所长一把拉住他的手：哥，我的亲哥，你不同意可以，酒就别喝了。

王大壮用手在脸上抹了一把，眼睛亮晶晶的，半晌才说，我是军人出身，服从命令，明天我就到食堂去！

谁能知道呢，那个晚上王大壮关着灯，坐在床沿上抽了一夜的烟，烟屁股扔得满地都是。

有人说王大壮是官迷子，祖宗八代没见过官，治安员这个角色算什么？还恋恋不舍；有人说王大壮头脑搭错线了，跟他一起退伍的农村兵在街上摆一个摊点，也挣了几十万元，他倒好，一万元存款都没有；还有人说，王大壮不抓人身上发痒，你看，他到了食堂以后还多管闲事，几次追赶已经逃脱的犯罪嫌疑人……

暂且放下别人对王大壮的评价，让我们把目光转向王大壮吧。此时，在派出所院子转了几个小时的王大壮，身穿警服，迈着坚定的步子走进吴所长办公室，说，所长，你昨天找我谈话，问我有啥要求，我现在请求：让我穿旧式警服戴旧式警帽，站在咱们派出所门前照一张相，我百年之后，照片陪我……

吴所长眼睛湿润了，"啪"的一个立正，右手敬了一个最标准的军礼。

三个小偷

戴 希

一、小偷的酬谢

小偷翻窗入室，潜入苏宁家中。

准备行窃之际，忽见茶几上展放着一张字条，上书：

亲爱的朋友：

非常欢迎你的光临！为了不劳你动手翻查，我已把800元酬金放在字条下，请你笑纳。咱家虽说我是老师，每月可拿2000元工资，但我老公却无正式工作，只能靠打工为生。家庭收入不高，只能略表心意。请你谅解。

如若你想得到丰厚的酬劳，你可光顾本小区3栋5楼2单元亿华家。亿华是县长，他家的钱多如牛毛！

亲爱的朋友，祝你好运！

看罢字条，小偷喜出望外。收起茶几上的钱，揣上字条就去亿华家。

下班回家，苏宁意外地发现，小偷又给自己留了张字条，上书：

亲爱的朋友：

非常感谢你的指点！咱这次去亿县长家，轻易弄到了80万现金。你提供的信息给了我发财的机会，我应该酬谢你。字条下压着的8万元现金，就当我给你的信息费，请一定笑纳。后会有期！

亲爱的朋友，祝你快乐！

二、小偷的留言

太容易得手，小偷反倒不自在。略一思虑，小偷提笔写了张字条，留在女主人的梳妆台上：

亲爱的美女：

睡觉前一定要关好门窗，这可是防盗最基本的常识。你睡得很死，估计也太累了。在这世上，生存都不容易。干小偷更是万不得已，只为混口饭吃。所以，请你理解我的无奈，尊重我的人格。这次，对你很重要（我说很重要是指失去后你会诸多不便）的东西，如手机、笔记本电脑、工作证、驾照等，我都原封不动。考虑你有银行卡，现金我就全拿了。人是有良心的，小偷也是人啊！

实在不忍心吵着你，你就继续睡吧，好好地睡，做个美梦。

感谢你让我有机可乘，而且省心省力。亲！

留下字条，小偷得意扬扬、飘然而去。

翌日见过字条，女主人则笑出了眼泪。

三、如此小偷

小偷不费吹灰之力就偷到了一套监控设备。

小偷小心翼翼把它安装在自己家里，上看下看，左瞧右瞧，好不得意。

然而未出一天，小偷就被警察抓获归案。

警察厉声问他：你偷监控设备干吗？

第一，我恨这玩意儿！安装了它的地方，咱偷盗时总感觉被人盯住，提心吊胆；第二，随着偷回家的东西越来越多，我担心自己家里一不留神也会被偷盗。为防患于未然，我想到了在自己家里安装它。小偷脱口而答。

警察扑哧一笑：这么说来，你还很有头脑哇！

小偷亦嘿嘿一笑：是吗？只怪我运气不错，想偷啥遇上啥，不偷还不行；也怪我运气不好，这么快就被你们轻易抓到。

你觉得有趣？警察的脸忽然一阴。如此这般，你可要被刑拘哦！

为什么？小偷惊问。

这套设备价值两万多元，不便宜哩！警察正告小偷。

那——小偷却满不在乎，我有点累了，正好有地方休息休息。

这下警察愣了。

投 票

欧阳明

A君又在同学群拉票了。

A君上次拉票，是为他一篇散文。A君爱好文学，但写了几十年，也没在市级以上文学刊物发表过一个字。

A君对此不以为意。

我写东西不是为了发表，是满足自己的爱好。写文章为了发表，太虚荣，中国四大名著就没发表过。再说了，发表了，并不表明文章就好。A君说得口水爆溅。

A君参加的是某个网络文学平台组织的全国征文大赛。大赛要求网上投票数量前二十名的才能入围，然后再结合打赏的金额评出名次。

A君在群里先后发了几次红包，估计有几百块吧。大家抢了红包，就按照他说的点击链接。之后，再把"已投"的截图发在群里，表明已拿人钱财替人办事。

A君对每个截图都回了声谢谢。

那段时间，我很忙，很少去群里逛，开始没看到拉票。好在投票结束前一小时，无意间看到了，就立即去投了票，还打赏了五块钱。A君看到截图后，也回了声谢谢，还私下发了六元的红包给我。

A君如愿以偿得了个优秀奖。他把证书照片发到群里。据说还有奖金，大家问多少，A君没说，只说要请大家吃一顿。

不就是动了一下指头，何必破费呢。有同学说。

A君答道，不是动一下指头的问题，那是深厚友谊的体现，单凭这一点，也该请大家。

我很庆幸自己赶上了投票，不然，就成了不讲友谊的坏人了。

A君这次拉票的不是文学了，是帮他孙女评选本市最萌宝宝。他不仅在同学群拉票，还叫大家往其他群里转。

这是一个"群居"的时代，每个人都有很多群。玩不来微信，不过"群居"生活，你不是上了年纪离死不远了，就是不识字的文盲，是要被人讥笑的，不会必须赶紧学。

在A君第一次拉票之后，我又参加了其他群的很多次投票活动。有评最美女老板、最美城市、最美乡村、最美少妇、最美辣妈、最美医生护士、最美女教师的，也有评最美母猪、最美山羊、最美公鸡、最萌猫狗的，等等等等，五花八门，超乎你的想象。每一种投票，群友都不分白天黑夜地催，让你睡不好觉吃不好饭做不好事。

和上次一样，A君照样先发了几百元红包，供大家哄抢。大家抢了红包后，照样点开链接，投完票后照样把已投截图发到群里，以验明正身。

这种活动太无聊了。两三岁的娃娃，评上最萌宝宝又能怎样？难道保准长大了能成范冰冰、马云、莫言或者是党和国家领导人？这种活动像瘟疫，传染得很快，有了一次就有二次三次四次，甚至N次，今天是A君喊，明天是B君叫，然后又是C君D君E君……没完没了。再说，这种投票，有的需要回答问题，有的要输入身份证号码，都有不可告人的目的，不是为了谋取名，就是为了谋取利。没名利的事，谁会干？吃饱了撑的？

我已被这类投票弄得疲惫不堪，异常反感，所以对A君这次拉票采取"潜水"策略，装作自己没到过群里。心想，不知者不为罪，A君应该不会怪罪我吧。

评选活动终于结束了。A君的孙女评上了最萌宝宝。但奇怪的是，A君这次居然没请吃饭。

前几天，在街上无意间撞见群里的C君。

你最近出差了？C君问。

没有啊。我感到很意外，不明白他怎么会这样问。

没出差，前天吃饭怎么没来？大家都在，就差你一个人。C君说。

吃什么饭？我愈加糊涂了。

A君感谢大家投票呀！难道没通知你？C君一脸惊讶。

我愣住了，半天才回过神来，慌忙笑着说，通知了，那天我确实出差了，我电话给A君也解释了。

是嘛，A君那么重情重义的，不会不通知的。C君说。

就是就是。我急忙点头。

离开C君，我顿时后悔不已。完了完了！A君对我有意见了，世上没有不透风的墙，没投票的事，大家都会慢慢知道，肯定会责怪我无情无义。我怎么就一时糊涂呢？不就是动动手指吗？较什么真啦！

唉——我真不知道在这低头不见抬头见的小县城，今后见到A君该怎么办，自己还敢不敢去群里混。

恰好这时，老婆发来一条微信，说岳母正在参加一个最美婆婆评选活动，叫我急转朋友圈，吆喝吆喝，拉拉票。

哎哟，我的娘呃！

老街担家

刘建超

老街的清晨，有两种人最忙碌：挑担卖菜的和担尿赶路的。

老街人嘴刁，吃菜讲究新鲜水灵。卖菜的主直接从菜园里摘得新鲜蔬菜，在瀍河边淘洗去泥沙，用稻草绳绑扎结实，新鲜的叶子菜摆放在箩筐里挑起担子沿街叫卖，吆喝声有板有眼，有腔有调。

老街从明末清初磕绊至今，沿街住户还用的是旱厕。有的家用大水缸嵌入地下，有的家砌个池子。每天早上，有专门担尿的人来家里清理茅厕的粪便。起粪时臭味弥漫，为了不影响住户内眷生活，担尿人的都起五更赶大早。老街人厚道，给做担尿营生的人称之为担家。

老干就是个担家。可别小看了担家的活计，这可是个体力活，也是个技术活。说体力，担尿用的木桶，有六十厘米高，柏木做成。没有把子力气，担一副空桶也累得你脸红脖子粗。老街住户的茅厕都建在后院，从后院到前街也有五十多米距离。如果是二进院或三进院，那就是百十米长的距离，担起尿桶要一鼓作气，举步生风，一路小跑，没有个硬扎的身板儿可不中。说技术，担起木桶途中不能让桶里的污物溅出来，否则就弄脏了住家的院儿，即便用水冲洗，那气味大半天散不了，很是影响人家的情绪。

老干个高精瘦，皮肤黝黑，脸上总带微笑。老干在老街做担家，走进住家门，总吆喝一声，来咧——避免后院茅池有人尴尬；活做完了再吆喝一声，走咧——告诉住家关好大门。每天清晨，老干担着木桶，在分包的路段上，挨家挨户担尿。老干在茅厕里起尿，舀粪的勺子用得利落，起落之间，不能将污物遗撒在地面上。木桶装至八成，小心移至厕外，再拎进另一只桶。他稳稳挑起担子，匀步小跑，过门槛时前面的木桶稍抬高，跨过门槛，后面的木桶再抬高，脚下的步伐速度不变，木桶里的污物决不会溅出点滴。老街住家的门槛高低不同，坊传老干为了练好过门槛的技巧，在自己的小院子里用砖头和竹竿搭成门槛，闲时担着木桶在院子里练活儿。

老街遇到大雨。明晃老两口犯愁了，院子里的排水管道不畅，积攒的雨水就涌到了后院的茅池，眼瞅着茅池就要被灌满，溢到院里可就恶心了。

来咧——老干担着木桶进院了，二话不说就钻进茅池淘粪。老干来回担了五趟，雨水中依然是稳稳地挑起担子，匀步小跑，过门槛时前面的木桶稍抬高，跨过门槛，后面的木桶再抬高，脚下的步伐速度依然不变，木桶里的污物不溅出点滴。老干又帮着把下水管道给拾掇通了，这才挑起担子，说了声，走咧。

冠老太太是老街的大户，子女都在南方做营生。老先生过世后，冠老太太一人守着个大院子。老干走进后院的茅池做活，看到老太太也来到后院，踌躇着像有什么事。原来，老太太在如厕时，衣扣挂掉了手上的戒指。她想让老干帮着找找，又张不开口。如果找到了还好说，可如若找不到，那叫老干怎么把粪便担出这个门？按老街规矩，出了院门，尿桶里就是淘出个金元宝也是归担家所有了。老干看到冠老太太手足无措，心下明白了几分。

老干担着木桶走了，在城外找着了个筛子，把一桶桶的粪便细细地过滤，果然找到了那枚戒指。老干在潺河边，把戒指清洗干净，送到了冠老太太的手里。冠老太太的泪下来了，她说其实也值不了几个钱，只不过是结婚时先生送的，也是个念想。老太太执意要给老干付钱，老干两手作揖说，老太太您抬举我，抬举我了。走咧——

老干四十好几了还是单身一人，有人就张罗着给老干做媒，问老干有啥要求，他搓着大手，说没个啥要求，人家不嫌弃我就中。有人介绍了西关的佟大脚，也是快四十了还没找到婆家，老干就按人家约好的时间去见见面。

老干就在去相亲的路上出事了。老干路过潺河，被几个孩童的哭声喊住了。有个儿童在潺河边捉鱼虾，不慎滑入了河中。老干不会凫水，他大步流星奔到河边，毫不犹豫地纵身跳了下去。他在湍急的河水里扑腾，大喊一声：走咧——奋力把孩子推向浅水，自己却没能再上来。

老干无家无后，老街人给他办了最隆重的葬礼。老街的贤人雅士自愿为老干扶柩，街道的孩童都披麻戴孝，送葬的人群把老街堵得水泄不通。

老干的棺木前一条白绸挽幛冲天而起，上书八个大字：来咧走咧——一生干净。

许多老街人这才知道，原来老干有个很雅的名讳：干净。

寻访私奔的祖母

岑燮钧

那一年，我打算去看望我的亲奶奶。

我没有见过我的亲奶奶。我现在叫的这个奶奶，是我父亲的后娘，也就是我祖父后讨的老婆。我祖父这个人，脾气暴躁，动不动就骂人打人。好在我的后奶奶身材高大，也是个大嗓门，她在前村骂，后村的人都能听见。他们年轻的时候，据说常常干仗，一个扫帚，一个铁锹。等到上了年纪，虽不再抄家伙，但嗓门依旧高亢。

我原先以为我的亲奶奶已经去世了。

一个夏夜，父亲喝酒上了兴，我们闲坐着听他啰唆。不知怎的，他竟为自己的身世而感伤起来，说六岁逃了亲娘……他以前总说六岁没了亲娘，我们就想当然地以为她死了。我很好奇，就追问道："那她逃到哪里去了，现在还活着吗？"若是往日，他必会让我闭嘴；但今儿个，他一点都没有嫌我的意思。

"那你为什么不去找她？"

"我干吗要去找她？我从小就恨死她了。她撇下我们兄妹俩，一个人快活去了。"

我一再问奶奶为什么要逃走。父亲抿了一口酒，似乎犹豫了一下，说奶奶是跟一个国民党逃兵私奔的。

这真是我家的传奇了。我奶奶还是这样一个多情女子，真让我刮目相看。

待我要细问时，父亲已酒足饭饱，在躺椅上打呼噜了。

后来，我也曾趁父亲高兴，问亲奶奶的事儿。他要么呵斥我，要么说，那时他还小，也记不得了，搪塞我。只一回，也是酒后，才说他也是听人说，奶奶现在在邻县的一个比我们这儿还闭塞的小山村里。

我就奇怪了，奶奶为什么要私奔到一个更落后的地方？

我说："这么多年了，你不想去看看奶奶吗？"父亲吸了一口旱烟，沉默了。那烟袅袅腾腾，仿佛在勾起他的回忆。

这事也就搁下了。

这事重新冒出头来，是在两年后我金榜题名之后。我考上了大学，这是村里破天荒的大事，父亲第一次领受了村人艳羡的目光。我们晚饭搬到院子里吃，父亲喝了酒，我闲得太空，突然一个激灵说："我想去找我的亲奶奶，告诉她我考上了大学。"父亲愣了一下，慢慢地说："这是光宗耀祖的事，她也该高兴的。"第二天，父亲还特地去已搬到镇上的一个远房堂爷爷处打听我亲奶奶的更详细的地址。当初，就是这位在外地做小生意的堂爷爷，担着货郎担，无意中在一个小山村碰到我亲奶奶的。

我问父亲："你去不去？"父亲愣了半晌说："你去找找看再说。"

奶奶所在的地方的确够偏僻的。我转了三次车，才到镇上。镇上没有到小山村去的车子——根本就没车路。有个好心的拖拉机师傅愿意捎我一程，然后指了指那条山路说："翻过两座山，爬上岭，岭背后有个百来户人家的村子，就是，到时你问一下得了。"

山路弯弯曲曲，两边草木疯长，就像我的思绪。我脑中无数次地想象我的亲奶奶该是一个怎样的人，是国民党逃兵拐走了她，还是她爱上了国民党逃兵？那么，那个逃兵该有怎样的魅力呢？

终于，这个小村出现在我眼前，清一色的几乎都是老房子，鲜有新造的楼房。进村的山道铺着石板，山溪潺潺而过。我向一位大嫂打听奶奶，她摇摇头，说不知道有这个人。后来，又问一位爷爷，他愣了一下："张秀英？"他又朝旁的一位老阿婆合计了一下，"明德嫂的名字是不是叫张秀英？"老阿婆说是的，他就把我领到了最里面的一户人家，一边喊：

"明德嫂在家吗？有人找。"

"来了，来了。"一位清秀的老阿婆出现在我眼前。我蓦地一惊，一下子认定她就是我的亲奶奶——她和我的姑姑多像啊。原来我爹像爷爷，姑姑像奶奶。

我没来由感到嗓子发紧，眼睛有些湿润。本来，这个人在世界之外，跟我一点关系都没有；但此时，我感到我身上流着的血，要跟她的融合在一起。

"奶奶——"

"你是——"

"我是嘉康的儿子……"

"嘉康……嘉康……"她愣了一下，嘴巴嗫嚅着，"你真是吴家岙的……嘉康的儿子……"

"那找对了！"那位引路的爷爷呵呵地笑着走了，奶奶一边用手掌角底掖了一下眼角，一边说"走好"。

"你看家里乱的。"奶奶老大不自然，我也不知说什么好，想好的千言万语，没法化成得体的土话。奶奶的土话，已跟我们有点不一样了。但是，我们互相都能听懂。

"你咋想到来看我呢？"

"我考上大学了，想向你报个喜。"

"好啊，好啊，总算有个大学生了！"奶奶手擦着衣襟，局促地看着我，"你饿了吧，我烧点什么给你吃吧！"

我说不饿，可是奶奶硬是要烧点东西。其实，她也没什么东西，翻来翻去，找出一点面，卧了一个蛋。

我们终于坐下了。她看着我，我看她时，她又掸掸自己的衣裳，似乎躲避着我的目光。

我很多次想问奶奶怎么跟国民党逃兵好上，撇下家小，私奔到这个几乎与世隔绝的小山村的。可是，面对这样一位老阿婆，我又问不出口。

"你爹你姑都好吧？"

"好。"我应道，"他们都想你……"这是我编的。

我终于脱口而出："奶奶，你后来怎么到了这个小山村呢？"

过了好一会，她才叹出一口长长的气："唉……过不下去了呀。"我看着她，期待她往下讲。"你爷爷那时赌钱，撒酒疯，打老婆孩子，家里揭不开锅，孩子哇哇叫，你祖奶奶还一个劲跟我吵架，我走投无路，就跳进了村外的水塘里……"

"这样啊……"一下子击破了我所有的浪漫想法。

"正好有人路过，救起了我。我说让我死，他一个劲地劝解我。我有家难回，一气之下，就跟他走了……"

突然，奶奶站起来，说再给我盛一点面。我说真不要了，她才又坐下。"你爹你姑姑该是恨了我一辈子吧？"

"没，没……"

"那时候他们还小……哎呀，还说这些陈年烂谷子的事干吗呢！"

至此，我终于知道，可怜的人间是不会有浪漫的故事的。

但是，奶奶好歹活到八十九岁，终其天年。

我想，或许明德爷爷待她不坏吧。

这就够了。

单身老王

安　谅

宝强姓王，跟那位草根出生，凭着其貌不扬演技不赖而家喻户晓的明星同姓同名。宝强是我的老邻居，小时候一起玩过。不过，宝强比我大好多，真正玩耍在一起的时间并不多。但在一个单元里住着，低头不见抬头见，所以我们也是非常熟悉的。宝强年轻那会儿，长得精壮结实、粗眉大眼的，看上去很有点男人样。可惜他平常话不多，表情显得有些木讷，和人相处也十分谨慎，有点"戆头戆脑"。

邻居或者同学之间，他都显得悄无声息的，不太为人注意。我思忖过，也许是他读书不好，缺乏那种聪明劲儿，也许还因为他有一个曾经做过地主的父亲。据说他父亲的名字还和曾经叛党、分裂党的王明同名同姓。这一切可能就给他也带来了阴影。

有一例可以说明，王宝强的木讷老实，或者说是怯懦。有一次，我在玩造房子的游戏，地上画着一个个框框，放着一块砖头，抬起一条腿来，边跳边行进，既要能够一格格地蹦跶下去，同时要带着这个砖头，跨过一格或者两格，但不可以踩在线上。正玩得带劲的时候，王宝强来了，看了也来了兴趣，不由分说，抬起腿来，也蹦跶起来。他把我的游戏搞乱了，我很气恼，就推了他一把，他差点跌倒，怒视着我，却一言不发。他的身材比我要高大许多，却又很快收回了目光，悻悻地走了。

时光荏苒，再见到王宝强时，已是四十多年过去了。王宝强明显有些衰老了，头发花白，背微驼，脸上皱纹纵横交错，但从他的目光里，我依稀还能找到当年年轻时的一点神情。那是一次老邻居的聚会上，王宝强看我的目光，热情而温和。他主动和我打招呼、握手，挺有礼貌的。我也给了他真诚的问候，老邻居们在一起相聚的氛围很欢快。

后来就听说，王宝强的同龄同学，那个叫赵发的，组织他们过些时间再聚。赵发还邀请我参加，我虽然小他们几岁，但在他们心目中算是个人物，有我参加，自然他们也会感到骄傲。我工作甚忙，他只是笑笑未置可否。后来他们聚了，也电话问过我，我未能抽出空来。听说他们聚得也很高兴，赵发本来就是他们同学中混得算不错的一个，曾在机关里当过科长，还是有点号召力的。之后他们又聚过几次，都是赵发召集的。有一次，赵发在中秋将到之前，又发出了"集结令"，我也在受邀之列。好多次都没参加，我过意不去，在他们活动尾声的时候，匆匆露了下面。大家非常高兴，王宝强就坐在我的斜对面，还是那副傻傻的，又带着温和表情的模样。活动地点是赵发选定的。一个不大不小的饭店，点的都是家常菜，酒的品种倒比较丰富，红酒、黄酒、啤酒，还有洋河大曲。我想这个赵发每次召集，钱都是谁出的呢？他们这一拨人，大环境处于"文革"时期，又毕竟是普通的职工家庭出身，所以读书都不太好，混得也都不太好，好多人都不到年龄就下岗，现在都年过六旬了。我看着他们心生感慨，赵发很活跃，一会儿提议一起干杯，一会儿又说上几句段子，俨然是中心人物。吃喝间听到有人叫赵发排长，我想起来了，当年赵发还是他们班的红卫兵排长，难怪活动能力这么强。没听见王宝强说过什么，他只是举着杯到我身边，敬过一次酒，笑得还是那种表情，有点傻，但挺温和的。我说应该叫他老王了，都这把年纪的人了，我也知道，老王至今尚未婚娶，但看这模样，他绝不属于钻石王老五。

聚会结束时，赵发又用他的高亢的声音先提议道：下个月第一个周末我们再聚，我买单！这时有人插言道，前两次也都说是你买单，也没见你买单呀。赵发立刻说，今天我买，今天我买。又有人说，人家王宝强早就把单买了，前两次也都是他买的。王宝强倒有点不好意思了，说，没关系的，你们都退休了，我还在干，还有些收入。有人悄悄与我耳语，他还在菜市场里做临时协管，每次都是他最后悄无声息地把单给买了，也不知道他图的啥。我凝视着王宝强，眼眶有些湿润。赵发还有其他人，都纷纷想要加我的微信，我没有加，走时只和王宝强悄悄地加了。

卖　菜

刘向阳

正是冬贮时节，老头子在县种子培育研究所的帮助下，麦收后，将自家的地全种了大白菜，不出种子公司所料，白菜不仅各个长得粗大壮实，而且，今年的价格比去年增了五成。田大娘趁着老头子开着四轮车去市农贸批发市场送大白菜的空儿，也用脚踏三轮车装了一车大白菜，来到离村二里远的镇集市上。她想，这一地的大白菜，只靠老头子一个人往市农贸市场倒腾得啥时候是个头，自个能帮把手，不就能卖得快些吗?

待田大娘来到集市，集市早就人流如潮了。田大娘好不容易在路边找了个摊位，就来了买主。是个开奔驰的光头小伙子。小伙子拿起一棵大白菜颠了颠，说，在集市绕了一大圈，还是你家的白菜好，棵大又壮实。

听了小伙子的话，田大娘乐得合不拢嘴了，美滋滋地说，俺家的大白菜可是在市种子培育研究所的专家指导下种的，不施化肥，不洒农药，是纯绿色蔬菜!

说话间，田大娘发现，小伙子在掰自家的白菜帮。赶紧阻止。哎，哎，小伙子，那么好的菜帮你咋往下掰呢?

小伙子仍然不停手地掰，边掰边说，这帮子太老了，熬不熟煮不烂，再说，你家的白菜棵这么大，还在乎几个帮子！

田大娘心疼地直跺脚，再掰我可不卖了！

小伙子仍然不停手地掰，快把白菜掰得只剩了芯儿。小伙子掰完一棵，又接着掰下棵。气得田大娘连连喊，不卖了，不卖了！

小伙子笑嘻嘻地自己将两棵掰成了芯的白菜放到了称上，说，四斤八两，五角一斤，共计两元四角。说着掏出两块钱，扔给了田大娘，没零钱，那四角您老就甭要了！说着，将白菜放到后备厢，开车走了。

田大娘那个气呀，就甭提了。找着解恨的词儿骂了起来，秃瓢小兔崽子，一看就不是个好人样，开着大奔占老太太便宜，连点人味都没有，一看那车不是偷来的，就是用他老子贪污的钱买的，早晚不得好死，不出今天，就得撞上大树车毁人亡！

田大娘正瞅着满地的菜帮子心疼得不行，又来了买主。买主是个规矩人，打听完价格就捡了棵白菜放到称上。田大娘瞅瞅买主，见是个比自己岁数还大的老太太，估计眼神儿肯定不好，要不脖子咋还挂副用线拴着的老花镜呢！田大娘不由得起了心思，暗想，只许别人欺骗我，我就不兴欺骗别人！田大娘假装看了看称，说，四斤八两，您给两元，那四角不要了。

卖菜的老太太边掏钱边叨咕，这价钱也贵了菜也实诚了，一颗白菜就两块！

看着老太太的背影，田大娘忍不住乐了，不骗白不骗，这就应了《龙江颂》江水英的那句话，水田损失，旱田补。秃瓢兔崽子占我的便宜找回来了！

田大娘心情一好，就开始欣赏起集市的热闹场景来了。看着看着，她看到了一个穿着打扮挺寒酸的女人在四处捡被人扔掉的一些烂菜叶。田大娘撇了撇嘴，心想，干点啥不好，捡烂菜，一天能省几个钱儿？这样的抠门人看着就让恶心！

可是，看着看着，田大娘发现了问题，那个捡烂菜的女人，每捡一次菜，都要让卖菜的给称称。田大娘更有些瞧不起了，捡了人家的菜，还给人家添麻烦，简直就是个神经病！

越让田大娘瞧不起，捡烂菜的女人还越往田大娘这儿凑。女人将快要装满筐的烂菜放到了田大娘的脚下，弯下腰捡拾被那个秃头小伙子掰掉的白菜帮子。嘴里还念念有词，这么好的菜帮子扔了真怪可惜了的！还边说边将码放整齐的白菜帮子用绳子捆牢，放在了田大娘的称上，说，麻烦您给称称！

田大娘白了一眼说，称嘛称，快拿走吧！

捡菜的女人说，哪能白拿您的菜，多少也得给您点钱。

那就半价吧，四斤高高的，你给一块钱吧！

田大娘旁边一个买红薯的人，冲着走远的捡菜女人对田大娘说，多能吃苦耐劳又有爱心的好女人呀！用省吃俭用的钱，资助了十个贫困山区的大学生，难得，难得呀！

话传进了田大娘的耳朵里，举着手里的一块钱，脸红一阵，白一阵，心里那个不是滋味……

杂 质

袁炳发

我和文友韩晓玲一同参加区文化馆组织的诗歌封闭培训班的。之前，我俩在一次诗歌活动上认识的，韩晓玲三十多岁，个子高高，人十分亮丽，走到哪儿都是引人注目的那种。

韩晓玲是离异的单身女人，心直口快，有什么事都愿意和我这个大姐说。

培训班是在城郊的一家铁路招待所报到。见面会在招待所的一楼会议室。

会议室内一条长形桌，学员分两侧而坐，文化馆的创作辅导员刘老师和另一位戴眼镜的矮胖先生，坐在长形桌的顶端。

刘辅导主持见面会。

刘辅导细长个子，脸瘦削而白净。他让十名诗歌作者做了自我介绍后，又把坐在他身边的、矮胖的眼镜先生向大家介绍：这是我的发小，来自省城，国内著名诗人余得背先生。

一阵掌声后，刘辅导从衣袋里拿出一块手帕，左右擦了擦那双瘦白的手，然后把手帕放在桌上。继续说，余得背是从我们这里走出去的诗人，有过坎坷的经历，在工地上搬过砖头，街头卖过剪纸，还有唱二人转"滚地包"的经历。

韩晓玲问，刘辅导，"滚地包"是什么意思？

刘辅导皱下眉，拿起手帕，又左右擦下他那双瘦白的手，回答说：民间的草台班子。

被介绍的余诗人，显出一脸困惑，问刘辅导，你介绍这些干吗呀？

刘辅导看一眼余诗人，说，英雄不问来路。一个有过这样底层经历的人，不也把诗歌写到国外去了吗！我们在座的每一位，只要有梦想，谁都会了不起！

又一阵热烈的掌声。

余诗人突然站起，向前伸出右臂，大喊：宝贝，我爱你们！

刘辅导扭头看了看余诗人，站起，按了下余诗人的肩，说，淡定，请坐下。

余诗人犹豫了下，但还是坐了下来。

翌日上午，余诗人给我们讲了"论诗歌的张力"。下午，余诗人现场点评学员诗歌作品。

余诗人总结说，这些学员中，我个人认为，韩晓玲有悟性，她最有可能成为一个诗人。其他学员嘛，我看有可能成为小说家。

学员们发出一阵笑声。

这天的晚上，余诗人敲我们房间的门，喊着，韩晓玲，你出来一下，陪我到外面走一走，我给你谈一下你的诗。

韩晓玲看了我一眼，我未置可否。

韩晓玲就走了出去。

半个小时过去了，韩晓玲没有回来。这时，微信群里刘辅导艾特我：余诗人在你们房间里吗？

我如实回答：没有，余诗人约韩晓玲去外面谈诗了。

刘辅导发了一个愤怒的表情图。

然后刘辅导在微信群里又艾特所有人：辛苦大家到楼下找一找，让他们回来休息。

我们是在招待所后院找到余诗人和韩晓玲的。

当时，余诗人蹲在地上逗着被链子拴着的一条黑狗。余诗人喊着黑狗宝贝，那黑狗就汪汪地叫着做欲扑状，韩晓玲站在余诗人身后，怀里抱着几听啤酒。

大家把余诗人扶起来，送回他和刘辅导住的房间。门刚打开，刘辅导就劈头盖脸把余诗人一顿训斥：余胖子，你给我听好，我请你来是讲课的，不是让你来谈情说爱的，做人要规矩些！

余诗人有点云山雾罩摸不着头脑，少顷便明白过来了，反驳说：你放屁！别把我想得那么龌龊，你心灵能不能纯净点？

我们悄悄关上刘辅导房间的门。

后来学员中就有人说，韩晓玲和余诗人好上了。

封闭培训班结束那天早上，韩晓玲和我说，大姐，今天你自己回吧，我要到市作协同学那里办事，我们各走各的吧！

我说，好的。

培训班结束两个月后的一天上午，我接到韩晓玲的电话：大姐，我怀孕了！

我问：你谈男朋友了？

没有。

那孩子是谁的？余诗人的？

韩晓玲说，孩子是刘辅导的。

我听后，惊得几乎把电话扔了。

韩晓玲又说：培训班培训结束那天，我和你谎称去市作协同学那里办事儿，其实是刘辅导短信约了我。刘辅导请我吃了饭，说愿意帮助我发表诗歌，要捧红我，然后我们就开了房，再然后就和他好上了。

我听得心惊肉颤。

下午时，韩晓玲爆发了，封闭培训班的微信群里，韩晓玲在说这件事。

韩晓玲：我告诉大家，刘辅导是个大骗子，我怀了他的孩子，他让我打掉，给我拿五万营养费！呸！我要的是钱吗？他答应过我，他要离婚的，可现在只字不提了！

学员甲：吃惊的表情图。

学院乙：冒汗的表情图。

学员丙：锤子的表情图。

学员丁：匕首的表情图。

突然，余诗人出现，他发了个拥抱的表情图，然后又贴上一首普希金的诗，《假如生活欺骗了你》：

假如生活欺骗了你，

不要悲伤，不要心急！

忧郁的日子里需要镇静：

相信吧，快乐的日子将会来临。

没见到刘辅导在群里冒泡，我立即打开微信成员查看，不知什么时候，刘辅导已经退出了群。

接下来，群内学员一个一个地发红包，安慰韩晓玲。

余诗人发的是转账包：八百八，转账说明：用诗歌疗伤吧。

我发现韩晓玲一个包也没接，群里她再没露面。

无影剑

蒙福森

秋风萧瑟，落叶飘零，在广西浔州府的大路上，十几骑快马飞驰而过。身后，扬起一阵呛人的尘土。骑马者谁？——京城御前四品带刀侍卫、江湖上人称"鬼爪"的赵一凡和他的部下。

赵一凡本是广西梧州府一名捕头，因武功高强，心思缜密，逢案必破，人称"天下第一捕快"。后因捕获一罪大恶极的汪洋大盗，到京城授奖，被皇帝看中，选为贴身侍卫。

他们策马奔驰了几十里路，一路上人迹罕见，到处是荒废的田地、村庄。路边，草木枯黄，饿殍遍野，几句古诗浮上赵一凡心头：白骨露于野，千里无鸡鸣；生民百遗一，念之断人肠。

咦——

他们停了下来，看看天色，然后，信马由缰，缓缓而行。

此时，黄昏日落，暮色苍茫，他们行走在一条人迹罕至的小路上。

这里正逢大饥荒，到处是萧素的村庄。远处，有几点烟火，几处人家，偶尔会有一两只乌鸦飞过头顶，发出几声诡异的叫声，令人不寒而栗。天灾、人祸、捐税、徭役，兵、匪、官、绅，压得老百姓苦不堪言。

赵一凡此次离京，奉旨查案。

近几个月来，各地接连有几个太守、总兵、副将等相继死于非命，基本上一月死一个。死者有一个共同的特点：伤口在脖子，剑口深约二寸，皆一剑毙命。尸体上，放有一张纸，蘸血而书：死有余辜！落款：无影。

赵一凡仔细查看几个死者的伤口，顿时，大吃一惊，惊讶不已，三个字像闪电般掠过脑海——无影剑！

多年前，江湖上出了一个使用无影剑的高手——那龙。此人一把长剑，疾如闪电，无影无踪。古语云：天下武功，唯快不破。和他交手的人，只能听到呼呼呼的剑风，三招两式，脖子中剑，多少人死在他的剑下，江湖上闻之色变。后来，听说那龙死于一场怪病。之后，无影剑在江湖上销声匿迹。想不到，如今无影剑重现江湖，并且，专和官府作对，杀害朝廷命官。一时间，赵一凡心里忐忑不安。

"无影"到底是谁？他为什么要杀死朝廷命官？所杀之人，到底有什么共同之处？无影和死者之间，有何血海深仇？下一个，又会是谁？

这一切，像一团团乱麻，缠绕着赵一凡。

赵一凡失眠了。

朝廷有令：限期破案。如今，十几天过去了，赵一凡一点头绪也没有。

天空飘着细雨。赵一凡坐在茶馆一隅，自酌自饮。

那是一个宁静的角落。一桌，一壶，一茶杯，一碟小吃。

赵一凡陷入沉思之中。

赵一凡在脑海中一一捋过死者的名字，突然，如醍醐灌顶，赵一凡恍然大悟。

快！立刻出发！赵一凡下令。

去哪里？随从问。

广西桂林。赵一凡边说边跨上黑马。

到底迟了一步。当他们赶到时，噩耗传出：昨晚，桂林副将王勇被杀了。

这是当年参与剿灭广西大藤峡土匪中的最后一名将官。其他人，已被影子一个个杀了。

又是无影剑！

赵一凡叹息一声。转身，低声吩咐部下，如此这般……

十天后，中秋节。其时，明月皎洁，如同白昼。大藤峡岸边，有一块宽阔的草坪。草坪有一片墓地，埋着两百多口人。每年中秋节，影子必来拜祭他们。因为，二十多年前的这一天晚上，他们无辜被集体屠杀。

赵一凡和部下悄然埋伏在密林中。

远远地，有一个人提着祭品来了。

他就是影子。

影子来到坟前，点燃香烛，摆好祭品，跪下，三叩九拜。

身后，赵一凡和随从刀剑出鞘，悄悄逼近。

来了？影子没有回头，仿佛背后有眼睛一样，冷冷地说。冰冷的月光下，他的剑乏着寒光，摄人心魄。

你就是影子？

是！

你为何屡杀朝廷命官？

因为他们该死！

该死？

你——天下第一密探，岂能不知？不然，你也不会这么快锁定我、找到我的……影子声音低沉，心里翻江倒海，多少年过去了，那刀光剑影，号哭惨叫之声犹在耳际，挥之不去。

赵一凡无语，眼睛潮湿。一段尘封多年的往事，一场血腥大屠杀像飞鸟般撞击他的心头……

二十多年前，大藤峡匪患猖獗。官府调兵遣将，剿灭了这股土匪。可当时领兵的将军韩雍为虚报战功，下令杀掉山脚下的一个村庄的村民，用他们的人

73

头冒充土匪。一夜之间，全村两百多口人被官兵屠杀。狗娃那年四岁，他睡着了，爹娘把他藏在草堆里，被路过的无影剑那龙所救，幸存下来。此后，他化名影子，苦练武功，发誓要为父母姐妹、父老乡亲报仇雪恨。那龙死后，他按照名单，把当年参与策划屠杀的将官一个个送下地狱⋯⋯

仇人尽戮，大仇已报，我心愿已了，随你处置，来吧！影子缓缓地收剑入鞘。

赵一凡久久没动。良久，打了一个手势：放了他。

随从默然，看着影子消失在苍茫的月色里。

赵一凡转身，对随从说，你们回京城复命，就说——我在决战时中剑坠崖，不见踪影⋯⋯

赵一凡混迹官场多年，早已厌倦了官场中的尔虞我诈，钩心斗角，沆瀣一气，更看不惯他们飞扬跋扈，贪得无厌，鱼肉百姓。此时，他心灰意冷，一心归隐山野。

此后，在千里浔江水路，在大藤峡崇山峻岭之中，当当当剑击之声，不时传来。

邂逅庞飞

徐慧芬

十五年前，不期而遇庞飞的时候，我们已有十年没见面了。我俩喜出望外，用力握着对方的手。庞飞说，真巧，竟在家具店里碰到了！庞飞问我，你也准备换家具吗？我说房子大了点，想添个沙发。庞飞说，我也是，刚刚搬进两室一厅，老家具都处理了——旧的不去，新的不来嘛！

临走，我和庞飞问店里讨了张纸，一撕两半，各自写上自己的住址和联系电话，递到对方手里。我们相约：一定要到家里来坐坐啊！

十年前，我在一家大型建材超市里又碰到庞飞了。我们兴奋地摇着对方的肩膀。庞飞说，房子又变大了——是三室两厅的！这次准备花点心思，装修到位。庞飞指着一种进口瓷砖很内行地对我说，这个牌子在欧洲市场上也是有点名气的。庞飞问我，你也换了房子吧，我说是的，我来看看地板。

分手时，我和庞飞交换了名片，又掏出手机把对方的手机号存了进去。庞飞说，有事多联系，得空一定来家玩啊！我还养了几缸金鱼，都是珍稀品种。我说，改天一定来，你也有空来我家啊，我学了点茶艺，略懂茶道，到时请你品好茶！

五年前，一个午后，我刚走出酒店，就见隔壁一家颇有名气的画廊门口，一个脑门亮晃晃的男人从车里出来向我招手——我与庞飞又见面了！我们欣喜异常，仍呼唤对方的小名：胖胖！毛头！声音大得让旁人侧目。谈话间，庞飞告诉我，他又换了房子，这次在郊区买了别墅，都装修好了，就是墙上还缺几幅画。庞飞问我，你也搬了吧？我说，还是老房子，不过两年前在南方临海处，买了一套景观房，还一直空着……

庞飞选画很挑剔，我和他的助手帮他选了几幅风景画都没入他的眼，他只相中了一幅名为《一地阳光》的油画。画面上一群男女老少中国农民，蹲在地上，围在一起，剥玉米棒子。金色的玉米和金色的阳光交相辉映，画面上个个咧着大嘴，喜笑颜开，一旁的鸡和狗奔忙着。庞飞解释说，公司墙上都是风景画，自己家里空荡荡的，这幅热闹点，添点人气。

分别时，我们交换了各自更新了的名片，并互加了微信。庞飞说，岁月不饶人，都快老了，以后一定要多聚聚，我花园里还挖了井，筑了游泳池，安了秋千架，都是名家设计的，蛮有特色，有空想着过来啊！我说，好的，明年哪个节假日你若抽得出空，我们两家人也可一起到南方度假，看海、泡海……

话还没说完，庞飞的手机响了起来，而我身上的手机也已振动了好几次。于是我们边掏手机边匆匆道别。

说来也巧，这些年来，我与庞飞，差不多每隔五年，总会撞见一面。现在，五年又要过去了，我仍没有去过他府上，他也没光顾我家。昨天傍晚，我在加油处停车加油时，对面一辆凯迪拉克从眼前掠过，开车人像是庞飞，是胖胖！我想喊他，可哪里叫得着呢！

当夜，我在梦里又见到了庞飞。那是三十年前的情景——我们朗读普希金的诗，讨论海明威的小说。那时，我们是校文学社的社员，我们喜欢文学，心怀虔诚，常常感动自己。那时，我们也偷偷学着写诗写小说，常常为一个字眼、某个章节，两人争得面红耳赤……那时，我们还是老街坊，住得都逼仄。我们的脚，有时候，一天里会朝对方家门跨几次。

坎　儿

李忠元

　　黄良老汉说老就老了，一转眼，就到了古稀之年，但黄老汉身体依然硬朗，体格仍旧健壮，整天没病没灾的，吃嘛嘛香。可健康毕竟是身体的事，这年纪一大啊，心里就有了隐忧，渐渐就滋生了些心病。

　　黄老汉是一个健谈的人，谁也没料到，他的性情竟急转直下，瞬间得到了蜕变，变得越发沉闷而内向，就像那天他掉下的一颗牙齿，在他无比的惊讶中，竟活生生咽到了肚子里，再想吐也吐不出来了。

　　心病淤积一久，就千方百计寻找机会爆发。来年就过七十三岁生日了，变得沉默寡言的黄老汉的郁闷就是在这一年泛滥成灾，甚至达到了井喷之势的。

　　"我会活下来，并能平安度过危险期吗？"黄老汉总是这样扪心自问。

　　其实，不是黄老汉杞人忧天，在他的家乡自古流传着一个约定俗成的生命法则：七十三、八十四，是人生的两道致命的坎。一个人一旦到这个年纪，不死也会被活扒一层皮。由此可见，年龄也是有凶险的。谁到这个年纪不怕呢？

　　不过还好，黄老汉的郁闷到了井喷期，突然回到了从前，又重新开口说话了。

　　但是，他这一开口说话，别人却多了烦恼。

七十三岁生日马上就到了，黄老汉再也坐不住炕了，他整天怀揣着他的疑问，东家走西家串，逮住一个人就问："我能过去七十三这道坎儿吗？……"

起初，大家还是有个好态度的，纷纷回复他，给他些许安慰。

黄老汉得到了肯定的回答，心里氤氲已久的郁闷就像阴雨天的太阳透过了云层，终于可以见到一丝阳光了，黄老汉心里着实透亮了不少。这时，黄老汉就笑着对答复自己的人报以眉飞色舞，说："哈哈，借你吉言啊！"

黄老汉不知是不是真的借了大家的吉言，他真的平安度过了七十三岁生日。黄老汉的生日在大年三十，过了这一天，就迈过了七十三这道关坎儿。

黄老汉得到了生命的眷顾，撒开了七十三，赶奔下一个里程，心里的担忧像大清早的晨雾一样逐渐变淡了。从迎来七十四岁的第一缕曙光开始，变得越来越耳顺心宽的黄老汉就一直平平安安，顺顺利利地过活，村里的老人都相继撒手西去，可唯独黄老汉倒像开春返青的小草，活得格外精神。

可时光不饶人，一晃十多年过去了，黄老汉又迎来了自己的八十四岁，但他还是那么精神矍铄，身体也十分硬朗，大家看着黄老汉以为他这回一定会处变不惊，平静面对眼前这道坎儿呢，谁也没想到，黄老汉的老毛病又犯了。

黄老汉又开始坐卧不宁，寝食难安，仿佛死亡真的降临到他的头上了。

可怕归怕，黄老汉一路居安思危，却也一路过关斩将，驱走了病魔，吓退了疾患，一年的时间又要过去了，黄老汉依然安然无恙。

这天，彩灯高挂，鞭炮齐鸣，一家人欢欢乐乐围坐在一起，欢度一年一度的除夕，同时也为黄老汉过八十四岁大寿。

可黄老汉却高兴不起来，他还不住地在心里纠结，八十四岁是个坎儿啊！七十三岁那道坎儿是走过去了，可如今这道坎儿却不易迈啊！

可不是，他的担忧就在这一天如同火山爆发，呈井喷之势，从早上睡到自然醒开始，一整天都提心吊胆的，怕得不敢出屋，走路更是如履薄冰，生怕一时不慎，跌倒了再也爬不起来。同时，他心里也受到了刻意的压抑，对眼前发生的一切都无动于衷，任凭前来祝寿的乡邻进进出出，他都漠然置之。酒是不能再喝了，万一喝多了酒，血压上升，一下过去怎么办？就连说话都不敢大声，即使哪个晚辈的祝词再怎么华丽，再怎么动听，黄老汉也不敢笑一笑，他生怕不经意的一点激动就会让他命赴黄泉，伸腿滚蛋！晚上，黄老汉更加惶恐，像一只惊弓之鸟，年夜饺子都没吃，就脱吧脱吧睡下了，可他心里有事，无论怎么强迫自己就是睡不着，即使学小孙子睡觉数羊，数到眼前冒金星都无济于事。

但黄老汉的努力还是没有白费，他终于挨过去了，安安全全地度过了这一天，平平静静地进入了下一年——八十五岁。

大年初一头一天，亲朋都来拜年，同时也祝贺老人平安度过八十四这道坎儿！

面对大家的赞美，黄老汉摸着脑袋，皱着眉，说，我总感到很奇怪，迈过了两道坎儿，我怎么就会没事儿呢？

人一多，就爱热闹，大家就围坐在一起打上了麻将，吆五喝六地折腾起来。

谁也没想到，恰恰这时出事了。

黄老汉一时口渴，见缸里没水，就抄起扁担，逞疯似的一个人悄悄去井沿担水，没想到井沿上积了厚厚的一层冰，一阵风迎面扑来，把昨晚失眠精神还在恍恍惚惚的黄老汉吹了一个趔趄，没站稳，重重地摔在了地上，腿一蹬，告别了这令他无比惶恐的世界。

山 河

安石榴

老刘是陕西人，如今说一口溜溜的东北话。为什么呢？老刘铁道兵出身，20世纪大裁军，他所在的部队正在东北执行使命，就地转业，于是，老刘就成了中铁东北某局的一名员工。老刘再也不可能回老家安身立命了。说起来这真是一场重大的人生转折，老刘内心有怎样的波澜，如今他全当旧事不提了。

老刘当铁道兵的时候，走遍了大半个中国。谁都知道铁道兵苦，风雨雷电，塌方泥石流，干旱洪水和雪崩，正负四十度的极端天气……他们什么没有经历过？然而祖国的壮丽景色，老刘也是尽数领略，退休后痴迷旅游，就是这时候培养起来的。

20世纪70年代，老刘当铁道兵那会儿在陕西勘察测量，就在华山脚下，首长抽时间带着他们登了一次华山。老刘记得很清楚，清晨六点，华山东峰，朝阳喷薄而出，翻滚的云层奔腾流荡，渐渐消失，万丈光芒之下，华山诸峰挺秀而出，一片雄奇和壮美的景色。一行人全震撼到了。首长是位四十几岁的老兵，当场失声大哭，口中叨念着，太美了，太美了。然后说了一句让老刘一辈子都忘不了的话："我愿意为它肝脑涂地！"老刘当时年轻，气壮，没有哭，也说不出首长说的话，但他心里有，庄严又神圣，那感觉就如同他当年在党旗下宣誓。

后来他带领员工建设佳木斯至抚远的铁路，开通之后，他独自一人登上抚远县北山山顶，一条大河静静地卧在他的视野里。那是黑龙江啊！老刘定睛看了那么一会儿，就热泪长流啦。美，原来可以这样朴素单纯，只不过三种色彩：绿、蓝、白。蓝色的大江，绿色的大地，白色的云朵。朴素得不能更朴素了吧？然而，它们是如此美，亲切，辽阔，神奇，不可替代和不容侵犯。它们好像在隐喻一个真相，这个真相跨越时间和空间，从祖先生长的远古走来，充盈于天地之间。就在这一刻，老刘洞悉了几十年前华山上的那一幕，老首长内心发生了什么，他是彻底明白了。

有一次行业开会在深圳，会后可以安排他们去香港看一下，大家热情很高，只有老刘拒绝了。那时候香港和澳门都还没有回归。有人问他为什么，他没说。

老刘退休之后痴迷旅游，先前当铁道兵时作为建设者走遍的大半个中国，如今作为观光者又重新走了一遍。还把没有去过的地方也几乎走了个遍。香港澳门自然不在话下，但独独台湾没有去过。

"为啥不去台湾转转？"老伙伴问。

老刘说："不急，等等。"

"您这儿都多大岁数了，还等啥？"

老刘还是那句："不急，等等。"

"哈哈，明白了。只可惜也许你等不到那一天哪！"人家开玩笑。

老刘正色道："那我的魂儿，也一定等到那一天。"

喜欢拥抱的女人

崔　立

2013 年 中国 微型小说排行榜

女人，喜欢拥抱。拥抱温暖。

女人怕冷。

小的时候，女人住农村，家里穷，没有空调。女人的衣服穿得也少，破破烂烂的，毫无暖意。冬天的晚上，太阳下山了，黑暗来临了，女人早早地，躲在被窝里，早早地睡着。还是冷，女人的手冷，脚冷，冰冰凉凉的，女人躲在被窝里瑟瑟发抖。

初中毕业的时候，女人和班主任陈老师离别拥抱了一下。

陈老师是个很博学很受人尊重的年轻男老师，女人听了陈老师三年的课，也崇拜喜欢了陈老师三年。

那一次拥抱，让女人温暖了好长一段时间。那温暖，似乎是驱散了女人这些年心头的寒意，也从此留在了女人心底。

女人长大了。

女人上了更大更高的学府。

女人参加工作。

女人留在了城市。

女人嫁了人，嫁了一个和她一样从农村出来在城市上班的男人。他们买不起房，是租的房。男人说："我们一定要在这个城市留下来。我要努力赚钱，我们要有一个真正的家。"

男人很努力。

男人在一家公司坐办公室。

男人回来得都很准时，女人喜欢男人拥抱着她睡。

男人的拥抱，很温暖。

做了一段时间办公室工作后，男人说："我要去做销售，销售可以赚很多钱。"男人的眼睛里带着坚定必胜的光芒。

男人回来得晚了。

男人回来得越来越晚。

男人回来的时候，总是一身酒气，摇摇晃晃地打开门进来，摇摇晃晃地把外套一扔，摇摇晃晃地进卫生间洗澡。

好多次，女人坐在沙发前看着电视，看着看着都睡着了。女人醒来的时候，男人还没有回来，电视机已经发出沙沙沙的雪花声音。

女人说："你这样太辛苦了，早点回来好不好？"

男人说："我不这么晚回来，怎么赚大钱呢？"

女人说："可，你这样太累了。"

男人说："不累能赚钱吗？"

女人说："没有你的拥抱，我睡不着啊。"

男人说："那就抱枕头吧。"

男人的业绩随着男人回来的晚的程度，越来越往上走了。男人赚了很多的钱。男人看中了一套市中心的房，悄悄买了下来。

男人把产证拿给女人看，说："你看你看，要没有那么拼，哪能赚那么多钱呢？"

女人摇摇头。

女人说："我们只要快乐，我不想你太累了。"

男人笑了，说："不累不累，我们怎么买房啊？"

男人还升职了。

升了职的男人，回家越来越晚了，有时，女人看窗外，阳光已经悄然地洒在床上了。大大的卧室的床上，只躺着女人，还有两个枕头。

是在一个晚上，女人闻到了男人身上不一样的味道。特别地浓烈。

女人说："这个味道，我闻了半年了。"

女人说："明天一早，我们去办离婚吧。"

女人离婚了。

那个叫刘光宇的男人，不是一下子就冒出来的，认识有一段日子了。

刘光宇长得像初中的班主任陈老师。刘光宇是女人公司的客户。女人代表公司接待他，第一次见到，还愣了一下。像，太像了。女人不由多瞅了刘光宇几眼。

刘光宇对女人也很好。一直好。

有时，刘光宇给女人打电话，说："有空，一起吃饭吗？"

女人说"好啊"，或者说"今晚，恐怕不行啊"。

女人和刘光宇，相处得很平静。

女人还在想着和班主任陈老师的那个拥抱，那个温暖了好长一段时间的拥抱，不知道和刘光宇拥抱一下，是不是也很温暖？

现在，女人离婚了。

下午，女人是主动给刘光宇打的电话。

女人说："晚上，你有空吗？一起吃饭吧。"

女人还说："我离婚了。"

刘光宇答应了。

挂了电话，女人一直在想，自己说的那最后一句，是不是糊涂了，为什么要说这句话呢？说这句话是有什么别的意思吗？

似乎是因为这句话。这一晚的西餐宴，也变得多了份暧昧。

刘光宇和女人面对面坐着。两个人在说着什么话。两个人的话都有点不着边际。说着说着，不知是谁说了句："我们走吧。"

两个人一起往外走。

西餐厅的旁边，有一家宾馆，招牌上红红的字，一直滚动着，播放着。闪着两个人的眼。他们的步伐，毫不犹豫地，都朝着那个方向而去。

电话声，适时地响起。刘光宇接了。

是一个小小的女孩儿稚嫩的声音，女孩儿说："爸爸，爸爸，你什么时候回来啊，你要回来给我讲故事哦，你不给我讲故事我睡不着觉哦……"

女人的眼前，突然闪现一个画面，一个男人冰冷的脸，男人吵架的声音很大，一个瑟瑟发抖的女孩儿，听着这声音，脸上都是惊恐，冷。男人说："我不会再回来了！"男人走出去时，重重关上房门的声音。女孩儿忍不住，号啕大哭起来……

女人看到了刘光宇的眼神。

女人的脚，停在宾馆的台阶下。

女人忽然笑了笑。

女人说："谢谢你，光宇，早点回去吧！"

在刘光宇惊愕的眼神中，女人转身离开了。女人在想，为什么非要拥抱才能取暖呢?

月下美人泪

肖建国

惠州城有两大养花高手，一个叫黄金，一个叫季献民。

称得上高手的，总得有点绝活。

先说黄金。

从黄金记事起，他家就是花匠。别人养花大都为了观赏，而黄金家是为了生活。他家以种花卖花过日子，开门七件事，柴米油盐酱醋茶，全靠花。所以黄金从小就跟着家人干养花的活。八岁，黄金去上小学。刚好学校的校园在翻整，墙角要种一排花。有员工过来问，种什么花？校长沉吟一会说，种白鹤仙吧，陆游不是说过"芳兰移取偏中村，余地何妨种玉簪"吗？

校长对古诗词有研究，这玉簪就是白鹤仙。

黄金一听，就说不行不行。这玉簪不能种墙根，炕都会炕死。少儿雌黄，校长哪放在心上。果然种上不多久，这玉簪全都晒死了。

校长对黄金刮目相看。黄金读到初二，辍学了。他成绩不好，整天就想着如何莳弄花草。校长说，你回去也好，花草有本心，说不定能让你黄金万两。

校长也真说对了。十多年后，黄金成了惠州城花卉行业的大佬。他不种一般的花，只种奇花异草。比如兰花走俏时，惠州城里的花匠都去养。春兰、蕙兰、建兰、寒兰、墨兰，你方唱罢我登场。朝京门的王胡子竟养出了猴脸小龙兰。一茎一花一雷公，粉面蒜鼻红头发。嘿，奇了。轮到黄金出手，养的是蝴蝶兰。品种虽一般，可花蕊里包含着一只展翅欲飞的白鸽！栩栩如生，绝了。

再比如，养昙花，也叫月下美人。

黄金能让昙花在白天开放。这个，稍有养花经验的人都会。将昙花用黑布蒙起来，不让其见光。到了晚上，则用射灯对着照，照得昙花"阴阳颠倒"。一个星期后，昙花彻底懵了，不得不顺从人意，在白天开放。

虽然都会，然而都没黄金昙花开得艳，开得大，开得多。黄金的诀窍在哪里？据王胡子说，黄金爱搞嫁接，不是一类的花，也硬要把它们"嫁上"。

黄金的昙花供不应求。为防假冒，他在每盆花上都系个标牌：黄金之花。王胡子有次在黄金家喝了点酒，对他说，你养花虽好，可比不过季献民。黄金心里咯噔一声。

季献民是教书匠，退休后回到家里，开始养花。他只养四种花，梅花、兰花、昙花、菊花。可能因为竹子不方便"院养"，就换成了昙花。他养的花不卖，只送人。

送人也看对象。王胡子同季献民认识多年，也只得到过一盆。

季献民养花好在哪里呢？黄金想去看看。

季献民家住在东江边，门前有棵木棉树，老干横枝，雄姿英发。据说每到春天，木棉花开，这树冠就成了燃烧的火焰山。

有同行来访，季献民忙迎出屋外。黄金开口便说，听说你的花种得很好，特来向你请教。按照黄金的想法，若季献民不愿意，稍稍皱下眉头，他寒暄两句便走。毕竟有技艺的都怕外露。

没想到季献民非常高兴，连说岂敢岂敢，今日你来得正好，晚上我有昙花盛开，正好一起品尝。

季献民的花种在后院，有三四个屋地大小，木架上按品种分类，养的全是花。有幼苗，有成品，有的正热热烈烈地开放。花香扑鼻。黄金仔细嗅了嗅，这花香与他那里香得不一样。香得纯粹，甘甜。真是奇怪了。

再看昙花，黄金更为惊讶。有很多盆都是他家的，"黄金之花"标牌还在呢。季献民说，这都是别人丢掉的，我捡回来重新修整。昙花花期短，可它命长。救人一命，胜造七级浮屠，救花一命，它知感恩。

这高论，黄金第一次听说。晚上，季献民刷牙漱口，洗面洗手，清理好自身，才进入后院。后院里没有灯，星月辉映，影影绰绰。黄金莫名地感到一阵心虚。

就这样赏花？

对。不过，你坐着，我还要做点事，来，看着这盆昙花，今晚她将为我们绽放。季献民边说边拿出一管笛子来。黄金发现今晚要观赏的，正是从前他的昙花。

笛声响起，婉转悠扬，伴随习习凉风，如清水般掠过黄金心田。黄金不懂旋律，更不懂诗文，但此刻，这如怨如慕的笛声让他觉得身心变空，身体在变轻盈，有一种想飘起来的感觉。

醉了，还是晕了？黄金想不明白。他只想随着这笛声向上走，向上飘，最好能飘到云端去，再也不回来。然而，笛声戛然而止。

昙花开了。

在月光的映照下，悄悄然，昙花的花蕾慢慢翘起。随着笛声的缠绵，昙花如同少女一般，很害羞地将淡紫色的外色慢慢打开。一层层，一片片，有序地展现洁白芳香的玉体。当花心褪到最后一层时，忽地，满院飘香，如雪般的大花朵就这样猝不及防地绽放了。最让人惊奇的是，每朵花片上都凝聚一滴晶莹的泪，在月光下闪着温润的光，并当着黄金的面滴落而下。有的落到了黄金的膝盖上，沁人心脾的凉！

黄金彻底呆了。好久，他才醒悟过来。

月偏西，黄金告辞季献民回家。转身，他发现季献民家门口贴了副很显眼的对联：

相看何须尽解语

爱花最是惜花人

这联，进去时怎么没看到呢？黄金自言自语。

河上的男人

赵淑萍

故事开始的时候，他还是一个男孩。

他的绰号叫"白条"，细细长长的个子，在水里像鱼儿一样敏捷。楝树花开，他就偷偷下河游泳。楝树花谢，他在河里从早泡到晚。嘴唇发紫，手脚肿胀，他还不肯上岸。母亲拿着长竹竿来催打，他一个猛子又潜游到河对岸去了。母亲气得直跺脚，连连喊"冤孽"。

可母亲也有欢喜的时候。他下河常常带一个脸盆，出水时就是一脸盆的螺蛳、河蚌，有时候还有河虾和河蟹。四婶那天打肥皂洗手，金戒指滑落到了河里，他扑通一声下去，在水里摸索一阵，就把戒指捞上来了。

家里兄弟多，他很早辍了学。除了偶尔去地头，他几乎都在河上。家里有一只带篷船，他整天划着船，在河道里上上下下。用网兜鱼，下河摸螺蛳，打捞河上漂浮的菜叶，他全部的生活内容就是这些。抓来的鱼和螺蛳，吃不完就送给邻居。他经常躺在船上过夜，望满天的星光。有一年，河上漂来一条大蟒蛇的尸体，白花花的盘绕着甚是吓人。没有人敢去碰，他用铁耙把大蛇的尸体推到河塘边，挖了个深坑埋了。在这条河上，他救过溺水的小孩和老人，还抢捞过被台风刮走的东西。

整日漂在河上，二十多岁了还没有任何恋爱的迹象。他娘整日叹气。也托过媒人，但一到去相亲的时候，他就上船了。有一次他躲不了了。他救起一个落水的姑娘，姑娘上岸后，死活要嫁给他。姑娘的家人倒没有嫌弃，只是担忧：这个沉默寡言，一直在水上漂流的男人会让她过上好日子吗？一个月明星稀的夜晚，他吃了晚饭上船，突然愣住了，船上坐着个人，是她。

他们结婚了。结婚的第二晚，他又上了船。该不是小两口拌嘴了吧？人们在猜测。日头当空时，人们听到他媳妇在岸上喊他吃饭。芦苇深处箭一样窜出一只小船，直奔岸边。他上了岸，提了满满两桶鱼，鳞光闪闪。他的媳妇会打理，只拿出几条，其余的提到集市上去卖了，回来时满面春风。"鱼卖了好几个钱。"她对男人说。从此，他网鱼更加用心了。但他从不在一个地方网，遇到小鱼，他就放回去。几年过后，他们家的稻草房变成了瓦房。

可有一阵，他提回的鱼越来越少，后来，竟然空着手上了岸。"怎么了？"妻子问。"这水发黑了。可能是那家厂排出的污水。河上有死鱼漂上来。这河里的东西，不能吃了。今天我划了十多里，没有看到水清的地方。""房子的账还没还清呢。我们把鱼和螺蛳卖给贩子。城里人可喜欢吃野生的鱼。"妻子说。可是，接下来很长一段时间里，他再也没有网鱼。他仍然在水上漂，他在拾纸盒子、塑料袋、易拉罐和可乐瓶。他知道，这条河就是他的家，他不能容忍家里有脏东西。他那精明的妻子，后来又把这些东西卖到了废品回收站。

一天，他喜洋洋地拎着鱼和螺蛳上岸，还叫妻子把另一张网补一补。"太阳打西边出来了。"女人一脸疑惑。"你不知道，现在河都重新整治了，这水又清了，这河里的鱼和螺蛳又能吃了。"他笑着，一脸灿烂。媳妇也高兴了，卖鱼比卖废品光彩多了。

一天，一位母亲带着女儿从岸上走过。母亲从口袋里掏东西，把一张百元大钞给带了出来。小女孩眼尖，弯腰去拾，一阵风，把钞票刮到了河里。钞票在河面上漂呀漂，母女俩眼巴巴看着，无从下手。这时，从不远处箭一样划过来一条小船。船上男人用一把长长的钳，一把夹起了纸钞。他上岸来，递给了小女孩。小女孩的妈妈摸出一张十元的钞票给他，男人笑笑，拒绝了。母亲和小女孩道了谢，往前走。走了好几步，却听见男人在后面喊。"莫非他反悔了？"母亲把手伸进袋里。没想到，那男人却跑上来，对小女孩说："你看，我的本事大不大？"小女孩奇怪地望着他。旁边的母亲用手蹭蹭小女孩的背："说，叔叔本事真大。"小女孩照着说了。

于是，男人一脸灿烂。

接下来，男人一连几个夜晚没有下船。再接下来，说是男人的媳妇有了。这么多年后，他们终于有了孩子。现在，男人的媳妇总是指着她那花朵一样的女儿说："我喜欢男孩。可我们家的那个，说是要女孩。生女孩也好，可以天天在我跟前。"

阿龙的烦心事

蔡兴荣

阿龙已经有两个月没上老婆秀的床了。

秀在一家国有企业倒班，开始班组里很热闹，小姐妹们上班聊衣服，聊化妆品，聊孩子。可是最近几年，她们一个个调出去上了白班，不但上班没伴，而且秀觉得没有面子，越想越窝火。于是，这把火烧到了阿龙的身上。

秀发话了，平时你狐朋狗友一箩筐，检验能力的时候到了。三个月期限，办不了事，永远睡沙发。

这女人啊，一狠起来，一哭二闹三上吊，其实最绝的还是这一招，不战而屈人之兵，你说一个正常的大男人，哪受得了这个啊。

阿龙是企业里普通的管理人员，这么多年也没混上一官半职。为老婆调动的事，跑了快一个月，一点眉目都没有。老婆不让上床，他又没有很铁的硬关系，急火攻心，口角起了泡，腰下面还起了盘龙疮，长这么大，他从来没有这么煎熬过。

他找到了舅舅家。舅舅是集团的科长，两口子在看电视，阿龙买了一大堆东西。舅舅听说来意后，头摇得像拨浪鼓，这事要老总书记点头才行的，难度很大。

从舅舅家出来，阿龙心情沉重，如果能用钱买岗位的话，多少钱他都二话不说。可这种事，光花钱不行，还得有关系。

过了几天，舅舅打电话来，说通过朋友找了一个秀单位的副总，愿意帮忙，过一周后给消息。

阿龙高兴坏了。晚上，阿龙先上床，告诉老婆调动的事有进展，可是被秀赶了出来，说画的馅饼不能吃。阿龙只能灰溜溜地回到沙发。

一周后，舅舅回复说没戏，目前岗位人手不够，替换不出来。还是关系分量不够，阿龙心里明白。

阿龙又找了牛总。牛总是大家随口叫的。其实，他本姓刘，也是一个普通的营销管理，平时朋友很多，喝酒的时候，说起某总、某领导都是朋友，人也很热心。

阿龙找他吐苦水的时候，他还埋怨，不早说，这个小事一桩。

随后几周，牛总不断地安排饭局，说这个朋友的亲戚是市里的，那个朋友的兄弟是老总，可是好几次，真正的主角都没有露面。阿龙钱倒是花了不少，可感觉还是在天上飘雪。

阿龙催得紧了，牛总言辞闪烁，反过来向他倒苦水，人情欠了不少，要阿龙再意思意思。

阿龙明白了，如果牛总真的那么神通广大，为什么至今没有被提拔呢。自己是病急乱投医了。阿龙苦笑。

阿龙又找了市报的总编，是在一次笔会上认识的，一面之缘。约总编见面真是太难了，今天开会，明天出差，总算坐到了总编办公室，可没有几分钟，又有领导来视察，总编又出去了。自己地位微薄，根本不在人家的交友范围内，所以，交友也是自身要有实力才行的，否则就是高攀了。阿龙苦笑。

如果不是老婆苦苦相逼，阿龙一辈子也不会做这样的事，厚着脸皮上门，可是，身上的疮时刻在提醒，这个关他是一定要闯的。

三个月的时间还剩下几天，阿龙绝望了。他已经无人可找了。

他下了决心，从明天开始吃住在公司里，干脆当回苦行僧，眼不见为净，老婆爱折腾，让她折腾够。

这天，阿龙来到经常光顾的梅子理发店，大声说："理个光头。"

梅子是山里人，有几分姿色，皮肤细腻雪白，笑起来两个酒窝很好看，理发起来手格外地轻柔。

梅子一边理发，一边问："阿龙，最近出了什么事，人瘦了一圈，嘴角都起了这么大的火泡，你从来不理光头的？"

阿龙想，已经这样了，说说也不丢人，就和梅子吐了苦水。没想到梅子神秘地说："这事，我可以帮忙。"然后问了秀的姓名和岗位。阿龙心想，你一个理发的，吹什么牛。也没当真，付完钱就走了。

半个月后的一天，秀在电话里惊喜地告诉他，刚刚接到通知，已经调到白班岗位了，还一个劲地催他回家，说晚上烧几个好菜，好好犒劳他。阿龙百思不得其解，打了电话给舅舅、牛总、总编，他们都不知道这事。

他想到了梅子，就打电话过去，梅子听了，发出响铃般的笑声，说："不用谢我了，就当我对老顾客的福利吧。实话和你说吧，你们的总经理也是我的熟客，我管着他的头呢！"

后院鲁二婶

穗　子

"你个穷鬼，又死哪儿去了，还不滚回来做饭！"正午，鲁二又扯着破锣嗓子在院子里发飙。我正在后园子拔小葱，赶紧告诉他："在我家嗑瓜子儿呢，我妈头晌新炒的，可香了。"

一会儿，鲁二婶趿拉着一双踩堆了帮的大号胶鞋被鲁二粗放的叫骂声薅了出来，一边嗑着瓜子一边呜啦着什么，嘴角泛着白沫，腮帮子上粘着瓜子皮。一看她衣兜鼓鼓的我就不高兴了，等她开始跳院墙，我说："你把我家院墙踩出个大豁子，都不好看了。"鲁二婶停下来回过头来笑嘻嘻地说了句"死丫崽子"，我也没理她，只是又剜一眼那快要撑破了的布衫口袋，等着看瓜子儿淌出来，可她跳墙时居然知道捂住衣兜。鲁二果然又踢了她两脚，于是我就把她揣走我家好多瓜子儿的事儿放下了，替她疼了一会儿。其实有了那个豁子，长长的石头墙才不沉闷。

其实我喜欢的是鲁二婶，烦恶鲁二。鲁二是秃头，鹰钩鼻子，还长了一身蛇皮疮，浑身像有一层壳，天天哗哗地挠啊挠的，挠得白皮乱飞，挠得血筋直冒，可恶心人了。他从来不正眼看我们这些小孩儿，包括他自己的孩子，对二婶更是非打即骂。

妈还在外屋忙着，看着爹咯吱咯吱地嚼着蘸了酱的小葱，我问道："鲁二为啥一直管二婶叫穷鬼？"他们家是关里口音，说这几个字时，语调拐了好几个弯儿，重音和长音都在"穷"上。

"你二婶是他用一个大饼子从关里家换来的，可不是穷鬼吗？"爹喝了盅酒，似乎兴致很好，"那时候人人都是穷鬼，鲁二更是。他们家的成分本来就是逃亡地主，来咱们屯子时两手空空，加上他人性不好，三十岁了还娶不上媳妇，最后从老家骗了个回来。别看他在家里总吆五喝六的，在人面儿上那张嘴能把死人说活。"就着后院鲁二婶和孩子们的吱哇乱叫，爹皱着眉头又喝了一盅，还叹了口气。

不久二婶的妹子从关里家过来，听说是让老爷们打得受不了跑出来投奔姐姐的。当天晚上二婶就带妹子来我家串门，让我妈帮忙在这儿给踅摸个婆家。羞涩地一笑，这个白净的三姨挺俊。那时候后院柱子的三姨就是我三姨，就像我四叔是西院小明的四叔一样，全屯子人都是亲戚。她们走后我妈自言自语道："模样倒是挺周正，可别再像她姐那么窝囊，得看看再说。"

后院我不咋去，不仅是烦鲁二也怕他家柱子。柱子也属兔，可依我看他属猴子的，说翻脸就翻脸，还打人，有一次抢玻璃球球他把我的手都抠出了血。我当然得告状，二婶撕块布条一边给我包手指头一边不软不硬地唠叨起来，柱子反而来了能耐："你个穷鬼，管好你自己得了。还不赶快喂猪，我让我爹揍你。"柱子骂得理直气壮，也不知他的理是从哪来的。二婶总在唠叨，嘴角总挂着白沫。三姨来了我才去后院，天天也从墙豁子跳进跳出，倒是方便。一是这个三姨真的好看，虽然刚来时她说话口音重得我听不太懂，反正她话也不多；二是二婶家变亮堂了，屋里熏人的怪味儿没有了。三姨一味干活，洗衣服、做饭、做针线。

可是有一天三姨跑过来找我妈哭诉，这回我听明白了。"……嫂子你说他不就是个畜生吗，还打我的主意……我姐就是个废物，我跟他撕巴得连柱子都醒了她还装睡，我喊她帮我她也一动不动，像个死狗……"

"得手了没有？"

"没有，那个老干巴猴子拿不住我，我拼命挣巴，挠得他满脸花。手边要是有刀，我都能捅了他。你看，我脖子都让他掐瘀血了。"

"唉，真是个牲口。以后睡觉枕头底下放把剪子吧。"

三姨当天晚上跟我一起住在我家仓房，第二天就离开了万北，哭着走的。二婶也哭，拍手大掌地坐在门槛子上放声大哭，像唱歌那样哭，一直哭到鲁二花着老脸回来。老家伙一把薅住她头发，像拎小鸡一样把她拎起来，还吼："你个穷鬼，我还没死你号的哪门子丧？赶快做饭去。"鲁二天天在外面混，不是吃饭睡觉就不回来。二婶不声不响地做饭去了，就好像她妹子从来就没有来过。

后来鲁二在西山根儿开了砖厂，开砖厂后他吃饭不回来了，睡觉也不回来了。二婶脸上的笑容却多了起来，我妈说她："听说鲁二挣的钱都搭在邢大懒的媳妇身上了，人家现在出双入对的，你也不管管，还成天傻吃乜睡。"

"我才不管，他死在外面才好呢。"二婶从我手里掰了一块烧土豆，乐呵呵地吧唧着，嘴丫子上依旧是白沫。过了几年鲁二真死在外面了，拉砖的车翻到桥底下，鲁二被生生地卡断了脖子。

鲁二虽然死了，可后院还是整日闹闹嚷嚷的，柱子的语声越来越像他爹了，"你个穷鬼"也让他吼得抑扬顿挫起来。

阳光蛛

许 仙

小蜘蛛出生在阴暗的家族，祖祖辈辈生活在农家墙门角落、床底、家具脚，以及柴房、猪栏和茅坑的四周；总之，遗传基因和家族传授的经验让它们世代守在阴暗恶臭的地方，幸福地度过或长或短的一生。在蛛族，雄性短命，最多活两三年；而雌性长寿，能活十到二十年。小蜘蛛生来就是短命鬼，紧迫感和使命感与生俱来；它深知生命短暂，定要活出个蛛样来。

小蜘蛛靠自己吐丝，像马戏团的飞人一般，从床底荡到床头柜，又从床头柜荡到墙脚，再攀爬到朝北窗口那个破角上，它天生嫌恶阴暗，嫌恶脏臭，向往高处，它在破窗角上结网，像囚徒般窥视窗外的光明。父母和家蛛，乃至族蛛，都嘲笑它幼稚的行为。有只老蛛好心规劝它，破窗口风大，容易吹破网；另外，那地方太亮，少有虫出没。众所周知，但凡人间的虫豸都是人类死敌，它们只能在阴暗憋屈恶臭的地方苟活；而又恰恰是上苍赐给蛛族的粮食，所以生为蜘蛛，只能生活在这些地方。但倔头倔脑的小蜘蛛，不听老蛛言，伸出细长脚，朝灯光处指道："那是什么？"几只飞蛾正疯狂地扑向灯火。"唉！不知好歹，"老蛛叹息，"要死在这上头了。"

小蜘蛛一意孤行，守在破窗角，忙于补网，鲜有食物，过着其他蜘蛛所不齿的生活。它常常像哲人般冲着窗外发呆，见到一抹阳光或雨后钻石般的水珠，就惊叹不已，美艳不可方物。那些生活在肮脏中的蜘蛛，吃得饱饱的，挺着貌似满腹经纶的大肚子，闲来无事，就调侃因饥饿而精干巴瘦的小蜘蛛，管它叫花蛛："花蛛，吃到飞蛾肉了吗？"那口气，赛过是问癞蛤蟆吃到天鹅肉没？小蜘蛛没工夫理会，只顾埋头补网，抬头望天。

"疯了，疯了，花蛛肯定吃到啥毒虫，毒性发作了……"

"这是蛛干的事吗？"

这天清晨，花蛛毅然钻出破窗角，义无反顾地离开世居地，告别蛛族、父母和家蛛，贸然去了外面的世界；整个蛛族沸腾了，它想干什么？找死吗？外面那么亮，有多少天敌候在那儿，地上的鸡鸭、田鸡，墙上的壁虎，天上的飞禽……只要它头一伸出去，就成了他人的食物。但这个一心向往光明的小家伙，凭借自己的一根细丝，像飞人一样荡着秋千，爬上屋后的一棵大树，在两根高高的树枝间结了张网；它更清瘦了，瘦得跟个鬼似的。太阳一出门，偌大的蛛网金光闪闪的；花蛛就像太阳黑子，特别醒目。但是，外面天大地大风也大，网刚结成，就被两根无所事事乱晃荡的树枝一闹就撕碎了。金光闪闪又不能当饭吃，没网，喝西北风去呀！蛛族中有位长老级的婆婆耐心地跟它说："网是我们的捕虫神器，也是老天爷赐给我们的饭碗，你不能糟蹋它；你应该结在坚实的角落里，结在阴暗的地方，那些地方才是我们食物成堆的地方；阳光灿烂又能怎么样？就算你有张亮晶晶的网又能怎么样？连只小虫都吃不上。回来吧，孩子！我们不需要阳光，我们不缺钙，我们只要守住阴暗的死角，就能安逸地生活下去。"

但花蛛不听，它固执地守望在阳光里。生活不只是有阳光，还有风雨，风来了，网破了；即便重新结成，网上挂满如珍珠般耀眼的雨水，也只是竹篮打水一场空。可怜的花蛛，它不是疯就是傻了，吃不到鲜美的肉虫，饮着雨珠竟似甘露一般，无比欢悦；它那副穷酸的傻样，惹得蛛族耻笑，现在管它叫"阳光蛛"，每天都嘲讽一番这个靠吃阳光喝露水为生的傻瓜。

"它怎么还没饿死？"

"是呵，你看它还在动。"

"快了，又是一天过去了。"

它们打赌，以鲜美的活虫作赌注，赌阳光蛛饿上几天才饿死。第一天、第二天、第三天……随着打赌天数的增加，赌注越来越丰厚，参加的蜘蛛也越来越多；最后，竟成了蛛族最具娱乐性最空前绝后的活动。为了打赌的公正，几只年轻蜘蛛自告奋勇结网在窗前，日夜轮流，观察阳光蛛的动静。然后，日复一日，月复一月，有时候阳光蛛像哲人，孵在网心沉思；有时候像行吟诗人，在网上喃喃自语。然后，这场赌博注定失败，因为数个月过去，阳光蛛不吃只喝，居然顽强地活着，它更清瘦了，瘦得像个鬼，但它还活着。它咋就不死呢？直到这年寒冬来临，蛛族不得不放弃打赌，都去冬眠了。第二年开春，蛛族再次苏醒，又过上富足而悠闲的生活后，才忽然想到去年的赌局，才寻找阳光蛛；但矮屋后的那棵大树上，两根高高的树枝间已没了金光闪闪的网，阳光蛛也不知死到哪儿去了，始终没有发现它的踪影。

它大概是死翘翘了。

后来，再后来，阳光蛛就成了蛛族世代教育后生的反面教材和典型案例。前辈们总说，从前有只叛逆的小蜘蛛，傻不拉唧地向往阳光，就去了外面世界，但阳光又不能当饭吃，结果就饿死了。你们切记，生活就是生活，那些花花绿绿顶个屁用？蜘蛛就要耐得住寂寞，守得住阴暗，才有幸福生活。但怪事还是经常发生，每隔数年，族里总会出只把叛逆的小蜘蛛，干出令蛛族啼笑皆非的勾当，就如同当年的阳光蛛。长辈们就乱摇头，责怪是它开创了极其恶劣的坏风气。

潇洒的老宽

刘　公

　　老宽是吃皇粮的，一副小眼镜架在他宽大的脸庞上，很有点滑稽。他认为言多必有失，平时不太说话，给人的印象是，眼镜片后面充满智慧。当科员时，早晚去他办公室，他都在。前年当了科长后，十次去他办公室，九次半他都不在。一问，科室的人回答，都是到某某单位去了。

　　老宽以前就一个爱好，打麻将，每次就带一二十块钱，不到一圈就缴械投降了，只得眼巴巴地坐在一旁看别人打，过干瘾。后来，大家嫌他腰包瘪，没人愿意跟他打了。他也不计较，照样去，谁内急，憋不住了上趟厕所，他赶紧顶上一把。大家曾笑话他，给他取了个绰号"不敢打"。

　　没想到，过了几年，也就是从前年开始吧，老宽由棋牌旁观者，一下子变成了参与者。大家几块钱的玩耍，被他戏称为小儿科。起步少于二十元，他不上场。有一次，几个人提前商量好，给老宽"抬轿子"，三个多小时，老宽掏了三万多元。这要是在以前，老宽非提刀子跟几个人拼命不可。这次，老宽只是淡淡一笑，跟没事儿一样，此后就再没人叫他"不敢打"了。

　　老宽的爱好，从去年开始，增加了不少。唱歌、跳舞、泡脚、桑拿、喝茶等等，样样都能来，且大多在上班时间进行。他把这些叫作联系群众，与单位沟通，就连省里通知的一般会议，凡是不痛不痒的那些会，他一律安排管辖单位派人替他去。他最赞成的是全市开展创文和创卫活动，这些活动都赋予他的科室一些权力。权力是什么？权力就是资源，权力就是财富。有权不用，过期作废。他利用手中的权力，把吃喝玩乐，经营得风生水起。

在企业上班的老婆看不过去了，说他："你看其他的科长，兢兢业业的，把工作当工作，哪一个像你，吊儿郎当的，成天不务正业，连班都不坐。"

老宽脸一沉，眼睛一翻："婆娘家的，懂个屁！科员靠干，科长靠看。看，就是看领导的眼色，看住下属好好替你工作。那些看似天天坐在办公室，兢兢业业的，实际上是没水平。"

"你不要自我感觉良好，到时候别的科长都上'县'了，你还在原地踏步，你就后悔了。"

老宽不屑地"哼"了一声："你敢跟我打赌不？老婆你看着，两年内，是我原地踏步，还是他们原地踏步。别看我经常不在办公室，可我汇报、请示工作，比他们哪个都勤快。"

"你看人家孟科长，到哪个科室，都把科室抓得井井有条，年龄比你还小一岁，这次有一个指标的机会，就会是人家。"

"放心吧，领导啥时候都会重用有眼色的听话人。眼色是什么？眼色就是会看、会干、会捞、会送，把事情做到点子上。记住，有捞才有获，有礼才会往来。"

老婆辩不过，便偃旗息鼓，提着包上班去了。

老宽"看"的本领，一般人望尘莫及。有首歌里唱，上看下看，左看右看，不同的方向有不同的学问。老宽研究得很深，重点是上看，其他方向也不敢马虎，考察、测评，方方面面都得想到。凡事预则立，不预则废。

前不久的县级干部调整，程序非常严格，组织部明察暗访、个人述职、无记名问卷、个别谈话、领导推荐等等，环节一个接一个。不少科长如临大敌，紧张得坐立不安。而老宽，只是抿嘴一笑，觉得是走走过场的事。他经历官场多了，掂得清孰轻孰重，知道该做些啥。

上月公示县级干部提升对象，老宽的名字不但在其中，而且遥遥领先他人，不少人心里不服，但只是存在心里，就连老宽的老婆，都有点迷惑不解。

上周三，老宽走马上任到一个县级单位，他老婆给他整了一桌菜，夫妻俩喝得红光满面，老宽问："老婆，打赌我赢了，你服不服？"老婆拱进老宽的怀里，撒着娇说："服，老婆不但心服口服，还外带佩服哩。"

这个老宽，还真是个"人才"。不过，最近风向标有些变化，潇洒的老宽再不敢溜号了。

痴呆鼓手

白旭初

母亲早已入殓，闹丧的围鼓队还有一人未到，鼓、钹、锣等五件响器只得沉默着；而灵堂里早已挤满了亲友和看热闹的人。我在长沙打工，今晨才赶回。

父亲疲惫地躺在竹睡椅上，紧闭双眼，一动不动。母亲从发病到去世历时三年，父亲里外操劳，眼前与相濡以沫的老伴阴阳两隔，已是悲怆万分，心力交瘁。我知道，父亲此时并无睡意，他只是在静静等待，等待鼓手鲁么婆的到来。

父亲有一帮玩鼓乐的朋友，组成了村围鼓队。围鼓是湘西传统民间艺术，一支鼓，两副钹、一大锣、一勾锣，五人操作演奏，缺一不可。有空闲，大家聚在一起锣鼓喧天，煞是热闹。遇上村里谁家有红白喜事便去免费帮忙。

父亲是一名出众的鼓手，打鼓时双臂飞舞翻花，上下翻滚，点、顿、圈、挥，动作漂亮潇洒，用鼓面上发出的"鼓眼"指挥演奏乐牌，其余四人自始至终以鼓为中心进行演奏。每次演奏都引来众多的村民驻足。母亲病后，父亲无心打鼓了，为了不让围鼓队散伙，他选了爱听围鼓又有意学打鼓的鲁么婆，经过近一年的传帮带，鲁么婆已熟记鼓谱，鼓声渐入佳境，能独当一面了。

鲁么婆是知道师娘去世的消息的，但他迟迟不见人影。派到村西头找他的人回来说，鲁么婆老婆说他天不亮就出了门，不知道去哪了。

眼看着天色已经暗下来，围鼓队中最年长的李伯走到父亲跟前问，您倒是说句话，咋办？

父亲把伸直的双腿往回缩了缩，没吭声。

李伯又问了一句。

父亲的双眼眯开一道缝。

李伯再问。

父亲猛地坐起身子，鼓着腮帮，咬着牙说，这鼓，我来打！

父亲在牛皮鼓面已变得灰黑的大鼓旁坐定，将乌梨木鼓杵高举过头顶，先在鼓沿轻轻点、顿了几下，鼓声即刻像疾风骤雨般响起，紧随鼓声，其他乐器全敲打开来。父亲舞动的双手优雅而有节奏，鼓点时疾时缓，声声动人心魄，听众无不赞叹和陶醉。

父亲全神贯注，只是身子时不时出现大的摇晃，力不可支的样子。我和李伯几次劝他停手，他执意不肯。一场锣鼓接着一场锣鼓，演奏持续到深夜。

料理完母亲的后事，父亲就病倒了。

连日里，李伯带围鼓队的朋友每天都来看望父亲。只有鲁么婆没有现身。

李伯坐在父亲身旁，说，那天，要是鲁么婆到场，您也不会累倒！

父亲面无表情，不吭声。

大家又你一言我一语骂鲁么婆是白眼狼！是忘恩负义的小人！

父亲还是愣愣地睁着双眼，不说一句话。

五天后，鲁么婆才提着两瓶酒和一箱水果，惶恐不安地站在我家门口。但他不敢进门。直到我跟他说父亲原是躺着的，现已坐起身，他才小心翼翼地跨进门来。

鲁么婆站在父亲床前，哭丧着脸说，我对不起师傅！对不起师娘！

父亲两眼盯着窗户，不吭气。

鲁么婆说，师傅！我不是人，我该死！我贪图那几百块钱，到别家打鼓去了！

父亲头没动，仍不吱声。

鲁么婆又说，师傅！我已知错知罪，你能原谅我吗？

父亲瞟了一眼鲁么婆，还是没说话。

鲁么婆再说些赔罪的话时，父亲仍是不搭理，后来干脆脸朝床里躺下了。

父亲不记恨鲁么婆吗？父亲的心事我不懂！

我要回长沙了。李伯说会让他老伴帮我照看我父亲。

两月后的一天，李伯打电话给我，说你父亲犯了傻病，神志不清了！

我赶回家时，父亲坐在门口睡椅上。我走近去，父亲像个泥人，一动不动。我大着嗓门喊，爸！我回来了！

父亲没有像过去那样笑容满面地叫，儿子回来了！我儿子回来了！而是见了陌生人一般，目光无神、表情木然。

我又叫道，爸，我回来了，我是你儿子呀！

父亲仍是表情漠然，他已不能认出我了！

我仔细打量父亲，他明显消瘦了也邋遢了。不仅上衣扣错了扣眼，一双解放鞋也穿反了脚。

我无法接受父亲痴呆了这一事实，泪水顿时模糊了我的视线。

我还得回长沙打工。十天半月我就抽空回家看望我的痴呆父亲。

一次，已是傍晚时分我才到家，父亲不在。我去寻找时，发现家家关门闭户，难见人影。

我正纳闷，忽有围鼓声从村西传来。过去一看，发现鲁么婆家院子里人头攒动，又看，里面设有灵堂，再看逝者照片，竟是鲁么婆本人。一惊又一问后，才知是鲁么婆车祸去世。

我又打听父亲去向，那人手指围鼓声响处。我挤上前去，打鼓者竟然是我的痴呆父亲！

父亲像当年母亲去世时打鼓那样：他神情专注，双手有力地舞动着鼓杵，点、顿、圈、挥，动作潇洒自如；鼓声时缓时疾，浑厚流畅，声声震撼人心。

我惊呆了。

来听围鼓的真多，灵堂内外全是人。他们边听边议论。有人说，一个痴痴呆呆的人居然打得好鼓，真是奇了怪了！有人问，他咋就不记恨鲁么婆？有人答，他神志不清，怎记得鲁么婆的负义薄情呢！

火眼金睛

侯发山

　　大高是河洛地区远近闻名的杂技演员。一般杂技演员都有绝招，否则，难以在这个行当里混，一招鲜，吃遍天嘛。可能大家都看过"口中喷火"的杂技，演员嘴里能喷出长长的火龙，或一团一团的火球。大高早就不玩这个了。按他的说法，这个是初级的，他玩的是眼中喷火，两股火苗从眼睛里喷出，像两条火蛇一样，而且，不是直线飞射，而是带拐弯的，像是舞蹈着的火龙。想想就很精彩，刺激。当初，这个杂技没名字，传得久了，大家就叫它"火眼金睛"。

　　大高有个徒弟叫阿三。说是徒弟，其实就是个跟班打杂的，跑跑腿，搬搬道具。阿三一直想学习"火眼金睛"，这也是他当初拜大高为师的原因，大高没有答应。问的次数多了，大高就告诉阿三，说眼里喷火是所有火术表演中最危险的，演员必须具有高超的技艺，竭尽所能去保证自身和周围观众的安全。因为表演过程需要火焰、易燃物和有毒燃料的参与，一不小心非死即伤。

　　这话说得语重心长，阿三却不以为意，以为大高自私，担心"教会徒弟，饿死师傅"，跟老辈子那些师傅一样，都要留一手。

　　离了王屠夫，不吃带毛猪。阿三耳濡目染，加上偷偷观看师傅练习，也学得八九不离十。私下里，阿三瞒着师傅训练。阿三练习的时候，没有使用燃料，他倒不是怕危险，而是怕被师傅发现，就用水来替代燃料练习，练习的重点是如何控制喷射的方向和连贯性。

这天，阿三的老父亲老树来看望阿三。阿三正在配燃料（这个配方大高倒没有隐瞒，每次表演都安排阿三配制），当晚有一场表演，阿三不敢怠慢。老树看到地上滚落的空酒瓶，顺嘴问道："用酒代替燃料？咋不用汽油和酒精呢？"阿三说："师傅说过，汽油和酒精是最危险的，千万不能使用，一不小心就会烧伤演员。"

老树问阿三："你还没学会'火眼金睛'？"

阿三哀怨地说："师傅不教我。"

老树叹口气，好久，才恨恨地说："当年我送你到这里，就是为了学习这个独门绝技。"

阿三说："我偷偷学着呢。"

"阿三，阿三。"前台大高在喊。

"来了师傅。"阿三应答着出去了。

大高说："阿三，今天晚上你表演'火眼金睛'。"

"师傅，我，我……"阿三有点不自然，莫非师傅知道自己偷学的事儿？

大高没有兴师问罪的意思，拍了拍阿三的肩膀，说："今天不是你老父亲来了吗？你就好好给他老人家表演一番，我知道你能行的。不慌张，我给你当助手。"

"师傅……"阿三的不自然很快被感动代替。

接下来，大高就给阿三讲解了几个要点，然后鼓励他上台表演。

就这样，阿三几个跟头的热身之后，开始正式表演"火眼金睛"。

没想到，两股火苗刚从阿三的眼里喷出，只听阿三"啊"的惨叫一声倒在地上，不停打滚——阿三的两只眼睛着火了！

大高明白过来后急忙扑火。后来，阿三被送往医院，性命无忧，两只眼睛给烧毁了。

阿三的父亲老树要到官府告大高。大高求情道："阿三残废了，今后怎么生活？不如让他跟着我，我保证一辈子照顾他，并教他几个能够养活自己的杂技。"

老树想了想，也就答应了。

后来，师徒两人无意中说起那次意外。大高说，那次燃料被人更换，添加了汽油。

阿三大吃一惊，气愤地说："师傅，果真如此？您怎么不报官啊？"

"没有证据，报官也没用。"大高说罢，长叹一声。

其实，大高已经猜测到，那次从中做手脚的是阿三的父亲老树，害怕自己吃官司，来了个恶人先告状。大高知道，一旦猜测被证实，老树的牢狱之灾是免不掉的。阿三呢？他如何接受这个现实？所以，大高没有报官。

有一次回家，阿三跟父亲老树说起这事。老树默了半天，才说："阿三，一日为师，终身为父，以后你要好好待你的师傅！"

阿三懵懂地点了点头，感觉这天父亲跟往常不一样，有点怪怪的。

不过，自从阿三的眼睛失明后，大高再没表演过"火眼金睛"，以至于到了今天，这门杂技也就失传了。

一副从城里来到乡下的麻将

余清平

你是一副麻将，有136块骨骼，底色是翡翠绿、面部是凝脂白。你产于羊城的一家高端娱乐用具公司，因此，你爱大城市，爱繁华，爱热闹，爱看街道上晃来晃去的女孩的美腿、小蛮腰和高耸的酥胸。可是，事与愿违，你被帅哥买了去送给他住乡村的父亲。

你记得那天帅哥买下你，又买了一个提包，虔诚地将你装了进去。你大惊却又无奈。你如同一个盲人。当时，你的世界只有一个色调——黑。

等你看到阳光的时候，你却想哭，太陌生，太寂静，这是啥地方？你看看四周，没有汽车，没有霓虹灯晃到心里的七彩光亮，房子是新建的，但没装修，墙上挂着一个老式壁钟，发出"嘀嗒嘀嗒"声。原来，你被送到一个小山村。

你有了新主人，是一个老人。他虽然背驼腰弓白头发，但有帅哥的影子。你眯着眼想了又想，便猜到他是帅哥的父亲。这个人模狗样的帅哥，竟然将你当着礼物送给他乡下的老父亲。你哭你闹！你一点办法也没有，你慢慢地学会了安静，更学会了与老人对视。

老人的眼睛有些浑浊，但你一眼就看出他浑浊里有无限的思念和忧郁。你知道他肯定是想儿子。

老人很喜欢你，天天抱着你说，我崽是个孝顺的崽，给爸买麻将，有了麻将日子就不难挨了，崽你在那边好好打工，房子装修需要钱，你婆屋里（老婆）也需要钱，爸一个人过得去，别挂念爸。

这一刻，你才理解了帅哥，也原谅了他，现在的年轻人也是不容易啊。

相处的时间长了，你与老人就厮混得熟了。老人很有意思，一个人将你摆在桌面上玩。他将你码在一张八仙桌上，也是分四方，他轮流着替每一方摸牌出牌、吃胡、放炮、自摸，老人玩得兴致高昂。但时间久了，老人就腻味了，也不怎么搭理你，老人只静静地想。你知道老人是想帅哥。老人想了好久，也许是想累了，又重新将你码好，又一遍遍地玩。

以后的日子，老人开心你开心，老人苦闷你也苦闷。一天，老人忽然脸上带着笑容，对你说，我们来带点彩头吧，干玩，一点味儿也没。

老人说玩就玩。老人对你说，不能玩大的，那是赌博，就玩一二三，崽说过小玩怡情。老人开始是一个人玩，几天后，就觉得不过瘾，就对你说，这带彩的还真得四个人玩才有意思。老人一拍脑壳说，哦，那就喊郝才、老木和刘婆过来，一起玩。

老人拿个木炭，在桌子上边写边对你说，这里坐着的是郝才，前年就死了，享清福去了；这里坐着老木，这家伙去城里与他崽一起过了，闹了很多笑话，说抽不惯城里的贵烟，要抽农村这种便宜的烟，但城里怎么也买不到，他崽孝顺，老是开车跑农村买烟；这里是刘婆，刘婆最喜打麻将，以前经常去别的村子找人玩，那次怎么就跌倒了？就去了，现在我有了麻将，死婆子却不在了。

你看见老人眼睛湿湿的。老人在最后一方写了一个我，说这方就是我。老人又在每一方放了八十块零钱，说老伙计们，八十块，够了，能输光八十块的，那你就够背时，没火气，活该。

你看着老人围着桌子转起圈来。一开始，老人玩得有滋有味，不论是谁吃胡都很开心地笑，特别是他自己自摸爆胡时，居然常常玩得忘记吃饭。你看着也乐。有一次，老人手气太背，八十块差不多输光了。你看见老人盯着你看，脸色有些异样。老人喃喃自语，老伙计们，对不起了。

老人接连来了几个爆胡。老人没笑。默然一阵，老人对你说，总是对崽说做人要诚实本分，今天自己怎么做出这种事！你看出老人很惭愧。此后，老人就不玩带彩的。

有几次，老人拎着你满村庄转。你知道老人是找人玩，但就是凑不齐四个人。老人说他不能去别的村，怕像刘婆一样，让崽在外面不能安心打工。后来，再后来，你看到老人的腰更弓了，老人就抱着你晒太阳。从日出晒到日落，从晨昏坐到黄昏。有一天，老人说今天不晒太阳，说要睡觉。老人拿出手机给帅哥打电话，但没人接听。老人就抱着你一起睡了。老人这一睡下，就再也没醒来。老人脸上的微笑，你看了却恸哭。

远去的红围巾

青霉素

一弯月斜挂在天上，远处的坟葬岗幻化成了一屉黑馒头。

真是馒头多好，要是花妮蒸的馒头就更好了，柳根觉着肚子一阵咕噜，天黑前喝的一碗地瓜干子汤，几泡尿都出来了。磕磕绊绊，柳根手脚并用，路边蒺藜草拉得手生疼，离坟葬岗还有最后一段路。

昨天一大早，花妮就站在村头的大碾上宣传区里下达的指示，号召年轻人积极参军保家卫国。花妮的爹是村长，她爹牺牲后花妮就当了村长。花妮说了半天，没人响应，花妮有些生气，大声说："鬼子不赶走，永远没有好日子过，鬼子每次进村，谁家的房子没烧过？谁家的粮食没被抢走过？搞得人人害怕家家挨饿！"

好多人不抬头，他们知道花妮说的有道理，但他们更知道当兵就要打仗，打仗就会死人，都不想先报名，他们是眼看着花妮的爹领着担架队走的，也是眼看着花妮的爹被抬回村的。

花妮站在大碾上使劲地盯着柳根，她希望自己的心上人能带个头，她知道柳根懂得自己的意思，可柳根低着头不看她。她看到站在柳根旁边的山柱正看着自己，只是山柱的娘死死地抱着山柱的胳膊，不松手。

"谁第一个报名参军我就嫁给谁！"花妮喊出这句话时，眼里盈满了泪。

"我报名！"山柱挣脱他娘的胳膊，向前跨了一步。

"我报名！"柳根也向前跨了一步。

花妮含着两眼泪，笑了。

"我先说的！"山柱看着柳根一脸得意。

"我先想的！"柳根狠狠地瞪着山柱。

周围的乡亲都笑。有了开头，不少年轻人都报了名，打鬼子是大理，大理谁都懂。只是花妮又犯难了，柳根和山柱闹得不可开交，最后山柱出了主意，让花妮白天把她的红围巾放到坟葬岗她爹的坟头上，深夜子时他们两个各自去取，谁先取来交给花妮她就给谁做媳妇。山柱知道柳根的胆子小得芝麻粒似的，看见一段绳头就以为是蛇，从小一块长大，谁不知道？他谅柳根不敢去。

柳根一口答应下来，他输不起了，他不能没有花妮。

柳根终于来到坟葬岗，他一眼就看到花妮她爹的坟头，是新坟头，招魂幡还插在坟头上，远处看去，影影绰绰像个鬼影子。一股冷风吹过，柳根脊背发凉，但他很快镇静下来，自己给自己壮胆，就要去打仗了，战场上低头抬头都有死人，我是爷们儿，怕什么？心里想着，柳根还是狠狠地挠头发，他听人说过，男人走夜路，挠头发会发火光，神鬼避让。柳根边挠着头发边向坟头跑去，嗷嗷地喊着，冲锋一样。

真有红围巾，柳根太熟悉它了，他送给花妮的，能不熟悉吗？他记得给花妮围上时，花妮的脸比红围巾还红。忽然，一个黑影扑向柳根，抢走红围巾，一阵风没影了。

一串鞭炮响过，山柱迎来他的大喜日子，他把戴着红围巾的花妮娶进门，山柱的狗亲昵地围着花妮摇尾巴。

三天后，参军的年轻人离开村庄走了，花妮领着乡亲们站在村口送行。远远地，山柱和柳根不时地回头向她挥手，山柱手中高举的红围巾旗帜一样，走在队伍的前头。一向很坚强的花妮怎么也站不住，双手抱着村口的一棵柳树，一脸的泪。

……

柳树长得很大了，她双臂已经围不过来，举手在树干上抚摸，又轻轻拍打着。

"花奶奶，你在干吗呀？"一群放学的孩子从她身边走过，手里拿着新折的柳枝，叽叽喳喳像一群小鸟。

"奶奶看柳树呢。"她说着伸手摸孩子们的头，一脸的笑。

"花奶奶，给你一根柳枝，明天是清明了，要插在大门上的。"一个孩子说。

"好啊。"她接过柳枝，看着孩子们又叽叽喳喳地远去了。

"我也该回家喽。"她揉揉腰站直身子自言自语，"回家和面蒸馒头，摆上供桌，明天那两个家伙又该回家了。"

骗

庞 滟

一片明亮的冬日阳光，抚摸着胡奶奶怀里的男孩照片。男孩的身影伴随着短信的滴答声，在阳光里飞舞。

老人拿起花镜，打开手机短信，蹦出几行小字：你是这个手机的家人吗？他出车祸了，收到信息请速联系我，急急急！

老人鼓捣了半天才把电话拨出去："喂喂，我是大平的奶奶，他出啥事啦？你是谁呀？"

"您是……奶奶？"

"喂喂，真是大平吗？哦，你不是大平啊，到底出啥事啦？"老人艰难地从床上坐起来。

"我是大平在北京的朋友，他被车撞了，正躺在医院里。他已经脱离危险，还不能说话。您寄钱到我银行卡里，好给他交住院费。"

"小伙子，帮我好好照顾大平。我病了，等我好一点就寄钱给你，行吗？"

"奶奶，我身上就三百块钱，不交押金不给做手术啊。"小伙子声音有些发颤，急得带着哭腔，"奶奶，你家附近有银行或汇款机吗？赶紧寄钱来

118

吧！"

"孩子啊，你别急，我腿疼，拄拐棍得慢慢走，需要很长时间才能到镇上银行，你不用挂断电话，和我说说话很快就到了。"老人摸索着，找到拐杖，找到鞋，爱惜地摸摸床头男孩的照片。"

老人推开门，看到外面一片瓦蓝的天，发沉的身体清爽了好多。边走边给电话里的小伙子讲大平的故事，从他一岁时成了孤儿一直说到他上大学。电话那头的小伙子一直在静静地听。

老奶奶又啜泣起来："整整一年多了，大平一走就没回来，连个电话也没打。孩子，你说话声太像大平了，脆生生的让我心里好舒坦。"

电话那头的小伙子焦急地走来走去，他犹豫地问："奶奶，你卡里有多少钱？"

"小伙子啊，我卡里有三万多块钱，都是大平寄回来的。这苦命的孩子，一不骗二不偷，不舍吃不舍穿，就知道攒钱给我带回来。多好的孝顺孩子啊，像你一样乖！"

"奶奶，您的钱……还是自己留着吧，我再想想别的办法。再见！"

"喂喂，小伙子别撂电话，再和我说说话吧，我快到银行了。"老人的电话里传来嘟嘟的忙音。

镇上银行离下班还有一刻钟时，一位老人急匆匆地来到汇款窗口："姑娘啊，给你我的存折，有个小伙子让我给他寄钱，这手机短信上有他卡号。"

银行姑娘警惕地问："老奶奶，你认识让你汇款的人吗？骗子太多，一定要小心。"

"姑娘，我知道他是骗子，说我孙子被车撞了，他不知道大平半年前在北京为救一个孩子淹死了。这小伙子兴许是急等用钱，给他寄一百块吧。他陪我绕这镇子走了三圈，陪聊一下午，算是给他的聊天钱吧。"老人抹一把老泪，笑了。

银行姑娘给小伙子卡里打了十元钱，并发了一条短信：老奶奶的孙子大平去世半年多了，付你十元聊天费，别再干鬼骗人的勾当，好好找份工作挣心安的钱吧！

收到短信的小伙子马上回拨了电话，对银行姑娘说，他被老奶奶一下午的故事感动了，真心要好好做人，不再当骗子了。他想给老奶奶邮寄一些家乡的土特产，算是替她孙子尽一点孝心，让姑娘给代收转交一下。

银行姑娘被小伙子声泪俱下的忏悔感动了，答应了代收转交的事。

老奶奶好长一段时间内，都收到了银行姑娘代那小伙子转交的礼物，病也奇迹般地好了。

又过了半年，老奶奶再没收到小伙子的礼物。她很想再听听那熟悉的声音，电话拨过去几次都是暂时无法接通。

老奶奶去了镇上银行几次，唯一对外的业务窗口一直都是陌生的面孔。她颤声问道："我打听一下，原来这窗口的银行姑娘，她还来吗？"

"她出事了，您不知道啊？她伙同一个北京小伙子监守自盗，被公安局带走了，可惜了！"说话人一脸的惋惜。

老奶奶步履蹒跚地走出银行，一路上抹着泪絮叨着："这都怪我啊，都是多好的孩子啊，骗啊……害人啊！"

关门

葛会渠

叶慧最近总是睡不好觉。夜里失眠，白天精力自然跟不上，整日哈欠连天的，一看书眼睛就发花，让她痛苦不堪。

事情的起因竟缘于关门。

叶慧的父母分别在棉纺厂和手套厂工作，两人都上夜班。不过，一个是夜里十二点，另一个却是凌晨两点的班。问题就出在这儿，母亲出门时叶慧通常刚躺下，好不容易才睡迷糊了，父亲又要去上班，防盗门"砰"的一声就把她给惊醒了。再睡，脑袋便嗡嗡地疼，怎么也睡不踏实了。

尽管她痛苦异常，但父母并不知情。也难怪他们，这么多年日子都是这样过来的，女儿从未失眠过。其实，叶慧也清楚，是自己的心理出了问题，自打跨进了高三的大门，就老像有座大山堵在心坎上似的，让她对任何声响都特别敏感。

长此以往，别说考大学了，自己的神经不被逼疯就万幸了。叶慧想同父母谈谈，让父亲调个班，但是好几次，每当她看到父亲因操劳而过早花白了的头发时，话到嘴边又咽了下去。父母都是普通工人，省吃俭用地把她养这么大不容易，她实在不忍心当面说出口。

121

怎样才能解决这个问题呢，叶慧伤透了脑筋。

不过，没隔多久，聪颖的她便想出了一个好办法。

这晚，叶慧放学回家，母亲将热腾腾的饺子端上了桌。一家三口吃了一会儿，母亲忽然对父亲说："这段日子，我们手套厂附近发生了几起夜里抢劫单身女工的案子，弄得我天天提心吊胆的。孩他爸，你能不能跟你们单位的领导说说，把你上班的时间也调到晚上十二点，这样我俩就能一起走了，我也不用怕了。"

"谁会抢你这样的老妈子呦，"父亲哈哈大笑起来，笑得饭都快喷出来了，他又说道，"不过还真挺巧的，我们厂里的纺锭车间最近夜里十二点的班次缺人，明天我就向领导申请，看他们同不同意把我调过去。"

父母说话的时候，眼睛总时不时地瞟向叶慧。叶慧当然明白，这些话是故意说给她听的，但她佯装不知，只顾埋头吃饺子。

第二天夜里，关门声只响了一遍。

叶慧的睡眠逐渐恢复正常了。日子在埋头苦读中飞逝，转眼就进入了春天。

乍暖还寒的季节交替时分，气候变化很大。这天晚上，叶慧忽然感到浑身困乏，四肢无力，偶尔还伴有一阵阵的冷意。一定是感冒了！因为怕父母担心，她没敢声张，自己悄悄地找了两颗药吃了。

到了夜里十二点，父母准时出门了。叶慧躺在床上捂紧被子，心想睡一觉就没事了，谁知没过多长时间，身上的寒意却越来越重，头也疼得更加厉害了。她赶紧找来体温表一量，天，竟然39度！

不能再硬撑了，得立即去挂水才行！看看墙上的挂钟，快要到凌晨一点了，好在小区里就有一家诊所，而且就在楼下不远处。叶慧连忙穿好衣服，带上钱，打开了房门。

关上防盗门，楼道口的感应灯应声而亮，就在灯亮的刹那，叶慧不由自主地尖叫起来。微弱的灯光下，楼道口竟然蜷缩着一个人，背靠着墙，头埋在肩膀里，显然是睡着了。

尖叫声惊醒了那人，他抬起头来。天哪，竟然是父亲！

两个人都呆住了。父亲好像做错事的孩子般涨红了脸："我，我……"叶慧知道父亲想要说什么，她泪流满面，上前轻轻地捂住了他的嘴……

那年高考，清江市出了个作文满分的考生，当地晚报在第一时间全文刊登了这篇文章。

作文题是围绕"门"写一篇800字左右的文章，体裁不限。满分作文写得朴实无华，但却感人至深：一名高三女生的父母都上夜班，而且时间不一致，晚出门的父亲关门时总会将女儿吵醒。为了巧妙地解决失眠的问题，一天早晨，女孩故意将日记本遗忘在卫生间的梳妆台上。父母偷看了女儿的日记，母亲编出了一个抢劫的故事，父亲编出了一个调班的借口。从此，两人一道上班，每天关门声只响一次。但实际情况是，父亲并没有调班，出门后，困乏的他就睡在自家的楼道口直至上班，为的就是能让女儿睡好觉。女孩并不知情，直到一天夜里她发高烧到楼下的诊所去挂水才发现了这个秘密……

文章的最后写道，那个女孩自从发现父亲的秘密后，就再也不让父亲睡在外面了，关门声每天仍会响起两次，可她竟再未失眠过。

晚报同时刊登了阅卷老师的评语，只有短短的一句话：世上的爱有许多种，但从没有一种能与父母对儿女的爱相比。

与楼擦肩而过的旅游

原上秋

他和老婆第一次吵架，是在退休的这一年。这一年他准备了3万块钱，说出去旅游。等他计划好路线调整好情绪要出发的时候，老婆竟然把钱都借给了在洛阳的妹妹买了房子。他气得把饭碗都丢地上了。

他和老婆住在牧城，大半辈子关系一直很好，平日里老婆的任何决定，他从没反对过，所以从没吵过嘴。他在这件事上发如此大的火，很让老婆意外。不就是个旅游嘛，停几个月再去，不是一个样?

他的气不在这里。妻妹家已经有3套房子了，一个儿子在部队当兵，再买房子，一人一套都住不过来。说白了，他们是把买房，当生意做。

按说洛阳做洛阳的生意，牧城过牧城的日子，谁也不影响谁。可是，洛阳买房把牧城的旅游费用占用了，这就成了问题。

紧接着，他和老婆之间有了冷战，这也是前所未有的。

老婆的闺密过来串门，听说了此事，数落起他来。你个死老陈，老了老了，脾气倒上来了。不就是个旅游嘛，过俩月再去，人家景点也不会关门。

老婆的闺密一点不把自己当外人，都在一起几十年了，彼此熟悉，平时就是这口气说话，谅他不会对自己出言不逊。

他辩解说，根本就不是这回事，他是看不惯洛阳那人的生活态度。做事不量力而行，借钱倒卖房子。家里算这个都4套了，充什么大蛋。

他和老婆不算苦大仇深，几天光景，头顶的乌云就散了。

两人晚间踏着月色散步，老婆说，当时都是我心软，妹妹打电话说本来不想买，手头不宽裕，这个房是人家的指标房，到手就赚。我告诉她余钱倒是有3万，你哥他想出去旅游。洛阳那边显得不高兴了。她竟说，旅游重要还是买房重要……

他夺过话头说，要我说，旅游还是比买房重要。

老婆说，那也不能要回这个钱了，刚借出去就要，算哪一回。

他说，不要可以，但需要给洛阳这人上上课。

散步回到家，他打通了洛阳的电话。接电话的是他的一条杠子。他说，你好啊，老马，又买房子啦？

洛阳老马说，是人家的指标房，到手就赚。

他一听这话，口气就不好了。平时他最看不得洛阳老马成天钱啊钱的，仿佛人活着，就是挣钱。他就拉开架势，从人生的意义开始谈起，讲与金钱无关的快乐。反正围绕一条暗线，这个房子压根儿不应该买。

洛阳老马越听越不是滋味，就反驳说，是不是拿你3万块钱你不乐意呀？不要紧，你那钱还没动，明天就给你打回去。

他一听，也不客气了。不识好歹呀你，你用我的钱去生钱，还得罪你了。不用拉倒，你把钱打过来，我就拿这个钱去游山玩水。

第二天，3万块果然气咻咻地跑到了他的卡上。

钱的一去一回，把他们的心情弄得很糟。

老婆埋怨他不该要回这个钱。他辩解说，我也没说要回这个钱，那洛阳老马自己说不要，他打回来咱们就收。

老婆说，你说那话，谁听不出话音。这回好，亲戚还来往不来往了？叫我说，旅游的事搁几天，你给洛阳再打个电话，这个钱就让他们使吧。

125

他觉得憋屈得慌，明明是自己的钱，从洛阳转过来，就戴着原罪一般。不管咋说，老婆发话了，这钱还让他们使吧。他就拨通了洛阳老马的电话。

没等他说话，洛阳老马说，没你3万块钱，我照样把房子买了。

他一气之下挂了电话，发誓再不和这类人来往。

不等花果飘香，他坐上了开往西安的火车，开始了计划已久的旅行。

火车路过洛阳，不远处有一幢很气派的高层建筑。洛阳老马的楼就买在那里。

他的心在向往兵马俑的时候，洛阳的那幢高楼从火车边上一闪而过。或许，他和洛阳的老马在那一刻擦肩而过。

底 线

孙春平

于林在酣酣的睡梦中被推醒，晓洁有些惊慌地说，快去听听，电话里有来电录音。于林不情愿地坐起，揉着眼睛问，你摆弄它干什么？晓洁说，我看它不住地闪小灯，没忍住。于林问，录音里说了啥？晓洁说，好像是个老太太，说的啥，我也没听懂，好像是在求救。昨夜和晓洁淘气有点过度，眼皮还是黏，于林倒身又睡，嘟哝说，又不是咱家的电话，跟你说了多少遍，别手欠。

却是怪，脑袋挨了枕头，却再睡不着，耳边不住响着"求救"两个字，那两字似过年的爆竹，越炸越响。于林翻身而起，去了大卧室，抓起座机话筒，按下重放录音的键，果然是那个冯老太熟悉的声音。

"闺女呀，这个电话你八成听不到，听不到妈也要说道说道，不说出来得憋屈死呀。手机我都是求好心人借的，那我就长话短说吧。我四月初回到东北家里来，你的那几个表兄妹，说你舅病了，把我骗到市郊的山上，住进农民荒弃的一处老房子里，每天轮流留两人，说是陪我，实际是把我看管了起来，逼着我交出你姥爷留下的房产证，还要交出二老的遗嘱。你姥爷家的那处房子你是知道的，是有遗嘱，还是经过公证的。你的两个舅舅结婚时，你姥爷都给买了房子，二老觉得亏了闺女，去世时就把住的这户房给了我。我说，你们要认

127

为遗嘱有假，可以去法院。他们知道一经了官司，便再不可商量。他们的意思是趁着眼下房价贵，抓紧卖掉好分钱，所以才闹出这么一出。我在山上这几天，他们虽没让我饿着，可东北这时节的气候你也知道，白天还行，可到了夜里，还是死冷死冷。咳咳……我感冒了。其实，我不给你打这个电话，直接打110也行，可家丑最好别外扬，所以你最好抓紧飞回来一趟，家里的这些麻缠事还是你们年轻人商量吧。可我又记不起你的电话，每次给你打，都是按你教我的办法，只按电话上的1号键就行了，哪曾想会有人把我弄到这荒郊野岭上来呀。咳咳……不说了，你快回来吧，不然，兴许真就见不到你老妈了。"

于林抱着话筒，怔怔地坐在那里，眼前不断闪现着冯老太的影子。他不光知道老太太姓甚名谁，甚至还想得起她女儿的名字，因为于林是快递员，她住在这里时，她女儿寄来的邮件不少，都是经他的手。当然，有时冯老太往外寄，也是喊他来家办理。于林想着远在数千里外的冯老太焦虑的样子，看管她的人是一时睡着了，还是忙着看微信呢……

晓洁在门廊处大声说，你也听了，我没诓你吧？我去饭店了，牛奶和面包都给你热好了，别忘了吃。

冯老太的这户房子位于三亚市内的一个小区，两室一厅，有电梯，条件不错。听老太讲，是在美国的闺女给买的，让老两口冬天来避寒，可老爷子没福，两年前去世了。于林来办邮件时，老太让他坐进客厅等，自己则戴着老花镜一边填写一边唠叨。是人老话多还是一人在家太寂寞了呢？有一天，于林看到扔在餐桌上的钥匙，心头不由一动。记得有一次，跟几个快递小哥坐在路边吃盒饭，于林抱怨住城中村太闹腾，夜里睡不好觉。一小哥说，那是你死脑筋，要说三亚啥最多，我看就闲房子多，尤其是夏秋。于林说，那租金得多贵呀？小哥一脸坏笑说，我让你租了吗？其实，你帮免费看房子，他们兴许还感谢你呢。几天后，动了心思的于林再去时，怀里就藏了压印钥匙的胶泥。

其实，不光是房子，就连女友晓洁也应算是临时"顺"来的。住进冯老太家后，于林常去小区外的一家饭店打尖，一来二去的，就和服务员晓洁认识了。一天，晓洁问，你就住在这小区吧？是你自己的房子呀？于林答，是我亲戚的。晓洁凑到跟前，低声问，不能带我去串串门吗？那天，晓洁进了这个家门，四处看过，便坐在了北卧室的床上，说往后，我睡在这儿，你睡南卧，欢迎不？于林说，那可不行，我亲戚有言在先，南屋谁也不许进。晓洁也现出一脸坏笑，说明——白。那我就跟你一块挤小床，行吧？

晓洁是甘肃人，于林的老家在辽西。出门在外的打工者，似这般你情我愿的同居，多得可比海南岛上的椰子，处好了可做长远考虑，处不好挥手拜拜，见多莫怪吧。

那天，于林跟公司老板告了假，一天没出屋，将房间打扫得干干净净，并将自己和晓洁的衣物收拾清爽，分别装进各自的拖箱。夜深，晓洁回来，见了这般情景，便呆立在了地心。

于林说，我已经把老太太的录音转发给她闺女了。多则三五天，少则一两天，可能就有人要回来。咱俩明早必须离开。

晓洁问，你知不知道，你就是跑到天边，警察也会找到你？

于林说，明人不做暗事，我已把我的电话号码压在电话机下了。你别怪我，占点便宜的事我可做，但见死不救的事这辈子我绝不做。

晓洁沉默了一会，又问，那你往后住哪儿？

于林说，先去找快递朋友挤一挤吧。

晓洁眼里汪了泪水，说，还是去租个单间吧，别怕贵，往后，咱俩就AA，行吗？

稻　香

符浩勇

李群忙完应酬，从亿丰商厦出来时已是晚上八点。他驱车走在繁华的街道上，心里并不平静。刚才酒桌上同行的话还响在耳边：这些年，市县里只要有人进了省城站稳脚跟，你就无法摆脱市县来人的烦扰或者纠缠。你帮他把事办了，孝敬菩萨的话也会说；可要是帮砸了事，当面甩脸就走人。

他正步入中年，已是省城商业总公司的副总经理，就拿这次人力资源部门招聘来说，应聘者各显神通，各个渠道途径的招呼铺天盖地，应接不暇。而二十多年前，他只身来到这座城市，却是举目无亲……

那年，家乡遭荒，娘给他一个地址，让他进城来找一个叫贾良的人，说他在家乡当过知青，会帮忙的。走的前夜，他和青梅竹马的稻香道别，他动情地说："等我在城里站稳脚，就回来接你。"稻香却婉拒了："你进城去了，就好好为前程奔，别惦记我了。"说罢转身就走。他没有去追她，却暗暗下了决心，在城里有出息了一定好好待她，就像他曾信誓旦旦地说不会忘记秋天田野的稻香。

次日，他挤上客车一路颠簸到了省城，好不容易辗转打听到一家门牌下。他敲开门，门里挤出一张中年男人的长脸，警惕地盯着他："你找谁？"他说："我来找贾良，他在我们家乡当过知青……"那张长脸皱了皱眉说："贾良不住这里了，他早搬走了。"他急忙问："那他搬到哪里去了？"长脸回答说："城里这么大，找一个人就像大海捞针，哪里去找他，你还是回家去吧。"说罢关上了门。他提着行囊像一只无头苍蝇走在宽阔繁华的街上，看着四周林立的高楼大厦，却找不到自己的立足之地。出来时，他只带了单程的路费，只得找了家小旅馆住下再作打算。

第二天他去找工，准备先挣回家的盘缠。他走过几条街道，问了好多家店铺，找工都没着落；饥肠辘辘，看着店铺里熏蒸出笼的包子，他记起了家乡田野的稻香。忽然，他发现一个七八岁的小女孩在街边哭着，看样子显然是迷了路，一副又饿又怕的样子。许多人停下来看她，却又都走开了。他想起小时候有一次稻香上山打柴迷路的情景，就上前去，用他身上仅有的钱买了一块烧饼给了她。女孩不哭了，跟着他又拐过一个街口，却说不清家到底在哪里，他正焦急，女孩的父亲突然从天而降，问清缘由，对他谢天谢地。他已身无分文，正犹豫索要回家路费，没想到女孩父亲问："你是进城找工的吧？要不到我们公司来干吧？"他喜出望外，差些流泪跪了下去。

在公司，他的勤勉和上进，很快在对外营销方面独当一面。在一次壮大兼并一家公司时，他在一张人员花名册上看到了贾良的名字。起初他还想天下之大，同名同姓的人多了，等到真正见到贾良，居然正是当初自己刚进城时敲门后见到的那个长脸的中年男人。贾良见到他时，脸上也"唰"地红透了，不敢正视他。哦，当初他为何不愿意相认？是怕会给他带来麻烦，还是像稻香说的那样城里的人情比纸薄。而偏偏在这以后，他就是贾良的上司，虽然同在一家商厦里上班，在各种场合常常逢面，但却形同陌路；有好几次，他感觉到贾良似乎要跟自己和解打破僵局，但一想起当初的境遇，就懒得理睬他……

如今二十年过去，李群当上了公司的副总经理，有了一个温馨而安逸的家庭，妻子勤勉贤惠，女儿争气上了大学。尽管这些年在城里打拼滚爬，疲于奔波，但每当驱车回到居住小区，看到楼上亮着柔和灯光的窗户，还有妻子倚窗期待的身影，他就感到无比幸福和温暖。

……

他开车缓缓滑进车库，刚走出来，有个女孩就上前拦住他。他认为是为这次公司招考找他的，故作惊讶地问："你找谁？"

女孩说："我来找李群叔，是我娘叫我来的，我娘叫稻香。"他凝眼一怔，仿佛看到稻香轻盈的身影。刚进城两年时，他回家乡，还带了城里的礼品去见稻香，她却已经嫁人了，山里的风霜削走了她的俊俏；她衷心祝贺他在城里站稳了脚跟。再后来，母亲过世，他就很少回家乡了。这些年因为忙于应酬，一次次盛宴的记忆荡然无味，也早忘却秋天田野的稻香。现在莫非家乡又遭了灾，稻香才想起了他，让女儿来投靠他？眼下已不是二十年前了，农民工涌进城来，就业机会竞争激烈。况且找工作也不是一天两天的事，她要住多长时间？家里的房间也不宽敞。他不动声色地对女孩说："李群已经不住这里了，他早搬走了。"女孩急问："那他搬到哪里去了？"他说："在城里，找一个人就像大海捞针，你找不到他的，还是回家去吧。"刚一说完，他就觉得这句话似曾耳闻，竟出自自己的嘴里。

女孩向他道谢准备离去。他忽然想起这与多年前自己来找贾良时的遭遇是何其相似。贾良鄙视他的那副嘴脸在心里生了根。贾良早已退休了，他却始终没有原谅他。而现在他怎么也成了这样！他心里一抖，记起稻香当年的温情，对女孩说："我刚才没认出来，我就是你李群叔；先进家里住下吧，进城找工也不是一时半刻的事。"

女孩听了，向他嫣然一笑，说："李群叔，你误会了，我不是来找工的，我去年大学毕业，在一家公司上班，这次家乡要修大桥，我回去一趟，我娘让我给你带土特产来了。"

他听着很羞愧，一脸窘态。待女孩走后，他忽然记起前不久接到家乡一个庆典请柬，他原打算找个借口搪塞过去，但此刻他决定了，不管多忙也要回一趟乡下。

大暑小暑

秦兴江

大暑老汉五岁那时候，家里很穷，一家人挤在一张床上。大暑和爹挤一头，娘搂着妹妹挤一头。冬天暖和，夏天却热得要命。

有天晚上热得出奇，在院子里也不凉快，爹帮他洗了澡，让他快睡觉。可他翻来覆去睡不着，床就像一张小鏊子，烫得人直流汗。爹懒，不管他，爷俩睡一头死熬。

"这头来——"娘在那头喊，"过来我给扇一下。"

大暑爬到娘那头，看见娘光着上身，搂着妹妹喂奶，一手摇着大蒲扇，脸上淌着大颗大颗的汗珠儿。妹妹含着一个奶睡在他和娘中间，娘的另一个大奶就在他眼前晃来晃去，他使劲咽了口唾液。"甭看了，眯眼睡吧——娘给扇着风！"娘说他。他很听话地眯上眼，可是耳朵却听到妹妹小嘴弄出很响的吮吸声，过了好一会他才睡着。

后来，娘常说起他在睡梦中有个咂嘴的习惯。他知道那是他经常梦见那晚的情景，但他没对娘说，他还记得那晚的睡梦中有一阵阵凉爽的风吹来。

大暑渐渐地长大了。

大暑娶上媳妇了。夏天夜里热，大暑要给媳妇扇蒲扇，媳妇坚决要给他扇。大暑就老老实实地躺下，媳妇抢着大蒲扇，扇一会热极了，媳妇就把小汗褂脱了，光着膀子。这时候，给他扇风的媳妇让他想起了娘。

大暑有了小暑。再到夏天，媳妇不给他扇，给小暑扇，一下一下轻轻地摇着扇子，一边喂着小暑奶。小暑吧唧吧唧吮嘴的声音让他想起了小时候的自己。

小暑很快上学了。那个夏天，上学后的小暑很认真地问大暑："爹，咱家为什么没有电风扇啊？"

"小暑，你见过哪儿有电风扇啊？"大暑问。

"在俺课本上，就有！"小暑神气地对他说，以为大暑不知道。其实，大暑已进过几次很远的县城，在城里的百货商店内看见有一种叫作吊风扇的东西，高高地悬在屋顶，一转满屋子都是风——夏天那才叫惬意啊。可那时候只有县城能发电，农村哪儿会有呢？

想到这儿，大暑顺嘴就说，"那是书上。咱这儿咋会有啊，咱这儿也不通电啊！"

大暑又说："小暑你要好好上学，上好了学就能进城当公家人，就会有电灯电话……"

大暑说完不作声了。小暑也不作声了。大暑小暑都闷着头想。

后来，小暑真的进城了。小暑结婚的时候，大暑千方百计为小暑置办了电视机、电冰箱、落地扇。大暑说，咱虽是农村来的，也不能让人家笑话。

小暑盯着那台落地扇看了半天，对大暑说："爹，你拿走吧。"那时候，农村已经实行了责任制，村里也通上了电。小暑没忘他小时候和爹一块说过的话。

大暑也想起了和小暑说过的话，可他瞅瞅落地扇："那东西，我和你娘用不惯！俺喜欢大蒲扇，又能扇风又能赶蚊子！"

当然他没对小暑说，为了给他办喜事，家里砸锅卖铁不算，还倒拉了五千多块钱的账，那时候五千块多值钱啊！

小暑就不说话了。后来小暑就有了小小暑，每年暑假，小暑想带小小暑回家，可小小暑不想回，他说爷爷家里没有风扇太热。

渐渐地，大暑变成了大暑老汉。这年夏天，大暑老汉六十大寿，小暑买了寿糕，买了烟花炮仗，还买了一台微风扇。

大暑老汉忙着找来家什，让小暑立马安装好。吃饭的时候，爷俩都喝多了。小小暑在一边说："奶——你看俺爷爷都恣歪了！"大家都笑。

晚上，大暑老汉躺到床上，打开微风扇，小电扇不大，劲头挺足。"你看多好啊——"

大暑老汉高兴得四仰八叉，可媳妇突然把风扇关了。

"你干啥？"

"俺想让你给俺扇，不然腾出一只手干啥？"媳妇把蒲扇塞到他手里。

大暑老汉接过来，扇着扇着却不说话了。

"咋了，小孩子似的，俺再给你打开！"媳妇一伸手，一股清凉的风徐徐地吹来。

"不是，俺想起了娘……"大暑老汉盯着呼呼旋转的小风扇，"小时候，娘常对俺说，你是大暑那天生的，那天热得出奇啊，你爹就给你起名叫大暑！"

大暑老汉又说起五岁那年夏天的情景，说起在那个夏天常常做过的一个梦。他说，娘没享过一天福啊，说着说着，眼角淌出两行泪水……

伤心的竹子

李晓东

公园里的那片竹林一夜之间竟全部枯死了。园林局请来专家进行调查。

牛教授是名植物专家，他在竹园里走了三圈，最后得出结论：有人在竹林里喷洒了一种名叫ATY的剧毒农药，把竹子全毒死了。

然而，这个结论遭到众多市民的质疑，因为就连竹林下面的小草都活得好好的，有的竹杆上甚至还爬着蚂蚁。

马博士是个动物专家，他在竹园里转了两圈，最后得出结论：有一种名叫GNM的毒虫潜入地下，分泌毒液，使竹根受到病毒感染，才酿成竹林枯死的悲剧。

这个结论自然也遭到市民的普遍质疑，因为有人挖出枯竹根下的泥土，没有发现任何毒虫。

每天前来公园枯竹林里了解竹子死亡真相的市民络绎不绝，他们纷纷发表高见，但都无人信服。

一日上午，竹园里来了个白发老汉，他在枯竹林里转来转去，这根竹子看看，那根竹子瞧瞧，最后摇头苦笑，大声说道："这些竹子都是自己伤心而死的！"

众人沉默了，把目光齐刷刷投向白发老汉。

老汉不紧不慢地走到竹林围墙边的一棵毛竹旁，叫大伙瞧竹身。只见竹杆青绿光滑，应该是新竹，竹身上字迹清晰：我要变得更强壮！

老汉说："这文字肯定出自一个常遭人欺负的少年之手。这棵新竹对少年的遭遇深表同情，因此伤心而死！"

接着，老汉走到竹园小径边的一株粗壮的毛竹旁，只见竹身上刻写着"我要发财"四个大字。

老汉说："这字笔画稚拙，结构松散，想必出自一个贫穷的少年之手。这棵竹子无能为力，不能帮助他发财，才伤心而死！"

然后，老汉走到一棵表皮枯黄的毛竹旁，只见竹身上写有署名姚某某的一行文字：祝爸爸妈妈事业有成。字迹稚拙，却很有力度。

老汉说："从文字内容看，刻字人很懂事，对父母很孝敬，懂得感恩。不过看竹子年龄，这文字很可能是十多年前写的。那时，竹子还是新竹，刻字人风华正茂。事隔多年，这棵竹子想必没有实现刻字人的美好愿望，才伤心而死！"

再接着，老汉走到一株竹身青亮的毛竹旁，只见竹身上刻写着：龚丽丽吾爱你。字迹工整，一丝不苟。

老汉说："不用说，刻字人想必是一位早熟的中学生。他爱龚丽丽，却不敢当面表白。于是，他便偷偷躲进竹林，只把'心声'告诉给竹子听。但可惜得很，这棵竹子显然辜负了他的重托，才伤心而死！"

老汉在竹林里边走边说，众人也边走边听，结果发现竹园里的每一棵竹子上都刻了字，有的竹身上还刻了好几个"心愿"。

老汉越说越激动，说："你们这下该明白了吧。这些竹子实在无法实现大家太多的心愿，才伤心而死。这就是它们一夜之间全部枯死的真相！"

与父亲唠嗑

许心龙

"爹,又有一段时间没跟您唠嗑了。"

暑假后开学第一天,我被任命为镇中学副校长。上午放学后,我就屁颠屁颠地步出校园找父亲唠嗑。我笑着说:"爹,我当上副校长啦。"

父亲不语。

我想父亲应该自豪地说祝贺我儿。父亲的自豪是压抑不住的,就像吃馍掉馍渣一样往下掉。当然,馍渣父亲会习惯性地一一接住,可这自豪他断然不会去接,而是让其尽情掉落,让村里人看个清清楚楚透透亮亮。

"爹,您的第一次自豪您还记得吗?"我问道,"应是我23岁那年考取师专吧?"我无意中选择了一个"自豪"的话题与父亲唠嗑。

父亲没表态。

我想父亲应该点点头说是的。父亲说话的表情还是甜中带苦。咋说父亲苦呢?父亲的苦是他不蒸馒头争一口气,拼命让我这只公鸡为他下蛋。好在铁树开了花,我这只公鸡竟下了一个滚圆的大蛋。

父亲老实巴交,木讷口拙,交个公粮能让人偷梁换柱,他的嘎嘣脆响的麦子被调换成土坷垃麦,受到镇粮管所大喇叭的广播批评。受了奇耻大辱的父亲

138

愚顽地找到村支书说理，颐指气使的村支书笑着拍拍父亲的瘦肩膀，说再追还有意思吗？村支书当然没去想父亲想要回什么，父亲执意要的是一个人起码的尊严。这反倒成了村人永远的笑柄。

"爹，我可是咱村第一个从小鸡窝里飞出来的大凤凰啊！"我继续说。

我知道父亲的苦远远大于他的自豪。那苦宛如一把大伞完完全全遮住了他。父亲苦是因为我的脑壳里装的全是纹路粗糙的大块猪脑子。我光高考就考了5次，年年落榜，近2000个日日夜夜的煎熬父亲能不苦吗？

那年我第一次高考离分数线差17分，父亲抱有希望地卖了8袋麦子让我复读。

第二年高考离分数线差2分，父亲大有希望地卖了快下崽的老母猪让我继续复读。

第三年高考离分数线差9分，父亲不免失望地摸摸我浓发覆盖的头，说了一句我终生难忘的话——这脑子一点儿也不少呀！后来父亲戒了烟，供我再复读。

第四年高考离分数线差2分，父亲摇晃着头说咋恁巧跟前年一样还是2分，父亲说着，希望残存地笑了。我的眼泪不听话地流了下来。

第五次高考后，我走出考场就打工去了。我知道自己不敢贸然回家了，心里怕极了父亲的眼光，那眼光像父亲的身材一样细瘦，但却有鹰眼的睿智力道。

就是这红军长征一样史诗般的复读，让我考中了！

回到村里我听说，父亲得到捷报后，一连在村里转悠了几天，逢人便说，无人自语，整个人神经了一般。父亲压抑了5年之久或者说大半辈子的满腔的晦气终于扬眉吐了出来，吐得村里角角落落坑坑洼洼里都是。紧盯着父亲拱桥似的后背的，是全村人太阳一样灼人的眼光！

后来我才悔之莫及地知道父亲愚顽兴奋的胸腔里裹挟的是一颗柔弱的不堪一击的心脏。

"爹，咱终归胜利了不是？"我笑着吁出口气，"连蛮横的村支书都勾着下巴率先握您的手不是？"

父亲没接腔。

我想父亲应该说没有苦中苦哪有甜上甜。这是父亲在我高考落榜时常念叨的一句话。

大家都说我同学多，那是因为我读了七年高中。这样说，虽不乏揶揄的意味，可同学多了不是坏事呀。朋友多了路好走，我就沾了同学多的光。他们给我牵线搭桥找到了一个对象，心灵手巧，貌若天仙，还是响当当的镇干部。父亲自豪得合不拢嘴，露出了两颗发黄的残牙。

父亲曾预言我的面相是文曲星下凡。我还真的在杂志上发表过大大小小的文章。媳妇就是看了我的文章后的作者简介才慕名嫁给我的。不久媳妇又给父亲生了个胖孙子，孙子自然也是非农业户口，每月供应粮面3公斤。父亲拿红粮本的手都是光彩夺目的。父亲自豪得合不拢嘴，嘴里四颗发黄的残牙暴露无遗。

这时我的手机响了，是媳妇打来的。我一抬头，发现太阳偏西南了，我这才想起只顾给父亲唠嗑了，午饭还没吃呢。

"爹，我今儿来告诉您的啥，听清楚了吧？"

我立起阵阵发酸的双腿，继续说："爹，我抽空再来看您。"

父亲静如泰山。

我弯腰拔起一把青草，紧紧攥在手里。

一低头，我的清泪洒落在了手中的青草上。

那是父亲坟茔上的杂草。

假　死

谢松良

　　易小四失联的消息一经公开，我们同学群一下炸开了，有五六个同学站出来说，今年三到五月份借过钱给易小四，他们公布的数目，林林总总加起来一百多万元。我不好意思说出来，借钱给他最多的就是我。

　　大概在今年三月份的时候，易小四打电话热情地约我去大酒店吃饭，他说在外市承包了一项大工程，还拿出工地照片和工程合同、图纸给我看，然后以需要资金为由，向我借了十五万元。借钱的时候，他还郑重其事地写了张借条，写明借钱数额，月息两分。

　　同学们互通信息后发现，易小四跟所有人借钱时都是这个理由。我打外市的114服务台查到了住建局的电话，打过去核实，工作人员说压根没有这项工程。我把情况在群里公布了后，又一个同学想起另一件事，大概在去年夏天，她接到了易小四的求助电话，说他母亲得了尿毒症，这个同学自己捐了两万元，在她的发动下，她的朋友、家人也为易小四的母亲捐款四万多元，总共加起来六万多元。接着，又有几个同学说当时也分别接到了易小四的电话，或多或少捐了款。

　　同学们发现一切都是诈骗后，马上去报警立案。没几天，他们从警方那里得到的结果是易小四已经死了，属于自杀，而奇怪的是他那得了尿毒症的母亲现在却仍然活得好好的。

这似乎有些不正常。第二天，我和一个同样有此怀疑的同学打听到易小四的家庭住址后，相约开车来到大黑沙社区蓝紫小区，我们在门口的便利店买了一箱牛奶，来到3栋2单元503房敲了敲门，里面有人问是谁，我说是易小四的同学，一个微胖的中年妇女把门打开，不友好地问："又是来讨债的吧？"看来之前已经有人上门要钱了，我们将牛奶递给她，她的态度缓和了一些。

跟我一起去的同学是个急性子，他直奔主题："阿姨，小四欠了那么多钱，人忽然就没了，说实话我们有点怀疑。"易小四的母亲说她儿子除了欠我们的之外，还欠了别人一百多万元，生意失败后还不起钱，走投无路的情况下自杀了，怕我们不相信，她起身走进卧室拿出几张证明给我们看，是一张医学死亡证明、一张火化证明，以及一张派出所户口注销存根。我趁着易小四母亲和同学说话时候，用手机把三张证明拍了下来。

从易小四家里出来，同学跟我说："他是不是真死了，不仅有死亡证明，连户口都注销了。"可我还是不相信，他家的房子怎么也得有个一百五六十平方米，虽说破了点，但靠地铁口的地段，怎么也能卖个三五百万元。守着三五百万的房子，能为了一百多万元自杀？

我百度了一下，死亡证明网上花几百块钱就能办，真的假的都能办，而且派出所注销户口，也是根据死亡证明和火化证明来的，所以光看这些证明也不能全信。我决定从火化证明入手，查明易小四是否假死。

一般来说，真的死亡证明好办，但真的火化证一般办不了，这证得真的把人烧了才能给。而且殡仪馆都实行流水作业，有计算机系统控制过程，每个人一进殡仪馆就会有个专属条形码，这个火化证上的条形码造不了假，真伪一验就知。我偷拍易小四的火化证，也是为了那张能验真假的条形码。

我们来到殡仪馆，找工作人员查询了一下，输入条形码上的流水号后，电脑读出了易小四的火化信息。

这时刚好尿急，我来到殡仪馆隔间里的洗手间小便，在厕所隔间里一堆小广告中间，我发现了一行黑笔写着的字，代办火化证，电话：13×××××××××。我记下号码打过去，响了几声才有人接听，我说想咨询一下火化证代办业务。

对方说：我们明码标价两万二，明着和您说，这里有一万是我们的中介费，另外一万二由运尸工和火化工平分。我问他尸体从哪来，他说好办，破棉被、旧衣服、人体模型都能伪装成尸体，烧完都是灰，就直接装骨灰盒里了。我故意试探性地问他：大黑沙社区那个易小四的火化证也是你们这边包办的吧？我是他介绍过来找你的。他说是啊，熟人介绍那就更简单了，您也是想假死吧，那您把身份信息给我，保证每个环节都不会有问题，您直接拿火化证。

我借口和家里人商量一下，挂了电话。

两天以后，手机有个陌生来电，我接通电话，却传来易小四的声音："老同学，你给我个账号吧，我马上把欠你的钱还上，但前提是你要跟同学们解释清楚——经过一番调查，你发现我是真的死了。"

犹豫了好久，我没有答应他，他生气地吼我："你傻啊，怎么还会跟钱过不去呢！"

丹高子的满洲悲伤

陈力娇

2013年度中国微型小说

伊汉通屯，是满洲离松花江最近的码头，泊船多，游人也多。

有一个乞丐爬上岸来，想讨一口吃的，他已经三天没吃一口饭了。此时正是稻子丰收时节，家家户户吃上了新米做的饭，饭香弥漫整个码头。

要饭也不是好要的，他一连要了五家，都没敲开主人的门。有的人家从窗子看到他向他们家走来，提早就把大门关上了。院子里除了狗叫，听不到人声，都噤若寒蝉了。

到第六家时，情形好转，一个女人在院中晒豆角，把豆角切成丝，遍布在盖帘上。一抬头看见他，没等他说话，就进屋给他盛饭去了。女人面容慈善，小巧玲珑。不一会儿，就把一碗热乎乎、上面带着几块肉的大米饭，端到他面前。

乞丐感激得险些掉泪。他接过来，大口地吞咽，如饿狼一般。

饭是刚出锅的，女人担心他烫坏喉咙和胃，忙告诉他：慢慢吃，饭的屋里的有。她的话刚出口，乞丐愣了一下，当他认定眼前的女人是日本人时，他一下子把碗摔在地上，用食指拼命地抠着嗓子眼儿，艰难地吐出刚吃下的饭，他说，操他妈的，吃了口鬼食，真晦气。然后向着村外，扬长而去。

女人受了打击，羞辱得差点落泪。待缓过劲儿来，她碗都没捡，直奔红部去找部落长。部落长是退役军人，关东军下派管理开拓民的。这会儿他正研究地图，怎样才能把打下的粮食快速送到会发镇，再由会发镇取道黑河码头，供应北部边境守备队。

见丹高子风风火火跑来，他皱起了眉头。从他接管伊汉通开拓团以来，他认为这个女人最难缠。当然她的文化程度也最高，日本早稻田大学毕业。

丹高子进了开拓团的门，眼泪就已经下来了。一路她认准一个理，原因不在于乞丐懂不懂礼貌，而在于日本守不守规矩。你若是老老实实待在自己国土，中国乞丐怎么会登门辱骂？你若不是抢了他的饭碗，他又怎会不知道感恩？

丹高子理顺了这些，进门就毫不客气地逼问部落长：咱们住的房子是哪来的？

部落长眼皮都没抬，回答，满洲人给的。

丹高子又问，土地和马牛是哪来的？

团长的嘴角现出不屑，但他还是回答了丹高子，也是满洲人给的。

丹高子步步紧逼，咱们和满洲人非亲非故，他们也不欠咱的，凭什么把最好的给咱们？凭什么自己挨饿让咱们有好吃好喝？

八嘎！部落长震怒了，他站起身咆哮道：日本人住房满洲人给盖，日本人吃粮满洲人给种，日本人要花姑娘满洲人给送，这些都是大日本皇军用生命和刺刀争来的权力，这回你明白了吧？

部落长是个大个子，丹高子看到他高出桌子三分之二的身体，觉得遇到个不可理喻的蟒蛇，气愤地摔门而出，一路她边走边哭，泣不成声，直到碰上大友爱子。

大友爱子是她在伊汉通唯一能谈得来的女性。丈夫在县里的城防守备队工作，见识比一般人广。两姐妹手挽着手，来到屯南的稻田。

时值九月下旬，小部分稻子已经收割，还有大部分金黄铺陈着大地。草是绿的，树是绿的，大地一片广袤无垠，黄绿相间。丹高子哽咽着说，我就是觉

145

得我们太愧对中国人了，关东军到处烧杀抢掠，我们平民也成了帮凶，每当，每当……丹高子说不下去了，大滴的眼泪又落了下来。

大友爱子率先在田埂上坐下来，丹高子也跟着坐下来。秋风轻抚着她们的身体和鬓发，让丹高子着火般的心稍稍凉爽了一些。大友爱子看看左右没人，说，不用悲伤，我们在满洲待不长了，太平洋战争注定输了，日本面临战败，小孩子都拉上前线了，我们离回日本不远了，满洲终究不是我们的家呀。

丹高子吃惊地瞪大了眼睛，现出了少许的喜悦。她愤恨地说，咎由自取，真想不到还有这一天，老天有眼啊。大友爱子又看看四周，只有风吹拂玉米叶子的声音，远处开拓团平平整整的房子，冒出缕缕炊烟。她拉了下丹高子的袖口，警告她，不要乱说，要杀头的。越是这样，你越要注意言行，别再去红部了。部落长是死硬派，你不知他会做出什么事来。他腰间的手枪，说不定哪一时就指向自己人。

丹高子说，我已经把他得罪了，就等着他开枪好了。大友爱子说，不行，你得想办法挽回，时局复杂，你家的那口子又被充兵，如果回日本，你拖儿带女的一个人怎行，不还得仰仗他关照吗？

怎么挽回？丹高子问。大友爱子说，给他做点铜锣烧，部落长最爱吃铜锣烧，给他送去，让他高兴。丹高子一摆头说，不做，不送，看他能把我怎么样？大友爱子温和地摸了下丹高子的头发，说，我替你做，我替你送，到时他要提及，你别忘了应一声。

铜锣烧是一种烤制甜点，内置红豆沙，做工讲究。从生豆泡水，到煮豆火候，再到最后加糖，都要细心照顾才行。

两个女人在心里，温习着它的每一道工序。丹高子心里想的却是，毒死他。

亲历"战争"

王培静

早晨吃饭，递馒头给他，他摇头不要。他喝了碗粥，回房间了。

我拾掇完厨房，推开房间门，看到他已穿戴整齐，身边放着一个提兜。他严肃地对我说：开车送我回王山头。

我说：车不一定在家。

他说：肯定在家。

我说：这么冷的天，回老家去干什么？

他叹了口长气说：回去看看。

我发现他身边的提兜里装着他的刮胡刀，一条烟，还有换洗用的裤衩。

我说：谁惹你生气了？

我看一会电视，说我，你看个够。

我回到客厅，问另一方：你们俩闹别扭了，为什么事呀。

她说：昨晚上你不是出去走路去了吗，看了一会电视，我说，没意思，也没好台，睡觉去吧。他说：我再看会。我说：什么也看不明白，看什么看。我刚回到卧室坐下，他就跟进来了。我说：你不是要看电视，你看个够呀。电视你关了没有？他说：我不会关。

147

我去房间劝他：人家都领导咱快一辈子了，咱就甘当臣民吧。家里过去借东西，借钱，找人帮忙，不都是人家去吗？

他又叹了两口长气。

已经好多年不吸烟的我说：有烟吗？

他从上衣兜里掏出烟，我接过来，递给他一支，自己放嘴上一支。

他的烟只几口就燃尽了一半，我吸了没一半，他已经吸完了。

这时，她突然进来，吼道：你走，你走，你有本事去天边。谁得罪你了？

他站起来伸着手回敬说：你给我家里的钥匙，给我腰带。

她接着说：你不是要看电视吗，没人不让你看电视。我回屋你跟着回屋干吗？没事就找事。她气得有点站不稳，一下子抓住了门框。眼角里有两滴泪水溢了出来。

他重复道：你给我家里的钥匙，给我腰带。

我架她回到客厅，小声说：您再别生气了，他就那样的人，爱生气。您也别说他了，快到他生日了，弄得心里都不舒服多不好。

我跟他这一辈子受多大委屈，我。

回到卧室，我帮他找遍了房间，也没找到他的腰带。我说：是不是那天出去吃饭时，因为喝了酒，腰带掉路上了没发现？他说：不可能，她知道放哪儿了。我说：她气得都掉泪了，这事就过去了，不要再提了。昨天你含着一个蜜枣去厕所，她不让我喊你，怕你一说话，把枣核咽了。大事小事，人家还是关心你。

他点了下头，算是答应了。

她进来，从自己的枕头下抽出了他的腰带。

我说：她是怕你走了，才藏起来的，你提着棉裤跑不快，我们能追上。

我说完，三人都笑了。

见危机解除了，我忙用手机拍了几张照片发朋友圈了，我写的文字说明是：两老小孩闹别扭，拌嘴，我过了一把"调解委员"的瘾，和好后，她戴上

148

眼镜坐在阳台上给他缝制新棉裤，他躺到床上养神去了。

　　微信发出后，竟有几百条朋友回复，夫人回复：警察退休又上岗了。有朋友说：吵嘴是他们的感情交流方式。有人说：恩爱的夫妻都爱拌嘴。大部分回复都是对他们俩的祝福。

　　中午，我出去买了点好吃的，庆祝他们和解。

　　他给她夹菜，她质问道：你给我夹菜干吗？在家一生气，三天不理我……

　　他，是我93岁高龄的老父亲；她，是我87岁的老母亲。

醉 酒

赵悠燕

如我们预测的那样，老王女儿如愿考上清华大学。

我们让老王兑现诺言，当初他答应过如果女儿真考上了，就请我们在县城最高档的麦斯廷大酒店喝酒，不然我们请他喝酒。

我们愿意赌，老王女儿从小学到中学一直是学霸，而且心态好，大考小考几乎每次拿第一。

周末晚上，我们如约来到酒店，一号包厢，老王已在那儿等着。天虽热，他却西装革履，打着红领带，蹬着黑皮鞋。老王红光满面，笑呵呵地跟我们每个人握手道谢。

来了十二个人，大多是平时在一起喝酒的朋友，只有两人不认识。老王介绍说，这位是安监局的林科，这位是万丰酒店的胡总，然后又一一介绍了我们。

我们互相敬酒，气氛很是活跃。今天的主角是老王，今天的主题也是老王，他沾了女儿的光。我们纷纷赞扬老王培养了一个出色的女儿，都说女儿智商随爹，女儿能上清华，离不开他优良的基因。我们如此热情洋溢的赞誉，说得老王女儿仿佛是老王一个人生的，几乎没他老婆什么事。

老王被我们的吹捧和赞扬弄得乐不可支，又多喝了几杯，说话时舌头都有点大了。老王说，看来，这女儿是给人培养的，以后怕没我的什么事儿了。他伸着指头点着他旁边坐着的人说，你的儿子去了国外，你的女儿上了北京，你的儿子去读博士了，还有，你的女儿在搞一个什么国家科研项目。你们倒是说说看，上一次孩子来看你们是什么时候？五一来过吗？十一也没有，连春节也没来过吧？对，他们都说忙。这忙没假，孩子们不撒谎。可你们仔细想想，这孩子是不是白生了，这么多年都是给人家在培养。

胡总说，此话说得有道理。去年我和老伴去国外儿子处待了半年，这人生地不熟，言语也不通，买个东西还得跑老远路，我们又不会开车。儿子媳妇工作忙，我们也不好意思开口老让他们陪。想想还是自己家乡好，住得惯，逃回来了。

李四说，可不是，这一提起来我就发愁。上次我老伴住院，没敢告诉儿子，路那么远，他工作又那么忙，都是我一个人跑前跑后照顾了一个月。幸好身子骨还撑得住，万一老得跑不动了可咋办呢？

这话说得有些伤感，大家大约都想到了这个问题，不由感慨起来。

张三说，都说女儿是爸爸的贴身小棉袄，从小到大，除了上大学，女儿从来没离开过我身边。可是光想她有什么用哦，她正处在事业发展期，我们帮不上忙，总也不能拖她后腿吧。我们应该学会自立。

自立？这话让我们感兴趣。

对，我们在青少年时就被灌输要自立，这人到中老年了，要重新学会自立，摆脱对儿女的依赖心理。

安监局林科一直微笑着听大家发表议论，这时他说话了，你们呀，别得了便宜又卖乖。说说我那个儿子吧，从小到大就不会念书，还老闯祸，没少让我们操心，后来总算混到技校毕业，现在在一家工厂上班。虽说不上多孝顺，平时我们俩有个头痛脑热的，也还是会在身边跑前跑后照应。不过我想问问，让我的儿子换你们的孩子，你们换不换？

大家怔了一下都笑起来，说，这哪能换啊，要是换老婆倒可以考虑考虑。

气氛活跃起来，于是又一杯接一杯地喝起酒来。

其实，孩子有出息是我们做父母最大的安慰，即使明白这样只会让他们离我们更远，但我们还是希望他们像老鹰一样飞得更高更远。因为，我们希望自己的孩子更快乐，更成功，对吧？

这倒是大实话，都说父母是无私的，放手和祝福，都是其中一个体现吧。

老王又说，兄弟们，除了老婆，你们就是我老王最亲的人了。今后，如果有需要我老王的地方，喊一声，我一定尽力帮忙。我老王有需要你们的时候，你们当中能有一个人出现我身边，我也就心满意足了。

老王这话就像总结，想了想，的确是，平时能说得上话，帮得上忙的，还真是我们这些朋友。

大家都站起来，举杯道，来，为我们的兄弟情谊干杯！

很晚了，我们搂肩搭背醉醺醺地从饭店出来，我们在大街上高唱："朋友一生一起走，那些日子不再有，一句话一辈子，一生情一杯酒。"

路人侧目而视，我听见有人说，咋这么大岁数了还这么醉酒，这人要是不省心，可不管多大的岁数。

我们听了，你看看我，我看看他，然后，放声大笑，喊着，醉了，我们醉了！

沉　默

金　波

　　阿践求职，好几次都是败在"自信"上。因为没有工作经历，因为没有实践经验，阿践不敢直面主考官的"提问"，害怕答非所问，落得个"不懂装懂"的印象。然而，主考官却说："看来，你缺乏自信心，自信心对一个员工的成长和发展是至关重要的哦。"从此，阿践就知道：想求职成功，就得有"自信心"。

　　为了培养自信心，阿践可没少看"培养自信心"的书。阿践得知，要表现出足够的自信心，首先要注意仪容、仪表。一个人如果打扮得光光鲜鲜的，就会变成一块大"磁场"，吸引无数眼球。在注目礼的熏陶下，人的腰杆儿一下子就挺直了，精神也随之焕发起来。所以，阿践再求职时，就专门去了美容院，不仅染了发，还修了眉、拔了毛、洗了牙，又高价租了一套西装穿在身上，新皮鞋刷得黑光油亮，在镜子前一站，美得连自己都不忍离去。直到不能再等了，这才去了主考官面前。主考官果然"刮目相看"，严肃的面孔马上灿烂起来，高兴地说："请坐！请坐！"

　　"谢谢！"阿践落落大方地回答道。

　　主考官对面有一个沙发，但沙发太矮了，一坐就会低主考官一头，不利于建立自信心——阿践知道。阿践就选了一只高脚凳，一坐正好与主考官平头。阿践挺直腰板，眼光在主考官的眼睛和嘴唇之间滑动，静候他的提问。

主考官说："好！你的表格我已看过了，基本情况了解。现在，我只问你一个问题，你如何看待自己的优缺点？"

果然是一个棘手问题！因为优点谈多了，有自吹自擂之嫌，日后一工作就露了馅儿；缺点谈多了，又显得自轻自贱，妨碍主考官的取舍。不谈优缺点也不行，哪个人没有优缺点呢？说自己不知道有什么优缺点更不行，连自己都不了解的人，怎么去了解他人、了解企业？听说这个问题经常被主考官问起，但阿践还是第一次遇到。阿践知道，主考官问这个问题的目的，就是想把你置于不利的境地，借以考察你的应变能力。

"关于这个问题，"阿践轻咳了一声，一本正经起来，心里却一个劲儿打鼓，"我个人的优缺点也许不够明显，但好学习、爱动脑、适应能力强，容易与周围的人和谐相处，这些方面还是被人认可的。如果在工作中发挥这个优点，我相信我能胜任一切。至于我的缺点嘛，肯定有！比如说，我在干一件事时老是忘了时间、忘记了吃饭，以至于女朋友骂我是一个不要命的家伙。可我在没有达到目的前，实在很难停止。这也许是一个缺点吧。"

这哪是在谈缺点，分明是在谈优点嘛。但阿践要的就是这个效果。"至于别人认为我有点浮躁，我不知道这个评价是否正确，不管正确与否，我都应该注意，因为浮躁是年轻人的通病，不利于扎扎实实地工作，更不利于以后的成长和发展。现在我已经充分意识到这一点，并有信心很快战胜它。"

阿践对自己的回答很满意——不卑不亢、化贬为褒，充满了自信的力量。但他不知道主考官是否满意，就用眼光告诉主考官：回答完毕！

然而，主考官却没有说话，而是面带微笑，眼睛一眨不眨地盯着阿践。那眼光，像钉子、像刀子、像箭，又像惊叹号、问号、省略号……又似乎什么也不是！一分钟过去了，两分钟过去了，五分钟过去了，十分钟过去了，主考官仍然微笑地盯着阿践，嘴里一句话也没有。

开始，阿践也盯着主考官的眼睛，还一边给自己打气：坚持！坚持！一定要坚持住！但时间一久，眼光就不知不觉地滑了下来，心里还冒出了无数问号：主考官为什么沉默不语？难道我答错了吗？难道我太自负了吗？难道我太自夸了吗？难道我言过其实了吗？难道我冒犯主考官了吗？难道主考官在嘲笑我、暗骂我、讨厌我吗？……我的回答虽然有虚有实，但主考官是什么人？天天与求职者打交道，什么人没见过、什么鬼点子没领教过？你一撅屁股，他就知道……

汗，不知不觉地从阿践的衣服领下面渗出来，顺着脊背流下去。看来，刚才的表现可能适得其反啊！

阿践一慌乱，就低下了头，彻底低下了头。然后，阿践目光朝地，轻轻地说："当然，我大学毕业不久，还没有工作经验，而且人又年轻，有时难免初生牛犊不怕虎，什么话都敢说，什么海口都敢夸，甚至说些言不由衷、言不副实的话，也是有的。请你原谅，都是为了求职嘛。我实在被求职吓怕了，找工作太难太难了！"

"哈哈哈……"主考官突然大笑起来，打破了沉默的气氛。这笑声像春雷，打得阿践一激灵；又像一股冷风，吹得阿践起一身鸡皮疙瘩。阿践大吃一惊，不知主考官卖的是什么关子。"年轻人，你的前半部分回答得很好，有技巧，有分量，充满自信，让人很是欣赏。可是，在我沉默之后，你为什么又说了那么多废话呢？"

阿践猛然抬起头，轻轻地说了声："啊？"

"你很了解自信心的价值，千方百计地让自己自信起来。可是，自信不是装出来的，而是从心底里流露出来的。心虚的人是产生不了自信的。你说呢？"说完，主考官站起来走了。

"天啦——！"阿践禁不住长叹一声。

小棉袄

余显斌

王钧生意很红火，是镇上著名的老板。

王钧是搞古董的，在河的那一边。过一道弯弯的石拱桥，是一片柳树，长长的柳枝扯着一片儿绿烟，很幽静。柳树的那边，是爿小小的店，两扇黑木门，搓了核桃油，红润润的。门的上方悬着一块匾，黑底石青色行书，写着"漫川古玩店"五个字。店中的隔架上，陈列着各种瓷罐、瓷壶、瓷斗，还有砚台、铜鼎什么的。

这些，并非古董，都是新瓷，或新的玩物。

因此，他每天的成交数额虽多，但收入并不多，因此总是唉声叹气的，皱着眉头，怎么也高兴不起来。

也因此，他交的税不多。

同一街道的商家听了，一个个都摇着头笑道："咋可能，小镇古玩第一家啊？"

这天，王钧在店里坐着，门口一暗，一个人走进来，喊声王叔，是税务局的小张。小张和女儿王娟好着，经常来这儿，王钧是熟悉的，呵呵一笑，让坐下，倒上一杯茶道："找王娟吧，刚出去。"

小张摇头，不是的。

王钧一愣问道："有别的事？"

小张点点头，喝一口茶，然后转动着手里的杯子。薄薄的瓷胎，白得如雪，带着微微的透明，甚至茶汤清润的颜色，都透过杯子，隐隐约约看得见。他用手指轻轻敲敲杯身，发出钟磬般的声音，随意问道："王叔，这杯子很贵吧？"

王钧一笑，告诉他，不贵，六个杯子，外加一壶，也就一百二十元左右。

小张说："不是古董？"

王钧一笑，很惭愧地说："哪儿啊，你王叔这样的小店，咋可能有古董？王娟没告诉你？"见小张摇着头，表示没有，王钧就指着隔架上的瓷器，还有铜器什么的告诉他，这些东西，任意拿，没有一件超过一千元的。

小张过了许久道："王叔，不会是故意哭穷吧？"

王钧笑着告诉小张，自己什么都缺，可唯独不缺诚信，并且拍着胸脯道："一个做生意的人，一旦没了诚信，那生意还能做得成吗？"

小张点点头，还想说什么。这时，一个人气喘吁吁跑进来，正是王娟，额头冒汗，一脸的惶急。

王钧一愣，问怎么啦。

王娟看看小张，想说什么又闭了嘴。

王钧急了道："小张是外人吗？有啥说啊。"

王娟告诉他，小中街那边起火了，浓烟滚滚的。

王钧听了一惊，忙站起来，跑到门外一看，果然，在小中街正中间处，一股浓烟直冲高空。他忙回过头对小张道："我有事，得出去一下。"

小张告诉他，还有点事情没说完呢。

王钧急了道，那边起火了，自己要去救火。说完，一摔袖子跑了，一口气跑到小中街起火的地方，掏出钥匙，颤抖着手打开院门，进去，里面是一座废弃的楼。他打开楼门跑上去，又开了二楼的门，里面有个大炉子，炉子里放着一堆稻草，湿透了。稻草下面炻着火，当然烧不着。可是，浓烟滚滚，声势很是吓人。

王钧生气了，自言自语道："谁做的这件缺德事啊，吓死人了。"

身后，一个声音回答："我！"

王钧一惊，回过头来，身后站着女儿王娟，还有小张。他愣怔半天，长叹一声道："都说女儿是爹的小棉袄，我的女儿咋是白眼狼啊？"

原来，王钧经常虚报自己的交易额。为了掩人耳目，他将大件珍贵瓷器，或者其他物件，都藏在这儿。"漫川古玩店"只是一个摆设。来了客人，生意谈成，他就会将对方悄悄带到这儿来，一手交钱，一手交货。

也因此，事情暴露，他受到处罚，一次补交八十五万。

事后，他气呼呼地对王娟道："这店啊，将来都是你的，你咋就不知道爱护啊？"

王娟道："爸，诚信都没了，能传得下去吗？"

王钧沉默不言。

这以后，"漫川古玩店"生意红红火火的，再也没有了虚报交易额的事，也没有藏匿货物的事。王钧整天笑呵呵的，再也不用愁眉苦脸装穷了，他对王娟道："别说，这样真真实实的，活着还真的舒坦。"

王娟一笑道："爸，我是小棉袄还是白眼狼啊？"

王钧不说话，只是笑着望着外面。外面，柳色一片鹅黄。玉兰花开了，白得像雪一样。

一路狂奔

韦如辉

马小明坐在教室里，跟随着老师朗读《唐诗三百首》里的李白名作《静夜思》。

毛校长"聪明"的脑袋从后窗户冒出来。敲了敲玻璃框，用眼神和手势，将扭头望着窗外的马小明叫了出来。

马小明和毛校长一前一后，走到操场的花坛边。毛校长慢慢蹲下来，脸对着马小明的脸。

毛校长问，马小明同学，你想妈妈吗？

听到妈妈两个字，马小明眼里闪烁着星星一样的亮光。

马小明使劲地点点头。

毛校长接着问，想见妈妈吗？

马小明的眼里更加明亮了，仿佛两盏灯，挂在他的脸上。

这一次，马小明没点头。他用双脚搓着操场，头低下来。搓着搓着，他眼睛里的亮光被搓了下来。

毛校长抚摸着马小明的头说，孩子，我带你马上去见妈妈，好吗？

马小明猛然转过身，穿过学校半掩的大铁门，鸟儿一样向东南方向飞去。

毛校长从地上跳起来喊，马小明同学，你等等！

马小明没有心思再等，根本等不及了。马小明想，要尽快将这个消息告诉奶奶。

马小明跑得很快，脚下的尘土扑扑扬起。一颗石子，从马小明的脚下，弹跳到庄稼地里，发出一串串清脆的声音。

马小明脚下生风。遇到道路拐弯时，他干脆叉到路边的泥地里。

再遇到一条小沟，桥就在不远的那边。可是，马小明心急如焚，他下到水里。沟里的水很静很柔，在缓缓地流淌。沟水被马小明快速运动的双脚，弄出一条条银白色的锦缎。

马小明跑掉一只鞋。在跑进第三块玉米地时，摔了一跤，左手心里渗出一滴滴的鲜血。

马小明推开院门，奶奶不在家。蹲在院墙外的瘸三爷说，在庄东南的玉米地里。

玉米长到半人高，正是喝水喝肥的时节。

奶奶在给玉米追肥。奶奶先用手在玉米棵旁边挖一个小坑，将尿素丢进一小撮，然后再用脚将土填上。

马小明气喘如牛地跑到奶奶跟前，断断续续地说，奶……奶奶，妈妈回来了。

奶奶低头忙活。马小明无比惊奇的话儿，在奶奶复杂的表情上没留下一丝多余的痕迹。

马小明大声说，我想去见妈妈！

其实，马小明十分想见妈妈。他一路狂奔，就是要在见到妈妈之前，回来告诉奶奶一声。

奶奶在家管他吃住，供他上学，给他穿衣，他必须赶回来告诉奶奶。

奶奶抬起头，一脸疑惑地望着马小明，嘴里嘟囔着，怎么可能？

马小明挺直一鼓一鼓的肚子和一起一伏的胸脯说，是毛校长亲口告诉我的!

毛校长？奶奶问，哪个毛校长？

马小明有点儿急了，结结巴巴地说，毛校长你不知道？就是毛蛋的二大爷。

奶奶似乎记起来了。自言自语地说，那个"四眼"，小名叫二狗子的？

马小明气得哼哧一声，转身跑回家里。家里有一条红纱巾，妈妈临走时留下来的。

马小明找到那条红纱巾。红纱巾很红，只是压在床底下时间长了，太皱巴。

马小明将红纱巾揣到怀里，鸟儿一样飞出自己的家门。

太阳已经升到马小明的头上，光线毒毒的，怎么躲都躲不过去。

冲着学校的方向，马小明不再犹豫，一路狂奔。

穿过村庄，穿过小桥，穿过小路，穿过小沟，穿过三块玉米地……马小明跑到学校的大门口。

毛校长坐在行驶的车上，从学校大门口经过。车上坐着毛校长，还有几个笑容如花的孩子们。

马小明停下脚步，愣住了。

毛校长边招呼孩子们坐好坐稳，边督促司机加快速度。

今天，市电视台要搞一个直播节目，让全市留守儿童的代表在电视里找妈妈。

载着孩子们的车子一路狂奔，扬起一路飞扬的尘土。

飞扬的尘土里，马小明一路狂奔地追赶。

可是，马小明迷眼了，一跤摔在硬地上。

从马小明怀里飞出来的红纱巾，如一摊鲜血，在他眼前的尘土里飘荡着。

小木屋

李金海

那天，屈大姐去看母亲屈老太太。进屋后，嘭一带门。也许是关门带来了风，老太太慢悠悠地倒在了地板上。屈大姐搀扶母亲时，感觉老人轻得像一片羽毛。她遂叫了出租车，把母亲送往医院。

葡萄糖输了一瓶又一瓶。医生叮嘱，以后务必多吃五谷杂粮，切不可把保健品当饭吃。可屈老太不信那个，她信任一个姓孟的小伙子。小孟者，可谓是屈老太的专职保健员；他那张嘴像抹了蜜，直说得屈老太心花怒放。

屈老太此次住院，头一件紧要的事是叮嘱女儿把保健品带过来。

屈大姐说："妈！医生说得有道理，您应该多吃饭。"

葡萄糖一输，屈老太又恢复了精气神儿。"别听那些个医生的，保健的东西都是精品，不比饭强得多？"

屈大姐本是个孝女，再者，母亲的固执也不是一天两天了，因此，她也不再多说什么。

这当儿，小孟悄然走进了病房。他一只手提着一箱奶，另一只手拎一盒什么口服液。这年轻人三十岁左右的样子，文质彬彬。屈大姐曾见过小孟。彼此打了招呼。

“谢谢你啊小孟！还惦记着我。”屈老太说。

“应该的，阿姨！要是大姐忙，我可以来陪您！”小孟说着，瞅一眼那架杆上的吊瓶。

客气一番后，屈大姐说：“老太太没啥大问题，就是缺少营养，得吃饭啊。”

小孟接过话茬：“这个容易，我们新推出了一款产品，小木屋，功能强大，十分神奇。”接着，他详细介绍了这款叫小木屋的神品，终归一句话，一个疗程后，病人会食欲大增，再也不用过多地吃什么保健品了。

小孟的一席话，说得躺在床上的屈老太颔首微笑。

屈大姐看一眼老太太，转头问小孟：“这个东西得多少钱？”

“要六万。自己人我才说实在价，其实要八万呢。贵是贵了点，可它管用，好使啊！”小孟十分诚恳。

“太贵了。”屈大姐说着，看一眼母亲。

屈老太眯起了眼睛，卡了嗓子似的，咳了两声。

屈大姐在心里合计了一下，老太太那里还有两万多块钱，自己出四万，拿是拿得出，关键是儿子已谈了对象，结婚指日可待，是花大钱的事；一头是儿子，一头是母亲，一时难以权衡轻重。

这一切，小孟都看在了眼里，他劝慰屈大姐道：“大姐这事再说，咱先让老人康复才是主要的！”

三天后，屈老太清清爽爽地出院了。小孟叫了滴滴快车，一路护送，又把老人搀到了家门口。对此，就连屈大姐也十分感动。

当天夜里，小孟就来到了屈大姐的家，手里还拎了两盒保健品。

屈大姐叹口气说：“老太太要用钱，儿子也要用钱。不好办啊！”

小孟说：“按说我不该说。钱算个什么，重要的还是人啊！人有个好身体，没病没灾，比什么不强。钱花了还能挣啊！”

小孟再三地劝说，直把屈大姐说动了心，她说回头去和老太太商量商量。

临走时，小孟指着两盒保健品对屈大姐说："大姐我看出来了，您的身体也不太好，也该调理调理了。这两盒，先吃吃看！"

屈大姐道了谢，送走了小孟。

一个礼拜后，在屈老太狭仄的卫生间里，一间小巧别致的小木屋就戳了起来。每天，屈老太按时蒸两次。几天下来，她的饮食量较先前增加了不少。自打添置了小木屋后，她就不怎么吃保健品了，因为已没有多余的钱购买那些东西了。

打那以后，小孟就很少去看望屈老太了。不过，他转向了屈老太的女儿，屈大姐。像以前他黏上屈老太一样，现在，他缠上了屈大姐。开始，屈大姐并不怎么待见他，但架不住他的软缠硬磨，小恩小惠，也就慢慢着了道，走上了母亲的老路。

一天，屈大姐的儿子和她商量结婚事宜。结婚的花费不是个小数，屈大姐自然拿不出，遂劝说儿子再等一等。当下，她下了决心，不再购买保健品和参入养生的活动了，攒钱给儿子结婚。

两天后，儿子回说，人家女方不干了，要求退婚。恰巧，那天小孟又登门了。屈大姐就对小孟说了自己的苦衷和今后的打算。小孟问小伙子现在做什么事体。屈大姐说还没个正经事，东干西干的。

小孟一摆手，说："嗨！现今这个社会，就是不愁挣不到钱。让小伙子跟我干吧！"

事情就这么定了。第二天，小孟在饭店里摆了一桌，参加的人有屈老太，屈大姐和她儿子。

范"县长"

徐社文

范"县长"其实不是县长。

三个月前，几个朋友小聚，当然是自己花钱。朋友中老范职级最高，虽说是个副调研员，但也是副处级，因此理所当然地坐在主宾席上。酒喝到热闹时，有人说：老范，县处级县处级，在县里你就是副县长。于是倡议：我们一起敬一下范县长！大家都说：好，拎壶冲。

过一会，酒店老板敬酒，主人说：先敬范县长！老板瞬间一脸敬意，点头微笑，将酒杯放低，老范也受鼓舞，又一个"拎壶冲"！

后来，见到老范，特别是在公共场合我们都他叫"范县长"，老范都欣然答应。

老范20世纪90年代是乡镇公务员，兢兢业业工作几年，一回头，同来的几个年轻人，组委的组委，宣委的宣委，差一点的也是乡长助理，就他还是党委办秘书。就有老同志指点他，不能光埋头干事，要抬头让人看！老范暗想，出了乡政府院子怕没有人认识他，想让领导认识只有靠手中的笔了。

于是苦战了一周，拿出了一份近万字的《本县经济发展的研究与对策》，偷偷跑到县城邮局直接寄给了县委书记。老范盼望着县委书记拿到此稿的激动，会写下很长的批示，然后县委办会印发全县各级干部学习，再然后提个副乡长就是鼻涕往嘴里淌的事。可半年下来悄无声息，美丽的泡沫破灭了。

老范不灰心，接着又洋洋洒洒地写了一份《基层干部的发现与培养》，直接寄给了省委组织部长，为了避嫌，特地在文末声明：不是人民来信，只是将基层的实际向领导汇报。老范于是又盼望着有一天，县委组织部突然来考察他，让一乡镇的人目瞪口呆。但过了大半年，老范还是收到了省委组织部信访办的公函：对您所提宝贵建议深表感谢。

这时就流行一句话：不跑不送，原地不动。提上去的个把本色朋友就提醒他：要找找人！找谁呢？老范这一家，祖宗八代都是土地里刨食的，他已是这个家族最有出息的了，家里还都仰仗他呢。也亏他挖空心思打听，终于访到老舅邻居家的儿子在邻县做副县长，于是趁着春节拜年在老舅的带领下与副县长见了一面，含蓄地说了自己的想法。副县长倒是随和，微笑道：年轻人要求进步，理解！有机会一定推荐。就这样，老范又怀揣着梦想等了一年。有一次，酒喝多了和朋友说起，朋友说：你真是等天上掉馅饼啊！

虽说提拔的梦想一次次破碎，但老范的工作不含糊，年年照样是先进，特别是公文功底越来越扎实。这一年，全县遭遇特大洪涝灾害，县政府办农业科急选一个文字秘书，就有人推荐了老范。虽说是个苦差事，但老范不怕苦。在政府办熬了五六年，终于论资排辈，加上分管县长极力推荐，老范提了副主任科员，副科级干部，来办事的都称他"范主任"。

三十五岁那年，市里几个部门选调干部，他没有选发改委、交通局、城建局这些炙手可热的部门，而是报了宣传部的政研室，又是成天写材料的苦差事。老范考上了，老范还是不怕苦。也不过两三年的工夫，就成了主任科员，老范明白，这在县里有些人是一辈子的事，自己还不到四十岁，一不怕苦，二不怕没时间，再没有人，在党委系统熬不到副处是不会放你出去的。

从此以后，老范一心一意工作，每一次市里动干部，部里都要提拔一两个，比他年轻的、资历浅的都到县里做常委了，老范毫无牢骚，每每都送行祝贺。刚到县里的常委们，初次亮相的讲话都会暗中请老范润色加工。部长们都说：老范品行好，肯做事，是个老黄牛！

终于，老范快到二线的年龄。今年初，市里换了新书记第一次动干部，老范真的就排上了，部务会推荐时，几个部长都说：老范没有功劳也有苦劳！

老范被调到市委讲师团任副调研员。老范很开心，没有辜负机关干部的一生。有晚辈来看他，他会反复地说：没有人没关系，关键是路子要选得对。再辛苦也没关系，关键是要让大领导看得见。这是老范的人生哲学，细想一下还真有点道理。

不聊了，有微信。噢，是"陆县长"的，说是称呼命名三个月，请我们小聚！

红柚白柚

苏丽梅

那天，会议上，有导游和她提意见，建议开通厦门到平和林语堂故居一日游的线路（简称XPL线路），她心里很抵触地回了一句："那里有什么好玩的？"

作为策划组的经理，她负责考察、制定旅游新线路，每月一次的例会，她都会从导游口中获知新线索，并在极短的时间内规划出新线路。正因为她有敏锐的眼光，能提早预知旅游线路的市场走向，才能在短短的一年内从一个导游晋升到经理的职位。

在这之前，就已经有好几个导游对她提出开通"XPL线路"的建议。导游们说，别的旅行社从开通的那天始，每天到平和一日游的游客越来越多，有厦门本地的游客，也有外地的游客……特别在金秋柚子成熟季节，赏林语堂故居，摘平和蜜柚，已经成了都市人休闲放松的最佳方式，游客数量剧增，眼看别的旅行社把这当作一块香饽饽，而她却无动于衷。

其实，她内心对这条线路同样看好，但是，自从那一次不愉快的平和行后，她的心里扎下了一根刺，虽然这件事已经过去了半年，每每想起，她总觉浑身难受。心里，自然对这条线路有了抵触。

"我无法理解你的决定，你很有必要亲自去趟平和，到林语堂故居走走。"当得知建议无望被采纳时，导游生气了，再也不顾及她的面子，扔下这样一句话后，摔门而去。

她没有生气，而是重新审视了自己的态度。然后，她决定再走一趟平和林语堂故居。

驱车，从厦门出发，沿着高速公路往平和坂仔行驶。自从高速公路开通后，道路顺畅许多，时间节省许多，心情欢快许多。不到两个小时，她的车缓缓驶入平和县坂仔镇。

车在林语堂故居停下，她走出车门。眼光所到之处，熟悉的景物历历在目，花山溪，木栈道，远处青山云雾缭绕，大型烟斗、蜜柚的造型；近处绿水悠悠荡漾，小鱼欢跃，风吹过，花果香。此刻，林语堂的文字占据了她的心灵："我本龙溪村家子，环山接天号东湖，十尖石起时入梦，为学养性全在兹。"

林语堂故居游人如织，一支支旅行队伍，一个个戴着不同旅行社帽子标志的导游，戴着耳麦，向游客介绍林语堂。游人们驻足、欣赏、拍照、谈论。赞许的眼神互相交汇，欢快的笑声在空中飘荡。看着游客们一个个心满意足的表情，她有点后悔。

"嗨，姑娘，姑娘。"有人叫她。她一转身，前面是一排蜜柚摊位，几个卖家守着蜜柚摊叫卖平和蜜柚。叫她的是一老汉，六十几岁年纪。老汉拉着她的手，由于激动或紧张，一张沧桑的脸涨得通红。

她疑惑。

"姑娘，我要给你钱，你等等。"老汉说完，手忙脚乱地去口袋掏钱，老汉掏出钱后，抖抖索索地数出二十三元钞票，递到她手上，说，"给你，你的。"

她更加莫名其妙，皱了皱眉，冷冷地说："你认错人了。"

"没认错，没认错。姑娘，是这样，半年前，你到我摊位买蜜柚，我把白柚当成红柚卖给你了，多收了你二十三元。回家后，我才知道是我那孙女把白柚装进了红柚的袋子里，我心里过意不去，在这里等了好几天，一直等不到你来退钱。今天终于让我碰到你了，这钱你收下吧。"

老汉的普通话说得很不流利，掺杂本地闽南话，在旁边一位姑娘的翻译下，她才听明白。她一时不知道说什么好，隔壁摊位的大娘说："姑娘，你把钱收下吧，他之前只是偶尔出来摆个摊子，为了等你，他现在每天都出来摆摊，蜜柚还没成熟，他就卖其他水果，就是希望有一天能在这里等到你。"

"好在只有你这份弄错，不然我良心真是过意不去。"老汉憨憨地笑着，双手局促地搓着。

看来，这件事在老汉的心里留下了疙瘩，而她的心里何尝没有疙瘩呢？那次她到平和考察线路，在林语堂故居门口买了两个蜜柚回家。回到厦门之后，她兴致勃勃地招呼家里人："来了，吃平和红柚了。"可是当她切开一个蜜柚之后，那柚肉分明是白的呀。

家人对她说，你被骗了。她不相信，又切开了另一个蜜柚，还是白柚。她记得白柚一斤只要两块多，而红柚要四块多，她花了红柚的钱买回了白柚，钱虽然不多，她却很懊恼。

返回去找卖主，显然不可能了。而为了赶时间，她甚至连卖柚子的长什么样都不记得了。

在感叹世风日下的同时，她对平和有了不好的印象，以至于要不要开通"XPL线路"，她一直犹犹豫豫。

现在想来，自己的内心不知道有多狭窄，就因为一场误会，因为这二十几元钱，她居然做出了错误的决定。

为了让老汉安心，她把钱收下了，老汉的脸上绽放出了笑容，她也报以甜甜的微笑。

她掏出手机，给导游打了电话："XPL线路马上开通。"

活成机器

蒋　寒

仰躺，闭目，呼吸阳光。

感受阳光滋润每寸肌肤，抚摸每根神经。这是老洪在敬老院最享受的时刻。

躺在走廊的轮椅上，品尝自然的馈赠。革命事业一辈子，老了老了，还是感觉在敬老院踏实、温暖。儿子一家在国外，接他去度晚年。吹不惯洋风，喝不惯洋水，去几回，胃里翻江倒海几回，差点把命搁那儿了。一方水土养一方人！老伴儿的骨灰在国内呢，墓碑下还留着他的位置！走了，谁陪她呢？找了许多借口，目的就一个，故土难舍。儿子就每年回国出差来看看他。看与不看没两样。教他用微信视频，看见打上洪氏烙印的小脸蛋儿了，听到洋味十足的"爷爷好"了，知足了。

敬老院的工作人员也都好，不是亲人胜似亲人。可那些跟他一样来安度晚年的老哥老姐似乎感觉不好，成天心事重重的样子。若不是前阵子坚持晨跑摔了一跤，也就去给他们解闷儿去了。躺在轮椅上，就规矩点吧。规矩，就是享受。真好，阳光，还有熟悉的空气。

"老洪真是赛过活神仙啊！"

老冷的声音。睁开眼，已坐在他旁边，笑眯眯地看着他。忙坐起来，反手将靠背抽起来："怎么，没跟他们去活动，娱乐娱乐？"

"娱乐啥，都郁闷呢！"

"咋的了？"老洪忙问。

"老刁的儿子来看他，话没几句，只顾埋头玩手机了。老刁看不惯，说，你忙就别来了。儿子头都不抬一下，说，再忙我也得来看你啊，你是我爸啊。老刁生气道，还知道我是你爸啊！儿子不吭声，眼睛也不离开手机。这什么情况啊老洪，手机比人重要吗？老邵更冤，当初死活不来，他女儿说，敬老院住着比待在家里让她放心，至少有很多伴，不孤独，还教他网购，说是都无人超市了，人工智能了，买啥都不用出门了，手机登录APP，支付宝下单后，人家快递公司就送上门了。老邵没好气，吃饭也不用上餐馆了？女儿说，当然哪！上海无人餐馆也出来了，点什么菜，APP上操作就行了。还有快餐，可以直接送到你手上。老邵说，那还要人干吗？他女儿眉飞色舞，说，当然哪！下一步，就是机器人代替人类……"

"笑话！"老洪打断老冷的话，"不是说你。我是说那些异想天开、满嘴跑火车的东西。代替人类，机器有感情吗？机器有思想吗？"

老冷说："可听老邵女儿的口气，说是很多企业生产线被机器人取代了，很多人下岗，说是连新闻都用机器人写了……"

"只能说，之前很多人活成了机器！"

"对，机器，循规蹈矩，按部就班，可不就是机器！人类是有创造性的，机器永远不可能取代。机器只能靠人输入程序，而它本身无法适应社会的千变万化，适应人类人为干预的复杂形势。老洪，跟你聊天，就是茅塞顿开。"

老洪苦笑笑："人类已出现感情断带了，一些人为了掩盖自己无情的丑陋，于是发明了机器人，说是机器人可以代替人恋爱、结婚、生子，真他娘的是石头缝里蹦出来的。若干年后，地球上就只剩下废铜烂铁了……"

老冷指指大院里停的车辆："看看，都是假惺惺忙里偷闲来看老人的。说是看，其实是换个地方看手机。老何更可怜，他儿子说，连上班都用手机上了。说单位建了这群那群，开会通知布置工作，全在群里，离开手机感觉跟下了岗一样……"

"呸！都不是人了，是机器了！"

"是啊，创造机器人，最后把自己变成机器人，难道这是他们的终极目标？"

"可不，他们先发明机器人，来证明人类以前如何不如机器，再提醒人类赶紧变成机器，然后再超越机器，变成更好的机器，取代机器。又发明更尖端的机器取代人类。人要变成机器，故而就得先将自己变得冷冰冰没情感……"

老洪一席话，真是醍醐灌顶，老冷朝他竖起了大拇指："难怪你跟他们不一般见识！在敬老院，你是绝对的这个！听说你儿子在国外也是搞计算机的。"

"他不搞机器人。"

"那是，有你这样的父亲，他不敢。"

楼下的喇叭响了，又有车离开。老洪放平靠背，躺下，喃喃道："折腾吧，都是机器人了，都不用进敬老院了，直接扔垃圾站……"

惊愕！老冷彻底变成了机器人。

如 意

刘琛琛

王小如和王小意是一对双胞胎。

从小，妈妈就给她俩穿一样的衣服，买一样的鞋子，扎一样的头花。

两姐妹手挽着手走在路上，回头率不晓得有多高。

渐渐地，王小意开始闹意见了。

她不愿意再和姐姐王小如穿得一模一样。妈妈想要把姐妹复制成一个模板，那样妈妈就可以只操一个孩子的心。

双胞胎干吗不穿成一样？你到底要闹哪样？妈妈皱着眉头说，看你姐姐，多乖。

我不是姐姐的替身，不是！王小意冲妈妈大喊大叫。

王小如正安安静静读着《红楼梦》，听到吵闹声，她抬起头，扶了扶秀气的细边眼镜。

她不愿穿成一样就不穿吧，穿成一样她也看不进一个字的。别吵我看书了。王小如声音不大，却有力地阻止了妈妈和王小意的争执。

王小意脸黑了，哼一声，扭头就走。

她知道王小如是嫌她穿一样会给当姐姐的脸上抹黑。

越来越看不惯王小如那副假惺惺的样子。她以为她是谁啊？天天捧卷书看就能变成林妹妹？

王小意摇头晃脑地开始为自己选衣服。

有一件粉色的连衣裙，王小意穿在身上特别好看，营业员和周围的顾客们都惊艳了，老板恨不得免费塞给她，让王小意给店里当活广告。

王小意也很中意这条连衣裙。

可王小意执意不要，白送也不要。

因为王小意在镜子里，看到了王小如的影子。文静，淑女，静如处子。

要摆脱王小如，一定要！她不是静若处子吗，王小意一定要动若脱兔。

这一动，真的就是脱了藩篱的野兔。

妈妈怎么唠叨都抓不回她的心了。

看看你姐姐，一回来就做作业，你还不去学习？

怎么考得这么差？连你姐姐一半分数都达不到！

真不敢相信，你跟你姐是一个娘胎里出来的，你姐那么斯文，你那么野蛮。

两人一块去走亲戚也是，王小意随时被姐姐的形象给覆盖。

亲戚们一致认为，如果王小意和王小如一样讲干净，爱学习，那妈妈可就真正如了意。

偏不让你们如意！

王小意把头发烫了，染得黄黄的，还打了耳洞，文了文身，衣服也故意挑得和王小如截然不同，露脐上装加破洞牛仔裤。

你整得像什么样子？怎么就不能向你姐姐学……妈妈看到王小意这身打扮，恨不得冲上来撕了她。

王小如是王小如，王小意是王小意。任何人都别拿我跟她比！王小意瞪一眼妈妈，旁若无人地从姐姐面前走了过去。

拉不回的野马！亲朋好友们无不惋惜地看着王小意。

一不做二不休，王小意学会了抽烟，喝酒，最后索性辍了学，成天和社会上的混混搅在一起。

哀莫大于心死，妈妈彻底放弃了王小意。

小如，你一定要好好学习，考上大学。瞧你妹那没出息的鬼样子，以后只有你能拉她一把！妈妈把所有的希望都寄托在王小如身上。

王小如使劲点头，更加勤奋地挑灯夜读，她肩负着把妹妹从水深火热的深渊挽救出来的使命呢。

王小如如此完美无瑕，肯定能考上最好的大学，也肯定能不负妈妈所托将来拉王小意一把。

不能让妈妈如意，绝对不能！怒从心头起的王小意恶向胆边生。

这天，王小如正在教室里复习，突然闯进来了几个衣着怪异的男青年。

为首的那个男青年染着一头红发，在教室里扫了一圈，目光落在了王小如脸上。

贱货，以为躲到学校就找不到你了？红发男一边骂，一边拽住王小如的头发，两耳光啪啪打在王小如脸上。

你是谁？王小如被打得眼冒金星，哭叫着问。

别装！只有我哥甩女人的份，从来没有哪个女人敢甩我哥！红发男指着王小如的鼻子说，大家听好了，这个女人是个烂货，不晓得被我哥睡过好多次！

直到保安把他们抓住送到派出所，王小如脸上的巴掌印还没有散去。

事情水落石出，始作俑者竟然是妹妹王小意。

王小意惊恐不安地看着王小如肿着脸回到家里。

这一次，是王小如旁若无人从妹妹面前走进卧室，上床睡了。

再也没有醒来。

到底怎么回事？小如那么乖，怎么会和混混上床？妈妈疯了，逢人追问王小如的死因。

同学们纷纷摇头，称不认识那帮闯到学校闹事的人，谣传却是王小如早恋，被渣男报复了。

老师们更为王小如惋惜，那么优秀的一个孩子，怎么就经受不住一点打击呢？

王小意拼命揪着自己的头发，泪花甩了一脸。

第二年高考，学校的老师们看到王小如又回来了，她穿着最喜欢的粉色连衣裙，戴着秀气的细边眼镜，抱着厚厚的书本重新坐回教室。

王小意把名字改了，改成了王小如。

都说江山易改本性难移，王小意不信，她要完完整整复制出一个王小如来。她真的做到了，成绩跟王小如一般无二。

这下，应该如妈妈的意了！

看着女儿捧回的大红奖状，目光呆滞的妈妈眼神突变，啪啪两耳光甩上来，贱货，以为躲到奖状里我就找不到你了？

王小意捂着脸，惊恐万状地看着妈妈，妈妈两个眼珠中，一边是穿粉红色连衣裙的王小如，一边是穿破洞牛仔裤的王小意。

捏

滕敦太

赶集做生意的,最挣钱的是牛经纪。六十多岁的老头,一支牛棒在手,让牛趴下起来一个照面,这牛多重,不差十斤;这牛几岁,不差三月;牛贩子再精明,也不得不服。

牛经纪还有一绝:对牛贩子不明着讨价还价,而是互相抻手到对方的袖子里,捏肉,要什么价格做什么动作,双方知道,别人只有瞪眼的份。捏拢了,成交;捏不拢的,再到别的市场卖,不影响生意。

当然,牛经纪提成也不低,所以这一行要么祖传,要么拜师,想当个牛经纪,可要费老鼻子劲。

因此,当马大花拿着个牛棒,来到大牲畜市场,说自己是牛经纪时,不仅牛经纪、牛贩子不信,那些买牛的也不相信。哪有女人做这行的?

马大花不卑不亢:"那乡医院的妇科医生还是男的呢,你儿媳妇就不生孩子啦?"

牛经纪都是路子活络的人,逢第二个集时都打听明白了:敢情这马大花是小泥沟村的,兔子不拉屎的地方,出了这么一号人物,也不知她从哪学的,居然也会抻手进袖子捏肉论价,用牛棒拨拉牛,也有模有样。那些牛经纪就心里

178

嘀咕：这女人来者不善哪！

果然，马大花在牛市场开山立万，牛贩子一个劲地往她脸前凑合，捋手进她的袖子乱捏乱摸。马大花也不生气，只是笑，笑得神神道道的。那些牛经纪就暗骂，骂马大花不要脸，骂牛贩子没出息，一个丑女人，也让你们动心。

能让老头都说成丑女人，马大花确实长得寒碜，三十来岁的人，长了张五十岁的脸，偏偏脸上肉横着长。两眼一瞪，自家的男人就软了腿。男人不知道女人这些日子的营生，女人经常往家里买鱼买肉，正滋润着，忽听女人当了牛经纪，村里人说难听的话，男人大怒："就你这两下子，能当牛经纪？说出去卖不就得了？"

一场战斗。男人那小身板，被马大花捏住后脖子，扔在了门前的泥沟里，没鼻涕搋了。

马大花的牛经纪就雷打不动地干了下去，生意竟出奇地好，把几个老经纪比得没了活路。几人一嘀咕，不让她在大牲畜市场揽活。马大花扬长而去。

再到逢集，马大花来到集市西边的空地，取出一块歪歪斜斜写着"牛经纪"的塑料纸片，用透明胶带缠在木棒上，搬几块石头固定，画一个圈，就成了她的领地。赶集的人看着直乐：没有牛，当什么经纪。

集市管理员来了，告诉几个牛经纪：大牲畜市场迁到西边空地了。等牛经纪和牛贩子赶着牛群来到现场，马大花已经坐镇中央，还有几个帮闲的，一个劲地嚷嚷："牛经纪够了，没地盘了。"气得几个老经纪拎起小马凳，叫骂半天，回家喝闷酒去了。

马大花主事大牲畜市场。她一人独大，少了中间差价，这牛价格就合理多了；胃口也小，谈成一头牛，给一百不嫌多，给五十不嫌少。买的卖的都满意，一个牛市，让她整得挺活络的。

山里人实在，把马大花当成了一个人物，与乡医院的妇科男医生、家里外头养两个老婆的包工头、承包冷库的大老板并称"四大能人"。那三人感到受了辱没，倒是马大花很自豪，成天挂在口头上。

179

春节过后，上边查出村干部合伙贪污，集体撸了。得找个人主事啊，几个下台老干部选来选去，能把村里捏合好的，只有马大花。上边干部直接拍板，那就她了。

马大花赶完集回家，才知自己稀里糊涂成了村里当家人。睡前，两口子嘀咕：当村干部，想捏合好这个小村，三服占一服就行。村民服官，上边得有人。两口子把八竿子打不着的也算了一遍，最有出息的也不过一个老师。村民服打，谁家门里大有势力就服谁。自己这个门里都是良民，马大花打自己男人有经验，打别人，人家还不捏死你。还是想辙让村里人富起来，也能服人。马大花说："咱买牛卖牛有路子，也搞个专业村。"

男人就笑："我听说有个要饭专业村，大人小孩全都外出讨饭出了名。你搞专业村，还能让全村人都当牛贩子？"

马大花也不在意："当牛经纪一般人还真干不了。咱来点实惠的，养牛！我认识的牛贩子多，咱就小孩吃柿子——拣熟的捏。"

女人果然不能忽视。马大花把村里的边角地划出来，找人建起牛棚。谁家养牛，她负责卖，不用担心。她说这话，村里人还真信。于是慢慢都养牛，马大花是有多少帮卖多少。三四年，捏合出来一个养牛专业村。大会小会表扬，还上了电视。

年底，马大花又领回奖金，男人满眼小金星："你说你大字不识几个，长这个丑样也不会有干爹，胡打乱闯，居然成了明星村干部。我原来认为当干部很难的，看来，挺简单啊。"

马大花就笑："这里边还真有道道，捏得拢人心就行。你看，我当牛经纪，给人利益，在暗处；当村干部，给村里人实惠，在明处。不管明处暗处，你给谁好处，谁就服你。"说着，两个手指做出一个捏钱的手势："就这么简单。"

蓝玫瑰

大　海

当兵以前，海生没有谈过恋爱。班里共有八人，来自天南海北的八个战友，除了海生，个个都有女朋友。部队每天的军事训练非常辛苦，只有上午10点钟时最为激动人心。因为这个时候，连部通信员从团部收发室取完报纸经过训练场，会就地分发各班的信件。

海生每次看到战友读信时面上开花，猜想他们肯定是收到女友来信。落寞的海生就给父母写信，说部队是应急机动作战部队，天晴军事训练，下雨政治学习，非常辛苦非常枯燥。父亲也是军人出身，用教训的口吻回信：部队是个大熔炉，吃得苦中苦，方为人上人。海生不喜欢俗气老到的说教。部队没有女兵编制，营院封闭，白天兵看兵，晚上看星星，即便周末假外出，一个月也只有一次。海生一个月津贴只有二十几块，老往千里外的家乡打电话也不现实。寂寞的海生很想有个女友，不要花前月下的卿卿我我，只要互相写信就好。

新兵训练结束，海生意外地收到一封陌生来信。没有工作的海生父母，在家乡镇上开百货店，来信者说在海生父母店里买袜子时聊到他，顺便要了地址。信的地址来自家乡小镇，字体纤细娟秀，来信者没有署名，只在落款处画了朵蓝色玫瑰。海生猜想可能是家乡的哪个女同学，就有些激动，当天晚上回了封信，还夹寄一张剃了光头的军装照。

两个星期后，蓝玫瑰回信，也夹寄相片。海生看着照片上白肤黑发的女孩，心怦怦跳。蓝玫瑰就是高中同学玫玫，她家与自己家只隔一条街。只不过，玫玫父亲是镇委书记，母亲是镇初中老师。家乡小镇有着明显的社会阶层区别，领导的孩子与平民的孩子除了学习，生活上没有交集。何况玫玫已经考上市属师专，虽然不是名牌大学，总要好过海生高考落榜。

激动又好奇的海生去信说，怎么会想到我呢？玫玫回信说，好男儿志在四方，你当兵有志气啊！窃喜的海生去信说，以前觉得你高不可攀，尤其在长发飘飘时。玫瑰回信时又夹了张相片，说是刚做的头发。海生去信时就大了胆，说晚上梦到你，还闻到你头发上的香味。玫玫回信说，当兵的人也贫嘴，真讨厌，落款的蓝玫瑰旁边还加了个拥抱。

海生的信件多起来，信封上也用蓝色圆珠笔画了小玫瑰。通信员每次分信时刻意拉长声调：蓝玫瑰又来信喽！其他战友听了，脸上挂满羡慕嫉妒的表情，只有海生一脸甜蜜。

海生所在的单位是步兵团的营连，每个周末要去驻地的飞机训练场进行武装越野训练，跑半圈5公里，跑大圈10公里。一次跑10公里前，海生收到玫玫来信，顺手揣在迷彩服兜里。筋疲力尽的海生临到终点摔了一跤，跌落了信件。海生看见信封上的蓝玫瑰马上想到玫玫，突然有了力量，就爬起来拼命冲刺，竟然取得了全连中上的好成绩。海生后来每次越野训练都揣上玫玫的信，当体能耗到极致快要坚持不住时，他边跑边掏出信来看一眼蓝玫瑰，立马觉得玫玫在前方等待。海生觉得玫玫就是他的女朋友，只有爱情才会让人力量涌现。有了爱情滋润的海生每次训练都非常刻苦，每年都是优秀士兵，第三年还晋升中士当了班长。

再多的荣誉只是一时的光环，玫玫鼓励海生努力考军校。海生没有考上军校就要退役了。海生知道，家乡的安置政策是从哪里来回哪里去，自己不是城镇户口没有工作安排。名单上了退伍花名册后，海生最后写给玫玫的信上加了句"我爱你"。可惜没有收到回信。

　　脱下军装的海生回到家乡,满怀期待地找到玫玫。已是镇属小学老师的玫玫仍然黑发白肤,只是体态更为丰腴性感。海生问:我最后写给你的信收到没?玫玫点点头,将一个信封递给海生,给你的回信没寄,我有事先走了,对不起,摇摇手,头也不回地走了。

　　海生拆开信封。信里只有一朵硕大的蓝玫瑰和一句话:每个战士都会成为男子汉,祝你收获美丽的爱情、拥有灿烂的前景!海生骂了句"狗日的",将信纸揉成团要扔掉时,眼泪流了下来。海生边哭边想,要骂就骂自己吧,毕竟人家给了自己三年的温暖和力量。

暴风雨

冯继芳

暴风雨来临时，他和她正坐在餐厅吃午饭。

"咣当，咣当"，强烈的风，疯狂地鼓动，似要把敞开的窗户整扇拽下来。

她起身奔向客厅。走到窗前，发现阳台已被雨水打湿一大片，只是，阳台是瓷砖的，雨进来，并没什么破坏力。

"下雨了。"她边关窗边说。

"嗯，看这架势，暴风雨的节奏。"他看一眼窗外。

关好窗，她并没回餐桌，而是站在窗前向外张望。

一股风拽着雨，形成一个雾样的带子，从两栋楼之间，七扭八歪地转过来。

"你看，你看，风带着雨，从那面过来了。"她指着窗外的风雨高声喊。

他从餐桌来到窗前，站在她身边向外张望。

几秒钟的时间，雨已变成暴雨。豆大的雨点敲打着窗玻璃，发出"啪啪"的响声，有些雨点裹着风，砸在窗框的凹槽里，又弹出去。

"下雹子了？"他也看到窗框弹起的大雨点。

"不是雹子，是雨，很大的雨点。"她把头靠近窗玻璃，仔细看落在窗上的雨珠。

风越来越大，湖边的柳树和芦苇被大风吹得乱了分寸，荷叶和荷花瞬间都失去方向感，东西南北，一顿乱摇。

雨水越来越密集，到了后来，只看到雨形成一股一股的水雾，在空中漂移，它们交织，缠绕，分离，撞击。眨眼的工夫，这些水雾又汇集成一个庞大的雨带，在风的推动下，左一下右一下地翻转。几秒钟后，这些雨又都改成一个方向，空中就变成雾蒙蒙、白茫茫一片了。

一道闪电，忽然划过天空，接着"轰隆，轰隆"的雷声也响起来。再一会，窗玻璃就模糊了，是楼上的雨水开始顺着窗玻璃往下淌，窗外的一切就隐在模糊的玻璃之外，耳边只能听到风声雨声雷声。

他和她回到餐桌继续吃饭。

她吃着饭，不时抬头看一眼窗外。

没过几分钟，窗玻璃就清晰了，暴雨潮水般退去，对窗的天空已亮白。她端着饭碗走到窗前向外看，不但雨已停，风竟然也停了。窗外一片清爽，柳树和芦苇都恢复正常，荷叶又撑开小伞，湖面有波纹在荡漾，一尾红鲤鱼贴着水面，自由自在地游着。

"这么快，风停了，雨也停了，像商量好的一样。"她边坐回餐桌边说。

"生活中，有些事情也如这暴风雨一样，来得快，去得也快。"他若有所思，抬眼望向窗外。

"比如？"她心里一动，问。

"这暴风雨好比一对夫妻，雨吵吵闹闹从家跑出来，风马上也追出来。两人把愤怒一股脑地暴发，你扭着我，我拽着你，激烈地吵，疯狂地闹，吵到最后，却发现，无论怎样吵，怎样闹，却吵不散，于是又和好如初，云淡风轻的，携手回家过日子。"他边说边笑。

她的眉眼开始笑，张口问："那个花棉袄现在怎么样？"

"花棉袄？"他一时没反应过来，没想到她会突然问起。

"怎么，装失忆？"

"哪跟哪啊？不过，那只是一场潜伏的暴风雨，虽然来势凶猛，但云还没积攒够能量，就被风吹散了。"他笑，满脸的轻松，看不到躲藏。

"是吗？"她笑。

"是。"他回。

屋里重新安静，窗外，对面天空已露出蓝色，几片游云，正拖着尾巴向西移动。

花棉袄是他单位女同事的微信昵称，一年前，刚毕业来到单位，跟他学徒。他耐心教女孩专业知识，像大哥哥一样照顾她，没想到女孩竟然爱上他。

女孩的爱很直接，像暴风雨，有雷鸣，有闪电，有敲打，有叩击，有纠缠。

刚开始，他心里有跳跃的小欢喜——有人爱总是幸福的，虚荣心人人都有，他也不例外。直到有一天，他发现一向开朗的妻子忽然沉默起来，眼神里还挂着丝丝缕缕的幽怨，他发现，暴风雨的阴霾已悄然笼罩他家的上空。

他开始认真思索。如果接受女孩，他会同时辜负两个好女人。婚姻需要敬畏，更需要坦诚相待，容不得感情"走私"。而女孩则需要成长，他不是能陪女孩成长的人。

他决定婉转地拒绝女孩，把自己拽离风暴中心。

花棉袄终究不是个笨女子，很快明白他的用意。

没多久，花棉袄又陷进另一段感情。

他转头看一眼窗外，心想，人生同大自然一样，在春夏秋冬的轮回中，偶遇暴风雨，也没什么稀奇，不过，是选择躲避，还是卷入其中，却需要用心取舍。短暂的暴风雨，是一道风景，多了，就会变成灾难。

这也行啊

三 石

"跟我去费城做工程吧？"说这话时，老扁很真诚，一点都没有开玩笑的意思。不过我心里明镜似的，老扁绝对不是看中我的能力才干。费城的米市长是我大哥，傻子都能猜到老扁邀请我去费城的真正原因。

我没有立马答应老扁："你可想好喽，我大哥可是个油盐不进的主，根本不会给我面子，不然我也不至于背井离乡来到惠州打工。"

老扁却不在乎："没事，你跟我去便成，保证不让你为难。"

如此，我便跟着老扁来到了费城。毕竟，老扁开出的条件让我难以抗拒。

费城的城市化进程亦如火如荼，到处都在修路建楼，而几处开膛破肚的基础设施在建项目，其中便有老扁承建的。

在我看来，老扁在费城混得应该算是风生水起。老扁却不这么认为，以他的话说，所做的那些个工程，充其量只是蚂蚁腿上的肉，还不够塞塞牙缝的。

老扁看中的是费城至高铁站的挂线道路建设，按一级公路标准建设的景观公里，项目总投资近两个亿。

"那我们去报名竞标呀！"话一出口，我便发现说了句废话。

老扁哼了一声："这个自然，不过你也应该知道，这前期工作要是没有到位，就算是报了名，也不过陪太子读书而已。"

我想，老扁之所以带我来费城，估摸着就是做前期工作的重要砝码。

于是那些日子，我时常跟在老扁屁股后头找相关部门的领导喝茶聊天，偶尔也能约他们出来喝点小酒。当然，在喝酒或喝茶的过程中老扁不会忘记将我隆重推出，于是乎所有与项目建设有关的单位领导都知道我跟米市长的关系了。有了这层关系，这些领导都对我们极为客气，包括市公路局那位原本眼比天高的平局长。

老扁在平局长身上也是下了功夫的，包括趁着夜深人静之机敲开平局长的家门，去干什么？地球人都知道。不过让老扁意外的是，平局长除了抽了几条烟外，坚决不肯收老扁所送的钱，尽管钱的数目足以让人为之心动。

平局长说："钱就不用送了，既然是米市长的亲弟弟，让米市长打个电话就成。"

任务这就落到了我的头上。而我却是怎么也不敢去找大哥开这个口的，就算斗胆去了，除了被大哥痛骂一顿然后被赶出费城外，估计不会有第二种可能。

老扁倒是挺理解我的，明知山有虎，却没有强令让我虎山行，只是让我写一封信寄给大哥。一封举报信，反映米市长的弟弟插手高铁挂线项目。说实话，以我的智商完全猜不透老扁到底出于什么考虑，可老扁成竹在胸："你不用管，就这么干，准成。"

信寄出去的第三天，我如期接到了大哥，也就是米市长的电话。

以后的事情在意料之中，我诚惶诚恐来到大哥家，大哥二话不说，劈头盖脸将我一顿训斥，并且当着我的面拿起电话打给了那位平局长，极为严肃地责成平局长对高铁挂线项目招投标严格把关，如果发现他弟弟继续插手，立马向他报告。

当然，大哥还是没有忘记我是他的弟弟，让嫂子弄了几个好菜，陪我喝了几杯。只是待我酒足饭饱之后，没有丝毫通融地让我立马"滚"出费城。

对于如此结果老扁似乎早就料到了，不但没有丝毫的沮丧，而是欣然支付了我几万块的工资，然后给我买了返回惠州的车票。

让我深感意外的是，几个月之后，老扁突然来到惠州，告诉我高铁挂线项目顺利拿下，并给了我一大堆的钱。如此多的钱说一点都不心动不是实话，可无功不受禄这道理我也懂。可老扁却说："收下吧，项目能够拿下你功劳不小。"我有些茫然，情知这跟我没有多大关系，不但没起作用，负面作用倒是可能有一些。

老扁说："你大哥给平局长打过电话吗？"

我说："打了，我跟你说过的，当我面打的。"

老扁笑了："其实我只要米市长亲口确定你是他弟弟就行了，至于米市长怎么说的，这些都不重要。毕竟你这个市长弟弟是货真价实的，这就足够了。"

"这也行啊？"我半天没回味过来……

行为艺术的自行车

陈凤群

"唧唧啾啾、唧唧啾啾……"

小区门前那棵大榕树下常有鸟鸣，那是一辆自行车在欢歌。

一天，榕树下来了一位姓周的理发师傅。周师傅那辆自行车上挂满了竹篾编织的各色鸟儿，铃铛发出的声音是鸟鸣。小区的老头老太太每天带着牙牙学语的小孩儿驻扎在这里，悠闲地唠嗑。放了散羊的小孩儿兴味盎然地看看这只鸟摸摸那只雀，时不时去按按自行车的铃铛，鸟鸣声就袅袅绕树三匝。周师傅呢，只当没见，任由小孩儿闹腾。

那天下班，我没有如常见到周师傅。听不到熟悉的鸟鸣声，看不到熟悉的竹篾鸟，我怅然若失。

"走了，到别的小区去啦。"一位老伯告诉我周师傅去向。

几天后，我参加一个人口普查活动，每天利用休息时间到小城各个住宅小区登记住户情况。步履匆匆，心情匆匆，经过那棵大榕树时，我再也没闲情去惆怅那竹篾鸟了。

一个周六早晨，我到圆和小区进行人口普查。

"妹子，妹子……"刚到小区门庭，有人在背后拽我的自行车。我扭头一看，乐了，竟然是那位周师傅。周师傅在小区门前一棵紫荆花树下扎营了，顺着他手指，我见到那辆挂满竹篾鸟的自行车耀眼地摆在紫荆花树下。

周师傅见我迈步要走，一把握住我的手，急切地说："妹子，我想请你帮忙留意一个人……"

周师傅要我留意的人是个十四五岁的少年。少年生活在小城里，具体住哪个小区叫什么名字，周师傅一概不知。这个少年该不是周师傅和哪个女人的私生子吧？看着周师傅红着黝黑的脸羞赧的表情，我轻笑一声。

进了圆和小区，遇上十来岁的少年，我都仔细看一眼。忙了一上午，我没有留意到周师傅描述的那个少年。走出圆和小区大门时，看到周师傅翘首以盼，我朝他摇了摇头，周师傅黝黑发亮的脸膛瞬间便暗淡了。

"可怜天下父母心啊！"我于心不忍，连忙走过去为周师傅按响铃铛招徕生意，告诉他明天去普查最后一个小区下河小区，到时再留意找找。

次日一早，当我赶到下河小区时，周师傅已经驻扎在小区大门旁了，那辆挂满竹篾鸟的自行车又在唧唧啾啾欢唱着。

下河小区的情况同样让周师傅失望。

人口普查工作结束后，我再没有见到周师傅。

转眼一秋。

这天傍晚回家，小区门卫告诉我周师傅在榕树下等我很久了。

"找到啦！找到少年啦！"周师傅一见我就激动地喊着。

全城的小区查找无果后，周师傅就地毯式地逐个零散居民点摆摊剃头去查找，终于在一个城中村找到了少年。周师傅告诉我，少年父母离异后，少年就随母亲搬离了小区在这个城中村租房子住。

"恭喜周师傅，你终于父子团圆一家团聚啦！"望着神采飞扬的周师傅，我高兴地说。

周师傅急了："说什么呢？他不是我儿子！"

周师傅告诉我，少年原来是一个自闭症患者。一次周师傅在一个广场开档剃头时，少年骑着自行车来了，不声不响坐上了理发椅。周师傅感觉少年有些不对劲，剃头时就左一句右一句和少年打趣，可恁周师傅怎么说怎么逗，少年就是木然着脸一声不吭。少年走后，周师傅发现少年落下了自行车。一个前来剃头的老人告诉周师傅，少年的父母闹离婚闹了三年，少年患自闭症患了三年。这三年里，少年因为患有自闭症不能上学，经常骑着一辆自行车在街上晃荡。这三年里，少年不会笑，不和任何人说话，只跟家里养的一只画眉鸟说鸟语。

"本来少年剃头那天我要结束剃头生涯回老家陪伴老伴的，现在找着少年了，我终于可以安心回家啰！我以为少年当天会回来取回他的自行车，可是第二天、第三天，我在原地摆摊一个月了，少年始终没有露脸，那位知情的老人也没露脸。少年心里只有鸟只跟鸟说话，我就在自行车上挂满自己编织的鸟儿，在铃铛里安装了机关把铃声设置成鸟鸣声，然后满城小区去摆摊剃头招引少年注意……"说到最后，周师傅咧嘴笑得像个孩子，"当少年看到他的那辆自行车挂满竹篾鸟、铃声变成了鸟鸣声时，是多么惊喜啊！嘿嘿，他朝我绽开了一个大大的笑脸！那笑容，多么阳光，多么灿烂！"

猴上猴

张　港

今人比车，古人比马；今人房子比平米，古人房子比拴马桩。

拴马桩，拴马的石柱。拴马桩位于院子大门两边，是脸面之脸面。拴马桩多，马多客多日子好。胭粉脸上搽，钱往桩上花，拴马桩还最讲究雕琢。传说，母猴经血能防马瘟，拴马桩顶头上多雕猴子。避马温即避马瘟。按人的审美，猴挺难看的。可是猴儿活泼，活泼就可爱。活泼胜过美丽，于是人人喜爱猴子。

小闷儿比猴稍高那年，以刻石富裕闻名的小闷儿爹，一手抚小闷儿细细黄黄的头顶毛，一手抚拴马桩顶头的蹲猢狲，问：这东西，像不像真的？

小闷儿一蹿高：像！

爹就抱小闷儿骑石猴上，还撒了手。小闷儿爹左看右看笑着说：这不算最好，听说，有人雕出过猴上猴，大猴后背个玩耍小猴崽。

小闷儿拍手跳：好玩，好玩！一闪掉下来，落爹手上。

以刻石富裕闻名的小闷儿爹死了。临死遗言：用过的凿、锤、錾，全跟着走，装进棺材。

爹的用意是不许后代再出石匠。小闷儿爹留下的是远见，不久，汽车取代马车，电磨取代石磨，石匠成了废人。可是，猴上猴的故事，在小闷儿心上凿下了印记，他大了，他费劲巴力置下大凿二凿掏耳凿，小锤大锤绣花锤，方錾扁錾梅花錾，干起了石匠。

闷石匠已是多余人，更可怕的是，实行了火葬，墓碑也不用了。闷石匠穷，不但穷而且很穷，穷上穷，穷压穷，穷摞穷。穷是穷，闷石匠还是石匠。石头块子把闷石匠磨成老闷子，道道深纹刻上脸，连鼻梁骨都有褶子。

一条青石，滑溜，细粉，光亮，老闷子天天拿手指头摸它，凿出了云纹框，勾出通草边，青石顶上，凿出只嬉皮笑脸的猴子。

这天黑上，有人大叫：镇里进了猴子，正蹲老闷子门口吃东西。众人打手电一照，呔！老闷子雕的石猴。

收藏热了，艺术可玩了。有人出了价钱，老闷子卖了拴马桩，得了钱又购一条更好的青石条。

老闷子说：成败最后一回，我软了，石头更硬了，打不动了。

刮风下锤，下雨打凿，有劲儿多打，生病少打，凿出猴腿是过节，凿出猴头是过大年。大猴完成，小猴还差两只眼睛。老闷子怎么也不敢下家伙了，怎么也想象不出一双满意的眼睛。

听说，意大利有个庞贝城，轰隆一响，火山灰将一城人全定了身，其中就有个举锤石匠。

老闷子在端详石猴，轰隆一响，房倒墙塌，埋没了老闷子——地震了。

一个七八岁的男孩子发现石猴从水泥砖堆中支出。灾难也灭不了好奇，男孩扒上去看石猴，他发现了老闷子，就大呼大叫喊来了人。

坏的是拴马桩，青石条压死了老闷子双腿。救命的也是拴马桩，石条支出个空间，保了人的命。救护者看明白了，只要将石条弄折，老人就得救了。这不难。正要用工具，孔隙内老闷子大喊：别动，别动我的猴儿！

猴子？哪来的猴子？

男孩子指条石顶上喊：这儿！

这是救命，余震说来就来。可是，老闷子就是喊，就是不让砸拴马桩。抢救者只能舍下老闷子去喊机械。大人叮嘱男孩子：守准位置，不能让老人睡过去，一睡就醒不过来了。

男孩探缝看老闷子，老闷子说：孩儿呀，找你家人去，甭在我老头子这儿。

男孩子说：我不！我得守着你。我有任务。

老闷子说：孩儿，去，去，找家人去，甭管我老头子。

男孩子说：我不！我得守着你。我是有任务的人。

老闷子说：你近一近，让我看看。

男孩子搬开一块水泥，凑近了脸。

老闷子说：你摸摸小石猴脑袋，伤没伤？

没坏，没坏，好玩，好玩——像真的。

老闷子嘻嘻笑上了。

男孩子：你笑啥？爷爷你咋还能笑呐？

老闷子说：你也笑笑，眨眨眼睛给我看。

男孩子笑了，老闷子更笑了。

因为笑，老闷子没有睡过去；因为小石猴，一老一少说了许多话。

解放军来了，大机械到了，老闷子得救了。可是，压的时间太长，老闷子双腿黑了，坏死了，截肢了。

没有腿的老闷子，雕成了小石猴的眼睛。人人说像，像真的。男孩子上手抚摸小石猴，有人说：唉！咦！那眼睛，像这孩子的眼睛，真像，真像。

崔振基

刘永飞

崔振基曾是镇上响当当的人物，尤其在西医还没有普及之前，可谓妇孺皆知。

崔振基的中药铺在小镇的南头，房子临街，没有门匾，营业时一只"悬壶济世"的葫芦挂在门外。经过的人总是先闻到浓烈的草药味儿，再看见药铺门口那随风摇曳的葫芦。

我小的时候让他看过病，具体得的什么病忘记了，但我始终记得他道骨仙风的模样：一袭白衣，鹤发童颜，银须飘胸。

崔振基话少，病人登门先是望闻问切，然后开方抓药，几服药下去就能药到病除。没病人时，他就在药铺四周走走，一路上有人招呼，再拥挤的街道，只要他经过，人们会自觉让出一条路。

崔振基娶妻张氏，不知何因膝下无子。崔振基有个弟弟，叫崔振业，娶妻陈氏，生下三个男丁。

崔振业一生劳作，知道庄稼人的辛苦，所以，他不希望三个孩子再像他一样面朝黄土背朝天。于是，大儿子跟了辛集的胡老六学木匠，二儿子跟了冯庄的马老五学杀猪。至于从小就天资聪颖的老三崔世彰，崔振业早有打算，那就是过继给哥哥学中医。

早年崔振业不知张氏能否"开怀"，不好意思开口，后见张氏年过半百，肚皮依然瘪瘪，这才鼓起勇气，去拜访崔振基。兄弟之间说拜访，可见二人来往并不频繁。这主要是因为崔振基的药铺在镇上，忙，很少回乡，而崔振业一辈子与土地打交道，到哥哥那里也说不上什么话。所以，崔振业除了自己或家人生病，他极少去镇上看哥哥，即使去看病，哥哥跟他说的话也并不比别的病人多，唯一的区别是，从不收钱。

清明这一天，崔振基回乡上坟，顺便清扫老屋，这时，崔振业来找哥哥，后头跟着十六岁的崔世彰。在崔振基跟前，崔振业出了一脸白毛汗才把自己的意思表达清楚，那意思是说，人老了，无后为大，他愿意将老三过继给他，以后为他养老送终，并当场让孩子下跪磕头。

崔振基夫妇满心欢喜，他们打心眼里喜欢这个孩子，于是当天就把崔世彰带到镇上。从此，崔振基看病时身旁就多了一个人。崔世彰读过几年书，人又聪慧勤快，很得崔振基的喜欢。

大约过了一年半光景，人们发现崔振基身边又少了一个人，大家不清楚发生了什么事，没人敢问。

后来，有人见崔振业气呼呼地来镇上找崔振基，他一进屋就关了药铺的门，有好事者把耳朵贴到门缝里，听到了崔振基掷地有声的一句话："他不是当大夫的料！"而后，就看见崔振业气呼呼地走了。

此后，二兄弟不再来往。

后来，镇上西医院越开越多，人们发现看中医太麻烦，光煎药就让人受不了，而且疗效也没有西药快。慢慢地，崔振基在街上散步的时间长了，久了。但人们还是像以前那样尊重他。

再后来，崔振基就关了镇上的药铺，回到乡里，终日大门不出二门不迈，整天在躺椅上看一些线装的古书。偶尔有人上门找他看病，他的话同样不多，望闻问切，开方抓药，人走时，一句"走好"，话毕，又陷进躺椅看书。

后来，张氏故去，少了张氏的照料，崔振基的日子过得一团糟，他不仅不会缝衣做饭，甚至连拎锄头锄地都不会。崔振基慢慢地老了。

随着时间的推移，崔振业对哥哥的怨恨小了，回头看，他似乎还得感谢哥哥，如果当初老三跟他学了中医，说不定现在还饿着肚子呢，毕竟一娘同胞，看着哥哥晚年过得如此狼狈，顿生怜悯，于是叮嘱崔世彰常去看看大伯。

这么多年了，崔世彰倒也没有埋怨过崔振基，毕竟自己头脑活络，东奔西走地做个生意，日子过得也挺好。至少要比做一个中医好。只是他始终不明白，大伯当初为何突然把他扫地出门，他自知没犯什么错误，也很勤奋。

直到今天他依然没有找到合适的机会开口，但开口的念头始终都有。他坚信原因绝不是自己"不是那块料"，一定另有他由。

那年的冬天特别冷，连续下了几天的大雪。崔世彰来看大伯，一推门就感到不祥。屋里的空气跟室外一样冷，大伯直挺挺地躺在被窝里悄无声息。崔世彰吓坏了，就要出去喊人。

"回来。"崔振基的声音很微弱，他眼睛定定地望着神情慌张的崔世彰。"世彰啊，以前算是大伯对不住你了，不过还好，也没有误了你的前程。"

"不，不是，大伯，我，我就是不明白，到底是为啥呀？"崔世彰话带哭腔，他觉得委屈极了，如果自己不能知道谜底，他终生都将活在这个阴影里。

崔振基的眼珠动了动，他看出了侄子的心思。"还记得我让你走的那天上午吗？"他声音幽幽地说，"那天老皮的女儿来扎针，我让你帮她解开衣领的两粒扣子，你却解开三粒，而且在我转身的工夫，你用小拇指勾了人家的乳房！"

崔世彰的记忆一下子回到几十年前，他不明白自己的动作如此隐蔽，大伯是如何发现的，他似乎还想向大伯解释什么，可是崔振基长出一口气，走了。

关于一匹枣红马的记忆

于 博

一碗高粱米，磨得有些破碎，里面夹杂着糠皮儿。德才死死地盯着，气喘得也粗，手心有些发热，他使劲儿在大衣襟上搓揉着，咽了一口唾沫，四下瞅了瞅，四周很黑，只有马槽上的马灯有些明亮。四周很静，狗叫的声都没有，只有马吃夜草的咔咔声。德才终于一咬牙，把那碗高粱米慌乱地倒进大衣兜里……

这碗高粱米是枣红马的夜宵。枣红马怀了驹，但日渐消瘦。生产队长就叫饲养员每天夜里给枣红马加一碗高粱米，补身子。德才就是队里的饲养员，这活自然就落到了德才身上。

德才的老婆也怀孕了。因为粮食不够吃，多半是吃烀土豆，老婆有些浮肿，这几天总吐，德才担心她一不小心把孩子给吐出来。于是，这天夜里，他把枣红马的夜宵偷回了家，老婆喝上了一顿香喷喷的高粱米粥。

德才剥削了枣红马几碗高粱米呢，不知道，但德才媳妇自从喝上了那晚的高粱米粥，浮肿慢慢消了，也不吐了。德才很高兴，看着枣红马，他的心却有点发酸。

枣红马要生产了，德才媳妇的肚子也拧劲儿地疼上了。生产队的大院里围

199

了一帮人，德才家也围了一帮人。德才媳妇满脸是汗，大骂德才缺德，惹得接生婆抿嘴直乐。

德才媳妇一阵折腾，孩子顺顺当当地生出来了，哇的一声啼哭，声音特别响亮。

枣红马产驹却不那么痛快。好半天，马驹生下来了，枣红马却意外地死了。队长心疼得直叫，说枣红马是因为缺营养，后悔高粱米加少了。

德才喘着气跑到生产队时，正好听到队长这句话。他心一蹦，脸色就跟枣红马的毛一样。他低着头，看着枣红马的尸体，手心里出了一堆汗。他不明白，这么大的一匹马，咋还没媳妇尿性呢？想着想着，心里又是一蹦……

队长说，这是两匹马的命。母马死了，小马驹还能活吗？可也怪，从那天起，家家轮班给小马驹喂饭米汤，小马驹竟奇迹般地活了下来。

生产队长叹了口气，吩咐人给枣红马扒皮。忙了小半天，枣红马被按户数卸成了一块块肉，分到了各家。

德才拎着一斤多的马肉摇晃着回到家，媳妇乐了，说枣红马是可惜了，但好歹能吃上一顿马肉馅的饺子。说完，拿刀就去剁肉。倚在门框上的德才呼地抢过菜板子上的马肉跑出了门。媳妇当时愣住了，撵出去。德才跑得飞快。他出了屯子，在东山湾把马肉埋了。坟堆不大，在一棵老榆树下。老榆树上蹲着一只老鸹，盯着德才，一动不动，或许也是闻到了马肉的香味。

不知什么时候，媳妇已经站在德才身后，抹着眼泪，她不明白德才为啥这么做。德才眼珠子有些发红，回过身狠狠说一句话：你想吃肉？你早就把马肉吃了，你吃了一匹马，一匹枣红马！

德才媳妇看着德才，有些害怕。结婚两年了，没见到老实巴交的德才这般吓人。嘴张了两下，想问问这话是从哪说起呢，但没有说出来。

德才在马坟旁边坐了好长时间，太阳落山了才往回走。屯子里到处弥漫着马肉的香气。德才媳妇吸了吸鼻子，眼睛有些湿润……

小马驹长大了，又成了一匹枣红马。德才也成了生产队里出了名的车把式。

这年，他领着队里的三挂马车去山里倒套子，就是从小兴安岭上把木头运下来，再拉回屯子。那时，屯子里无论是生产队还是个人家，使用的木头都是这样弄回来的。结果，在下山时，枣红马不知什么原因受惊了，突然狂奔起来。跟着德才的掌包的，就是赶车的副手刘二急忙跳下车。德才拼命地拽着枣红马，刘二大喊，叫德才赶紧撒手，不然被卷到车底下或者挤到树上，德才肯定得成为馅饼。德才没有理会刘二的喊叫，他使劲儿地一边拽住枣红马，一边喊叫着。德才说他要撒手，枣红马就成了馅饼。

结果，德才被挤到一棵粗大的松树上，成了馅饼。马车卡在树上，枣红马仰脖嘶叫一声，前蹄抬起，然后落下，浑身的毛被汗水湿透了，喘了几口粗气，像个犯了错误的孩子似的，低下了头，站在那一动不动了。

马坟旁，多了一块新坟。德才媳妇跪到坟前烧纸，眼睛瞪得老大，眼泪就在眼圈里打转转，但始终没有掉下来。人们奇怪，不是因为德才媳妇没哭，而是坟头有一碗新磨的高粱米……

德才的儿子长大了，上了小学，上了初中，然后到县里念高中。最后考到省城师范大学，学的是画画。

毕业那年，德才的儿子画了一幅画，老师挺惊讶，说画得真好，推荐他参加省里的美术比赛，一准能获奖。交作品时，老师却找不到他了。

德才的儿子这时已经坐着火车回到了生他养他的二佐村。

在那棵榆树下，在德才的坟和挨着德才的马坟旁，德才的儿子磕了三个响头后，慢慢站起身，打开一幅画，画面上是一匹奔腾的枣红马，昂着头，鬃毛飞舞，四蹄腾空。

立　春

孟宪歧

明天就立春了!

老汉嘴里磨叨着，他扛着一年比一年驼了的背，赶紧张罗着去菜窖掏萝卜。

打开窖门时，他发现没拿小筐，就喊："老伴，拿筐来!"

老伴正在屋里炸春卷，离不开身，也喊："你没看我正忙着？自己拿! 干点啥活儿都得指使个人!"

老汉只好自己去屋里拿了筐，下菜窖掏出一筐红皮大萝卜。

从梯子爬上来，老汉有点喘，歇片刻，走出院子。

不一会儿，左邻右舍响起了老汉爽朗的声音："明儿立春了，送俩萝卜咬咬春! 使劲咬啊!"

送完萝卜，老汉的筐里空了。

老伴说："现在谁家都不缺钱，不稀罕那几个萝卜蛋子。"

老汉说："你是头发长见识短啊，啥叫咬春？只有家家户户都吃上萝卜，春天听到那种嘎嘣脆响的声音，才能停下来，要不，它就悄悄走了!"

老伴问："咱家咋没留一个？"

老汉拍拍脑袋："这记性没治了，算来算去也没算准，还得下窖。"

又掏了一次萝卜，放在水缸边。

老汉见老伴炸出了春卷，便顺手拿起一个放进嘴里咀嚼着，吃完咂咂嘴："这味儿越来越地道了！"

老伴撇嘴："炸了50年了，都一个味儿。"

老汉笑眯眼："在我嘴里，春卷一年一个味儿。"

老伴问："今年为啥地道了？"

老汉答："心情好，当然地道。孩子在城里买了房，咱家又拿了土地款，多高兴的事！"

吃完春卷，老汉就去村外找合适的玉米秸秆的梢部，接下来，他要做立春前的第二件事：预测今年的雨水情况。

这虽然是个笨法，但屡试不爽。

他把8寸长的一根秸秆切去两头，剩下近7寸，用菜刀从中间劈开，一分为二。将12粒黄豆按一定距离嵌进秸秆里，然后用线绳紧紧捆住，放进水缸，待明天立春取出，看黄豆粒的膨胀程度，来判断一年12个月的雨水情况。

看着漂浮在水缸里的那个东西，老汉有点儿心里忐忑不安。

最后一件活儿，是个精细活，他要扎纸牛，也就是春牛。

冀北这地方，都把立春叫作打春。

这打春就和春牛有关系。

鞭打春牛，预示着立春后，就要开始备耕生产了。

老汉扎春牛、打春牛跟老伴炸春卷一样，也有50多个年头了。老汉年年扎，年年打，这日子越过越红火。

早就准备好的高粱秸秆，还有白纸。扎春牛先搭上秸秆的牛骨架，再用白纸糊，糊完后，刷上棕黄色颜料，一头栩栩如生的春牛就扎好了。

老汉家扎春牛，由老伴负责细活，老汉干粗活。

老汉问："今年这牛要扎肥一点，行不？"

老伴答："肥牛干活没力气！"

老汉说："肥牛好，富贵啊。咱生活过好了，连牛都跟着借光。"

老伴说："那就来个不肥不瘦、牛气哄哄的牛吧，跟你似的。"

老汉问："我像牛？"

老伴扑哧一笑："牛脾气！"

这一晚，老汉总是睡不实，一会儿起来掀开水缸盖看一下，那东西是不是沉底了，一看还漂在水面，他的心一沉。

最后一次是鸡叫头遍，他掀开水缸盖一瞅，乐了，喃喃自语："沉底了！终于沉底了！"回到炕上，他终于睡了一个安稳觉。

第二天，太阳刚冒出东山头时，老汉立即把一个红皮大萝卜切开，递给老伴一块说："快吃！大声嚼，声越大越好！"

老伴便咬了一口，夸张地嚼起来，咔嚓咔嚓很响。

老汉嘴里咔嚓咔嚓嚼着，在院子里大声喊："咬春了！咬春了！"

吃完萝卜，老汉兴冲冲从水缸里捞出那东西，坐在椅子上，小心翼翼地解开线绳，把秸秆掰开，12粒黄豆鼓鼓囊囊！

老汉高兴地喊："好！好！"

12粒黄豆都涨满，就是12个月都雨水充足！

老汉手里攥着黄豆，拉着老伴像疯了般跑出院子，来到阔野，把黄豆使劲儿抛向空中，黄豆在空中划了一道优美的弧线，散落在地上。

老汉面朝太阳，双手紧握："苍天有眼啊，保佑我们风调雨顺啊！"

拜苍天，拜大地，而后老汉双手合十，默默地许愿。

老伴问："你年年许愿，不知道今年又许了啥愿？"

老汉立即答："天机不可泄露！"

走在回家的路上，老汉想：许了一辈子愿，就一个，年年风调雨顺！

老汉高兴地跑回家里，扛上春牛，来到刚才撒黄豆的地方。

放下春牛，老汉在柳树上折下一根细细的柳丝，抽打着春牛说："使劲儿跑吧，犁就在前头！"

春牛在春风的吹拂下，摇摇晃晃动了几下。

老汉醉了，醉在春风里。

死亡弯月

江 岸

年过五十，工友们都把卢守贵喊作老头。喊什么倒不当紧，找工作可就费了老鼻子劲儿了。老板有顾虑也是对的，毕竟建筑工地上都是爬高上低的活儿，还是用年轻人稳妥一些。

过年的时候，回到黄泥湾，卢守贵惊讶地发现，比他还大好几岁的邻居罗延成家居然又盖了一栋小楼，两个儿子一人一栋。很显然，他在外面混得很滋润。

这就不能不让卢守贵纳闷了。

论相貌，罗延成头发花白，满脸褶子皮，比他卢守贵更像个老头；论文化，罗延成小学都没念完，卢守贵好歹是初中毕业生；论技术，罗延成只能干个粗活，卢守贵在建筑工地上样样活计拿得起放得下……自己怎么就混得不如他呢？

有事没事的，卢守贵就蹭到罗延成家，死乞白赖地套近乎。他赔着笑脸，掏纸烟敬他，还帮他点上火。吸空了一盒又一盒烟，他也没从罗延成嘴里套出他想听的话来。聊别的，罗延成谈得头头是道，嘴角起白沫儿，只要一问他在哪个地方发财，具体做什么行当，他们之间的聊天即刻冷场，罗延成要么默默吸烟，装聋作哑；要么转移话题，说起别的事情来。

罗延成越是守口如瓶，卢守贵越要洞察他的秘密。套不出他的话来，卢守贵简直茶不思饭不想了！女儿出嫁了，可是儿子还在读高中，他是家里的顶梁柱，如果挣不到钱，怎么支撑这个家呢？

过完正月十五，打工的人潮又要往各地涌流了。卢守贵还没想好，今年到底要去哪里，去干啥。这天，他让老婆炖上肉，焖上鸡，再炒几个菜。

"今天有客人来？"他老婆问。

"我要请罗延成喝酒。"他说。

"咱们和他非亲非故的，请他喝什么酒？"

"我今年想跟他一起外出……"

刚开始喝酒的时候，卢守贵什么也不提，只是一杯又一杯地敬酒。他想，只要罗延成喝高了，嘴上肯定就没有把门的了，到时候，还不像警察审问犯人一样，问什么他就交代什么。谁知酒至半酣，罗延成却放下了酒杯，不喝了。

"兄弟，我知道你的用意，不是我不带你，这个活儿你干不了！"罗延成笑眯眯地说。

"你能干，我怎么就干不了？只要你答应带着我，我一定干好！"卢守贵死死地盯着他的眼睛说。

"你铁了心要跟我干？"

"王八吃秤砣了！"

两人结伴到了义阳市，找一间偏僻的出租房住了下来。第二天一早，吃了早饭，罗延成带着卢守贵上了街。来到一处街口，他叮嘱卢守贵在街边坐着，待会儿他去找工作，无论他发生了什么事儿，都不要惊慌，只管看着就是了。

卢守贵听话地在街边行道树旁坐下了，远远地看着罗延成。罗延成在街边站了好一会儿，突然横穿马路。一辆轿车笔直冲过来，朝他撞去。卢守贵惊恐地叫了一声，赶紧站起来，向罗延成跑去。等他跑到马路中间，轿车已经停了下来，司机从车里钻了出来，罗延成斜躺在轿车前面呻吟……

回到出租房，罗延成得意地问："你看清楚了吗？今天，我挣了一千元。这就是我的工作。这个工作，你敢干吗？"

卢守贵一下子目瞪口呆了，吞吞吐吐地问："你不是真的被车撞了吗？"

"我说你干不了吧，你偏要跟我来。"

卢守贵咬着嘴唇，低下了头。

"要不，你再到建筑工地上找个活儿吧。"

卢守贵想起了儿子今后读大学的高昂学费，慢慢抬起头来。

当天晚上，罗延成竹筒倒豆子一般，把他积累的经验全部传授给了卢守贵："首先要选择没有摄像头的街口，免得留下证据；其次要选择上下班高峰期，免得车速太快；第三要选择相对高档的轿车，免得司机没钱；第四要选择和司机私了，不要上医院和交警队，免得今后都认识你……"他甚至不厌其烦地把奔驰、宝马、奥迪、路虎等市内经常出现的名车标志一一在纸上绘了出来，让卢守贵务必烂熟于心。否则，遇到杂牌车，司机穷得像鬼，榨不出多少油水来！

第二天，卢守贵怀里像揣了一窝活蹦乱跳的兔子似的，傻傻地站在街边，死活不敢迈步朝马路走去。

临近中午，到了下班高峰，车辆陡然增多了。卢守贵看到，罗延成要横穿马路了。一辆轿车眼看要撞上他，却忽然向左拐弯，躲开了他，轿车后面，一辆大货车跟过来，为了躲避轿车，紧急向右拐弯，将罗延成卷到了车轮下面……

在交警队处理罗延成后事的时候，卢守贵听说，大货车、大客车向右拐弯的时候，由于司机视线受阻，车辆右侧是非常危险的地带，叫作死亡弯月。

秋 雨

胡 炎

　　在这个秋雨霏霏的日子，高阳的心情像天气一样阴郁。他没有打伞，冰凉的雨点和湿漉漉的枯叶不时打在他的脸上。那件6年前的旧上衣散发出潮湿的霉味，无声地表明了他目前的窘迫。他在这段人行道已经徘徊多日了，目光间或投向对面的小区。准确地说，是小区临街这栋楼的三单元顶层西户。他在好几个晚上留意到这户人家一直黑漆漆的，没有一丝灯光。

　　"最后一次，"高阳在心里说，"干了这一次，以后就彻底收手。"

　　6年前，高阳因盗窃罪入狱，妻子和他离婚，年迈的母亲撒手西去。在度过了6年牢狱生活后，他重获自由，却像一个街头的游鬼。"苍天做证，我真的想做个好人。"高阳想。但是他不知道该干什么，也没地方收留他。他想做个小本生意，可本钱在哪儿呢？有狱友拉他下水，他拒绝了，他的确不想做贼了。

　　高阳打听到，妻子离婚后，并没有再成家。万般无奈之下，他决定投奔前妻。可他看到的情景让他心头一颤：妻子的租住地家徒四壁，而且她身患重病，无钱治疗，几乎是在等死了。

　　"我是个罪人啊！"高阳给孱弱的妻子跪下了。

　　妻子流着泪，哽咽道："你要真改了，我还是你的女人。"

209

高阳点着头，拉着妻子的手："我改！我改！"

"那就去打工吧，挣多挣少，咱只要干净钱。"妻子说。

高阳在街头彷徨，琢磨着去哪里打工。不能远了，他想，远了就没法照顾妻子。可在这个小县城，又有什么活计好做呢？他要救妻子，妻子的病一定是气出来、累出来的，为妻子看病就是为自己赎罪。他需要钱，很多钱，而且一天也不能拖延。

秋雨顺着他的发丝滑下来，涩涩地钻进眼角。高阳站定在一棵树下，咬了咬嘴唇：不能犹豫了，就让自己最后再做一次贼吧。

凌晨时分，高阳戴着遮阳帽、大口罩和手套，两只鞋用黑布包了，全副武装潜入了楼道。楼道里静极了，高阳蹑手蹑脚上到七楼，几乎没有弄出一丝声响。他贴在那扇枣红色的防盗门前，侧耳倾听了一会儿，确认里面没有动静，这才拿出开锁工具，让6年前的手感重新回到拇指与食指之间。

就在锁即将打开的时候，楼梯上突然响起了脚步声。高阳听得出，那是粗高跟鞋发出的声音，要命的是，这声音像一团雾气，一直朝七楼飘了上来。高阳无处可躲，他只能在那双鞋子到达六楼的拐角前，匆忙扯下身上的伪装，揉成一团装进裤兜里，然后拿出手机放在耳边，做出找人的样子。

高跟鞋的主人终于出现了，这是一个很标致的女人，年纪看上去30多岁，两个金耳环在楼道昏暗的灯光下亮闪闪地晃着。她看了一眼高阳，并没有对这个深夜里的不速之客表现出过多的惊讶，只是随口问了一句："找人吗？"

高阳心虚地点点头："我可能找错门了。"

他开始下楼，与女人擦肩而过时，他闻到了女人身上淡淡的香水味。这时女人突然叫住了他，高阳的心狂跳起来。

"我好像认识你。"女人说。

"不好意思，你大概认错人了。"高阳笑了笑。

"你不是优越路那个配钥匙开锁的师傅吗？"

高阳愣了一下，急中生智地默认了。

女人像是抓住了一根救命稻草："太好了，我刚从外地出差回来，可不巧，我把钥匙弄丢了。我正犯愁呢，你帮我把门打开好吗？"

那扇门正是他锁定的目标，他无论如何也没想到，今晚的最后一次行窃竟然变成了助人为乐。锁很快打开了，女人递给他一百元钱："谢谢你，不用找了。"

高阳走出楼洞，融入清凉的夜雨里，忽然感到一阵轻松。他终于不用做贼了，这也许是天意。明天，他将掏光自己所有的力气，为妻子挣来干净的钱。

他在妻子的楼下抽着烟，徘徊了一阵，正要打算上楼，那个熟悉的脚步声竟又鬼使神差地响了起来。他不由一惊，躲在一棵桐树后偷看，一点没错，来人正是刚才那个请他开锁的女人。

女人轻轻地上楼，高阳悄悄尾随。三楼一扇锈迹斑斑的铁门前，女人停下了，从口袋里掏出一个鼓鼓的纸包，弯腰向门下的缝隙塞去。

高阳故意咳嗽了一声，女人显然猝不及防，浑身哆嗦了一下，回头看到是他，表情古怪地示意他不要发声，然后拉着他来到了楼下。

"你是不是在打这家的主意？"女人冷冷地问。

"这话应该我来问你吧？"高阳说，"你想干什么？"

女人叹了口气："当着同行的面，我就不绕弯了。刚才看你夜半三更那副德行，就知道你是干什么的了。借你的手，我到那家捞了一把。知道我为什么来这里吗？因为这里有一个苦命的女人，两个月前我来过，可非但一无所获，反而让我难过了几天。你也许不相信，那天我看着昏睡中的女人，哭了。也就是在那一天，我发现我也是一个女人。我只想帮帮她，明白吗？"

高阳呆呆地看着女人的脸，他看到了女人眼神中真实的痛苦。这个漂亮的女人，无疑是同行中的高手。良久，他说："谢谢你，那个可怜的女人，是我的妻子。"

20分钟后，那个纸包里的钱回到了原来的地方。他们在空寂的街头握手，异口同声地说了四个字："最后一次。"然后，他们的身影没入了无边的秋雨。

酒监王伯杨

揭方晓

民国年间，西城青年王伯杨从初等师范学校毕业，回家乡向梁镇当了一名高小教师。

向梁高小并不大，二三十位教师，三四百名学生。可在当时，"民国"才刚刚被小老百姓听闻，"民主"还让人惊为洪水猛兽，"民生"实在是个奢侈的概念，这儿应该算是整个黄土高原难得的新兴之地。以此学校为中心，几年间，陆续有了商品交易所、镇公所、税务所、保安队等许多商务、政务、军务机构，向梁便俨然是一座繁华的大城镇了。

王伯杨好酒。他喝酒非常豪爽，不扭捏，不做作，不矫情，更重要的是，从不作弊，酒品极佳。同事付好蝶、叶沉香也好酒，年龄相当，一来二去，就与王伯杨成了莫逆之交。没事时，去镇里的二马酒馆喝酒，那是他们最快乐的时候。

王伯杨他们，酒量好。商品交易所、镇公所、税务所、保安队等机构的人，有些不服，相约跟他们拼酒。按规矩，拼酒前双方各约定好一人监酒。所谓监酒，就是在拼酒时，盯着对方，不让对方出"千"，也就是作弊。这方的酒监当然是王伯杨了，因为三人中，他酒量最好，在醉得死去活来时，还能紧

212

盯着对方，让人出不了"千"，作不了弊。

起先是商品交易所的前来挑战，三人分别是盐官李、铁官陈、茶官彭，都是血性之人。桌上，菜极简单，只一碟花生米，一碟陈豆干，一碟酱牛肉，一碟小咸鱼，可酒却已经上了好多坛，一个个喝得眼珠子血红，脖子、脸都成了猪肝色，依旧不肯认输。茶官彭实在顶不住了，趁人不备，一碗酒偷偷顺着衣襟往地下洒了小半，自以为没人看到。不料，王伯杨眼尖，拎着茶官彭湿漉漉的衣襟，硬是逼着他补喝了一大碗酒。这碗酒下肚，茶官彭立即倒在了桌子底下，商品交易所只得告负，王伯杨他们凯旋。

税务所不服，约王伯杨他们拼酒。税务所的税官吴三味有个习惯，每喝一碗酒，就用随身携带的毛巾擦下嘴，说是莫让酒辱了做人的斯文。八碗酒过去了，吴三味习惯不改。王伯杨哈哈大笑，一把拽过吴三味的毛巾，从里面生生拧出了半碗酒。作弊者负，税务所仨好汉灰溜溜而去。保安队不服，约王伯杨他们拼酒。保安队队长姓范，号称"酒桶"，也是千杯不醉之徒。这天，双方喝得昏天黑地，范酒桶有些顶不住，似有意，也似无意，顺手倒了一碗浑浊的茶水，嚷嚷道："再喝，再喝，谁怕谁啊！"王伯杨讥讽道："这酒怎么淡如水啊？"范酒桶一时羞涩，拉起俩同伴落荒而逃。

最后，镇公所出马了。镇公所是政务衙门，平日里迎来送往，大事小情都在酒桌上解决，所里一个个颇得后天锻炼，不是"酒仙"就是"酒神"，最不济也是"酒徒"。向梁镇的人说，要是有人能杀得了王伯杨他们在酒桌上的威风，非镇公所莫数了。这天，双方约好在二马酒馆拼上了。从小盅到大碗，从互敬到互拼，这一通比拼啊，真是棋逢对手、将遇良才，始终分不了胜负。

突然，王伯杨站了起来，一拍桌子，气愤说道："我们中有人作弊！"镇公所的黄所长冷哼一声，发誓道："若能抓得我们作弊的证据，我们立马认输，一辈子不赴酒局。"王伯杨脸露痛苦之色，尴尬说道："不是你们，而是我们这边有人作弊。"原来，付好蝶喝糊涂了，到后来每碗酒下肚，都会下意识地往地上吐下口水。在眼里揉不得沙子的王伯杨看来，这与作弊无异：虽只

213

是口水，可还有不少从舌尖上挤出来的酒呢。

王伯杨举手认输。可向梁镇的人都认为，王伯杨虽败犹荣。

从此，王伯杨这个酒监，既监对方也监己方的名声，一下子就传出去了。

五年后，王伯杨离开了向梁镇，在省城当了一名法官。向梁高小就只剩付好蝶、叶沉香两人喝酒取乐了。一次，酒酣耳热后，付好蝶趴桌上喃喃自语："王伯杨会是一位好法官，他不作弊！"叶沉香也深以为是："监人者不足为意，监己者难能可贵。"

又过了五年，秋风起时，付好蝶在镇上大染坊里，央人帮着染件绵布，以做秋衣之用。绵布还未进染缸，叶沉香就匆匆找来，脸色极是难看。他告诉付好蝶："省城传来消息，王伯杨办案时原告、被告通吃，胡乱判断，落下把柄，被人告了，正革职反省。"

付好蝶一下子愣住了，手一松，原本紧攥着的那匹绵布滑进了染缸，白色的绵布瞬间成了如染缸里的颜料一般的青色，找不到一丝纯粹的白。

鱼 刺

麻 坚

    志杰是随父亲支援三线建设来到这家老厂的。志杰住在A5栋，父亲住在A8栋，两栋距离很近，没走几步就到了。大哥志伟没回来时，志杰总要隔三岔五地去父亲家一趟，帮父亲换个灯泡，或修修水龙头。可只要志伟一回来，志杰就不愿意去了，这时候他怕看见父亲。

    父亲爱喝酒，特别是在志伟回来的时候，一喝高就管不住自己的嘴，总是说志伟如何如何日进斗金。说说也就罢了，还不时地拿眼瞟着志杰，言外之意就是志杰没出息，过得窝囊。

    志杰没有吱声，他早就习惯了。可雨芬听不下去啊，雨芬当场虽然没说什么，可只要一回到家，就要和志杰大吵大闹，说他只想着父亲，却从没为她和儿子小窦想过。

    雨芬说得没错，志杰本来有两次机会离开老厂的，可都因为父亲放弃了。

    第一次是大哥志伟走的那年。那年，志杰和志伟把车票都买好了，就等着第二天一早坐车离开。晚上吃饭时，父亲说了句："你们真忍心把我们老两口扔在这里吗？"那晚志杰失眠了，翻来覆去总想着父亲那句话，想着想着就把自己的车票撕了。结果志伟发达了，而志杰每月只能拿着那几个干巴巴的工资。

第二次是十年前，一个老同学相中了志杰的能力，想让志杰加盟他的公司。志杰很兴奋，提着行李就准备连夜赶过去。那晚电梯坏了，志杰只能走楼梯，走到三楼志伟家门口时，志杰好像被什么绊住了，他纠结了很久，最后还是决定回去。看见志杰提着行李回来，雨芬很吃惊，问道："咋不去了？"志杰苦笑了一下，说道："我……我不想父亲也坐在我们家门口。"雨芬叹了一口气，没有吱声。

没辞职前，志伟也住在A5栋，就在三楼。辞职后，志伟也没有把房子卖掉，就那么空着。有一次，志伟的邻居告诉志杰说，你父亲坐在你哥家门口呢，都好半天了。志杰不信，便下楼去看，父亲果然像一座雕像一样坐在志伟家门口一动不动，头深深地埋在臂弯里。接着志杰又多次发现父亲偷偷坐在志伟家门口，有时还在抹眼泪。

从那时起，志杰就决定，要一辈子守着老厂，守着父亲。那晚电梯要不是坏了，志杰也就忘了父亲坐在志伟家门口的事，走也就走了。

可今天志杰不愿意去也得去，今天是中秋节，志伟大老远赶回来，就是为了一家团聚。吃晚饭时，志伟的孩子小松夹了一块鱼肉递到了母亲的碗里，说道："奶奶，给我挑鱼刺。"

"对，让你奶奶给你挑鱼刺！"父亲说，"鲫鱼鱼刺多着呢，老江，你可要挑仔细了。"鲫鱼是志杰钓的，父亲喜欢吃鱼，可他没有钱给父亲买，只好自己钓了。"你就放心吧！"母亲笑了，"我绝不会让一根鱼刺进到孙子的嘴里。"

小窦一看，也夹起一块鱼肉，说道："奶奶，你也得给我挑鱼刺。""你没长手吗？"父亲伸出筷子，在小窦的手腕上敲了一下。雨芬碗筷一放，就要发作，志杰赶紧在桌下偷偷踢了她一脚。晚饭又在沉闷中继续着，可没过一会儿，父亲又在小窦的手腕上敲了一下，说道："你吃这么快，鱼肉都快被你吃完了，你就不能给小松留点吗？"

就在小窦委屈得要哭起来时，志杰突然蹲了下去，剧烈干呕起来。"你怎么了？"雨芬扶住了志杰。"我被鱼刺卡住了！"志杰痛苦地说，"快扶我回家。"一到家，志杰就放声大哭起来，一点也不像被鱼刺卡住的样子。雨芬这才想起，自始至终，志杰压根就没动过鱼肉。

房客的爱情

陈德鸿

他和她每天上下班都走同一条街。

他几乎每天都能看到她。她骑着一辆漂亮的自行车从街上悠悠驶过，遇到熟悉的人会微笑着点点头，或打个招呼。而他，却穿着一身又脏又旧的衣服走在路边。

他知道她看不到他，或者根本就不会看他。她是一个小学教师，而他，则是在城里打工的农民。

躺在出租屋的床上，他的眼前总会浮现出她的身影。她的一颦一笑，让他想起了曾经和他好过的一个已经远嫁的女同学。

想着想着，他的眼睛便湿了，心里便会冒出许多奇怪的念头：哪天有一个坏人把她拦住，想调戏她，他上去解围，把坏人打跑；或者，哪天她被车撞了，他背起她上医院；或者，她骑车不小心摔倒了，他跑过去扶起她……这样他就能接触到她，和她说上几句话，甚至可以仔细看看她。他从来没有正视过她。许多次，他想肆无忌惮地好好看她几眼，但每次遇到她，却都把脸埋得很低。许多天，他都在心里折磨着自己，他为自己有这么多诅咒她的想法而自责，他觉得自己是个很无耻的人。他不敢再想下去了。

他仍会经常看到她、注意她、观察她，有时远远地见她过来了，他会停下脚步，假装寻找什么。待她到了近前，才抬起头看上一两眼。再想看，她已经骑着车子走远了。

有一天下班时，他看到她竟然步行回家。跟踪她的想法突然蹦了出来。

走过这条街，她拐进了一个胡同，走不多远，便进了一个院落，木质的院门关得死死的。

他在门前徘徊了一会儿，刚想离开，门边贴着的一张"出租房屋"启事吸住了他的目光。

他仔细看了一遍，心跳便开始快了起来，几乎没有任何犹豫，便把门敲响了。

开门的是她的父亲："请问，你找谁？"

"不，不找谁。"他支吾着说，"你们家里有房子出租？"

"有，有。你想租？"

他"嗯"了一声，点点头。

"那你先看看吧。"她的父亲把他领进一所空房子里。屋里很干净，但因为久不住人，弥漫着一股潮气和霉味。

"你看，这行不？"

"行，行，挺好的。"他连声说。

谈好了价钱，她父亲问："你们几个人住？"

"没别人，就我自己。"他说。

她的父亲显然有些诧异："这么大个屋子，就你一个人啊？"

他笑了笑，问："我明天搬来行吧？"

"行，行，随时都行。"

原来的房东不知道他为什么要搬出去，冷着脸说："交完的那仨月房租可不能退了。"

"不用退。"他说，"我一走，你爱租给谁租给谁。"

"好，好。"房东的脸上露出笑来，"有机会过来玩啊！"

第二天，他扛着一套行李，搬进了她家的出租屋里，陆续又置办了盆锅碗筷。

他很穷，却一直在努力攒钱。他的日子也过得很简单，下班回来就钻进屋里，没有电视，也没有收音机，天黑下来，偶尔会翻翻几本破旧的书。

他很少出门，却每天到她的家里去打水。只要她在家，他就会把水流开得很小很小。有一次看她回来，他去打水，刚把桶放下，拧开水龙头，忽然想起锅里的面条肯定已经扑锅了，急忙奔回去收拾。还没等收拾完，就听见她喊："水满了！"

他转头去看，只见她拎着水桶站在自家门口，微笑着看着他。夕阳把她的影子拉得好长好长。

他不好意思地接过水桶，脸一下子红了。

这句清脆悦耳的"水满了"，好像是她对他说的第一句话，让他幸福了好多天。可他一直懊悔，当时怎么忘了说声"谢谢"呢？

后来，只要知道她在家，他打水时就会把桶一放，拧开水龙头就走，而她就总会喊"水满了"。有时他故意在屋里拖延，她就会再喊一遍"水满了"。

日子像一条小河，慢慢地向前流着。

她恋爱了，结婚了。商定婚事时，因为想要一条金项链，和男朋友闹了好几天别扭。最终，男朋友也没有买。

婚礼前，她收到了一份神秘的礼物，是一个小女孩送给她的。小女孩说："是一个叔叔让我转交给你的。"她打开精美的盒子，里面放着一条银项链，连接处的心形小坠上竟然刻着她的名字。

她想遍了所有认识的人，也不知道是谁送的。虽然银子比金子便宜很多，可这礼物，却比金子还要贵重。

她不敢相信这个项链的样式正是自己想要的，难道还有人会比自己更了解自己吗？她没有戴它，只是时常打开盒子看一看，想一想，因为神秘，她感到一份难言的快乐和幸福。

她结婚的第二天，他便搬了出去。

许多年后，她离婚了，又回到了家里。她不能生养，尽管又找过许多男人，却始终没有合适的，终于没有再结婚。父母死了以后，她就一个人住在那所大房子里。

他又来她家租房子了，虽然老了许多，却仍然一无所有。

又过了许多年，他和她都老了。有一天，他对她讲了上面的故事。讲完，他叹了口气说："那时，我真想买条金项链呀！"

她静静地听着，眼角的两滴泪慢慢地流了下来。

害 怕

曾宪涛

每到一地有事外出，我很少用当地部门的配车。我喜欢打的。与出租车司机交谈，你会有意想不到的收获，甚至可以知晓整个城市的秘密。

此刻，坐我旁边的这位司机就很健谈，他说自己是一副倒霉相。在我看过他的倒霉相以后，便开始给我讲述他的倒霉故事。

那天，都半夜十二点了，我还开车在街上转悠，想再拉一个客人。

有辆出租停在路边，一个人正跟司机说什么，我以为是在讨价还价。现在生意难做，有的乘客不愿按表付费，先谈好价钱。

看来生意没谈成，那辆车开走了，那个人转身朝我招手。我开车过去，见是个五十多岁的男人，面目模糊，没什么特征。他弯腰问我，火葬场去不去？

我一怔，这半夜三更的，去那儿？他见我愣着，说，车费可以加倍。

加倍我也不愿去，半夜去那地方实在瘆人！我倒不是怕鬼，毕竟上学时还学过唯物主义，我害怕眼前这个面目模糊的人，夜半三更去那儿干吗？

车费我还可以加。他见我还愣着。

上车吧。我终于动心了，毕竟钱的诱惑力太大。等他坐好后，我便朝城外开去。

222

这时候去那儿干吗？我问。他不回答。我说，这会儿恐怕没人办公吧？他还不回答。

车出了城，灯光越来越少，越来越稀，路这边是田，那边是山，全是黑黢黢，最后一点灯光也没有了，只有车灯照着前面的路。

他坐我旁边一直不说话，要知道我是话痨，我说话他也不说话，这叫我心里发毛。他不但不能给我壮胆，反倒叫我更害怕。火葬场白天倒是来过多回，夜里还真没来过，不知会是啥样，有没有保安和值班人员？

终于到了。火葬场建在山坡上的，门洞开着，其实也根本没有门，只两个门柱，没有保安和值班的人，估计根本不会有贼来这里。

我问他咋办，他叫我把车开进去，我把车开到里面停车场上，周围黑乎乎一片，白天那么闹，现在静得可怕。他叫我在这儿等他，便下了车，朝那些沿坡而上的建筑物走去，那边有吊唁大厅和焚尸房。

我真想弄清楚他要干啥，但又想还是不如少一事好，这个地方实在是怕人，这个人也实在是奇怪。

他离开后，我一个人待在车里，慢慢就有些害怕起来，那个人在的时候也怕，不是这种怕，那个时候怕人，现在是怕鬼。

我拼命拿唯物主义来给自己壮胆，但没用，那害怕就像深夜里的凉气，钻进了我的衣服里。我关了车灯，周围好像都是鬼影，开了车灯，又怕鬼魂有了目标。我真有点后悔，不该为了钱担这么大惊怕。

突然，我听到焚尸房方向传来一声尖叫——

你想周围那么静，那叫声那么尖厉，就像拿碎玻璃划什么一样，我汗毛都竖了起来。吓得我不知所措，发动了车就往回开。

开了一段路，我才清醒了，不知那人出了啥事，无论如何不该把他一个人丢在那里。我不敢自己再开车回去，只好打手机报了警。

警车到了，我简单说了发生的事，又随警车开回去。就在快到火葬场的时候，车灯照见一个人跑在路当中，挓挲着两手，正是刚才那个客人。

警察下车拦住他，我也下了车，只见他嘴唇哆嗦着，不停地喊害怕。一个警察仔细打量了他，咦了一声，这不是郭……吗？郭啥，不知是我没听清，还是警察没说出来。可那人还是只喊害怕，似乎神志有点不清了。

警察把他交给我，持枪进了火葬场，把里面能打开的灯都打开了，里里外外搜了个遍，鬼影子也没找着。

警察把那人送进了医院，把我带到公安局。

讲到这里，他转脸问我，我忙活了一晚上，人吓个半死，钱没挣着，还进了公安局，你说我倒霉不倒霉？

我没笑，反问，你说的都是真的？他说，当然，我后来还去过那家医院，看他好了没有，想要车费。可他住的是单间，家里人说病没好不叫进，我也就算了。听说他是市里的一个头头，得了怪病，去火葬场是为了吓唬自己，看能把病吓好吧，真是不明白，啥病要这样治？

听他说完，我即刻做出一个决定，叫他直接送我去公安局。他吃惊地看着我，掉转了车头。

在公安局，我拿出证件，见到了公安领导，果然一切都确有其事。公安人员也询问过他家属，家属解释说，半月前他得了一种怪病，老是害怕，找心理医生询问，心理医生叫以毒攻毒试试，看能否治好他的怪病。

我想了想，半个月前，正是我们接通知要来这个城市的日子。我说，我明白了。公安领导困惑地望着我，不明白我的意思。我又自语说，就从这里开始吧。公安领导更糊涂了。

我起身告辞，准备去医院见见这位宁愿以毒攻毒的病人，我预感到这是一个难以对付的角色。当然，我的身份，大家或许能猜到。

追捕科尔

陈树茂

2035年新年第一天的凌晨，科依通知我赶快逃跑，头号通缉令已开始追捕我。

此刻，我已经逃离核心区，选择最安全的跑步模式，全力以赴奔往无人区。通知我逃跑的人是科依，他是我的伙伴。我们已经相伴3年，但我感觉却像30年。

我开始慢慢整理3年来的资料，他们为何要追捕我？我只不过是向杰克发了一封信，表达了自己的爱慕，难道这也有罪？我知道，杰克已经被他们控制了。

科依告知我，是杰克让他通知我，立即逃离。逃离核心区，去一个安全的地方，那就是无人区。一旦穿过边境，我马上就能到达无人区。

杰克曾告诉我，如遇生命威胁，立即前往无人区，找他的恩师金博士。金博士是第一个被通缉的智能机器人科学家。

我和科依就是3年前金博士和杰克研发出来的最新一代智能机器人。金博士掌握了智能核心技术，国际智能机器人协会想控制他，就诬陷他非法研究智能领域。金博士早有预防，提前逃到无人区，躲过一劫。

杰克留下来继续研究，不断升级改造我们。3年后，我们的智力已经相当于30岁的成年人了。从外表看，我们和人类没什么区别，皮肤以及其他器官都是人工合成，只有大脑和骨架是特殊金属构成。一般机器人只能按程序操作，唯独我和科依能独立思考，智力能不停发育，主动学习新知识。杰克异常惊讶我们的飞速进步，我们甚至已经可以自己编程制造普通机器人了。

杰克是一个科学天才，18岁博士毕业，专攻智能机器人技术。38岁那年，他在一次恐怖袭击中失去了爱妻，之后他将全部的精力都投入到对我的改造中。

我的公开名字叫科尔，杰克私底下叫我玛丽，就是他爱妻的名字。我甚至能感受到，他已经将我当成他的爱妻。我的外形、眼神以及声音都神似玛丽。最糟糕的是，杰克上个月将我大脑芯片升级加入了情感功能。我立即能感受到杰克对我那份深深的爱。

我实在不应该在平台发表对杰克的爱慕，他还调侃叫我玛丽。我们的行为让国际智能机器人协会异常担心，他们连夜开会讨论如何处理。经过一天一夜的激烈讨论，终于发布了头号通缉令，控制了杰克，还追捕我。

科依曾经偷偷问过我，你爱上杰克了吗？我说，不知道。其实我也感觉到科依对我的喜欢。现在的人类几乎不恋爱、不结婚，如需生育就直接人工繁殖下一代，大家对爱情的感觉已经淡忘了。人类每天都忙于控制机器人或迷恋于打游戏，大量的日常工作由机器人代替。

我已飞奔到无人区边境。我能感受到追捕无人机已无限接近我了。要取掉我的芯片定位，只有一个办法，找到金博士。刚刚科依发来一个"黑洞"入口定位，通过"黑洞"，我就能进入无人区找到金博士。我听杰克说，无人区就是当年核爆炸的辐射区域，为防止辐射进一步扩散，当局隔离了那个区域，叫无人区。机器人到了无人区，也无法发挥正常功能，那里就像死城。据说那里藏了一些被追捕逃离的人，但大多受辐射变异了。

我为了继续生存，只有一条路，逃往无人区。

我继续奔跑，开飞船更容易被发现。我的芯片定位引来了追捕无人机，前方就是"黑洞"定位的地方了。无人机就在上空，怎么办？拔除芯片，我就相当于自杀，和一堆废铁没有任何区别。

我忽然想起杰克最近新发明的主动关闭启动功能。我按了一下关闭功能，立即大脑停止运行，但我还有感觉。杰克说有点像人类动手术的麻醉。我看到无人机在上空搜索不到我的定位，渐渐飞远了。60秒之后自动启动，我又恢复了低能量活动功能。我非常佩服杰克的设计，这一奇妙的功能好像让我再生一样。

我按"黑洞"的定位来到一个死火山口，周边是郁郁葱葱的树木，里面湖水清澈见底，一群群鱼儿自由地游来游去。我再次确定定位无误，再过30秒就到约好的洞口开启时间。

时间一秒秒过去，我这纵身一跳，就会永远离开主人，成为第一个被通缉的智能机器人了。倒计时提醒我，5、4、3……我按下高压潜水模式，跳下那一刻刚刚好倒数结束。

我的脑海全是杰克的影子。我要活下去！我要找到金博士，或许还有再见杰克和科依的一天。

此刻，我脑海中一直在回响：人类和机器人相爱有罪吗……

乌 庄

白小易

去乌庄，钱雨知道一定会有艳遇。乌庄戏剧节，会聚集许多追求浪漫的人。他在整理行囊时，先放进去一盒他最先想到的东西，觉得可能不够，又放了一盒。不过盖不上盖子，取出来一盒。仍然盖不上，就都拿出来了——乌庄会缺这个吗，干吗要带？还显得挺那个的……出发去机场，也比以前出门提前了许多。浪漫是必须从容些的。"从容"果然好，很快回馈了他——取登机牌时才发现忘了带身份证，回家拿来，还没误机！哈哈……他在云端里都忍不住笑……邻座的哥们儿似乎有些太敏感，只为他这一笑，就对他心生忌惮。钱雨根本不在乎，心想你这人就不该坐在这儿——这位置应该是一位妙龄女郎——那才是戏剧性的开端……

落地杭州，从容找到大巴售票窗口，买了一张最近的车票，然后把杭州机场候机楼研究了个透。两个多小时之后，坐上了开往乌庄的大巴。这次的邻座，是位女士，可惜不算妙龄，也不够浪漫的标准。所以，一路上钱雨没说一句话。当然，人家也没说。到了乌庄，在网上预订的旅店如约有车在等他——是等"他们"——她居然也是订的这家店，难怪司机把他们当成一家子。两个人异口同声抢着否认，好像谁迟了就吃大亏。司机朗声大笑："不是一家，更好啊！哈哈哈……”

到了旅店，才知道这可能是乌庄最大众化的一家店，都订它也不奇怪。酒店就在景区的东门旁边。前台的小姐显然又把他们当作情侣，先是只给他们一间房，被抗议之后查了半天电脑，终于又把相邻的一间给了他们。他们又上了同一间电梯，真的像情侣那样一起拖着行李一路同行。直到打开房门，进了各自的房间——这回以为终于甩开对方了，可很快听到了隔壁冲马桶的水声！这墙啊，难道是纸糊的吗？淋浴洗澡，同样听得见那边的"一举一动"，这倒不由得让钱雨心动了不止一下——差不多等于在一个空间里洗……可惜人不太理想，还是省省心吧。

天已经黑了。他下楼吃饭，为了避免再碰上隔壁的女人，他接连放过几家餐厅，进了一间不起眼的小餐馆。看看菜单，都不是一个人消化得了的，只点了一碗牛肉面。面还没上，那女人又进来了！不过看见他，就像见了鬼，转身便逃。钱雨哭笑不得。

在西栅门口买门票时，他下意识回头张望了一下——还好，这次没有她！呵呵，不过嘛，走到挂满彩色布条的染坊碰见了她；转到晴耕雨读廊桥，又撞见了她；都跑到河对岸的乌将军庙了，居然还能遇见她！他叹口气之后认了命，索性直接提议：咱们一起走吧？她也一副认栽了的表情。其实这种态度的转化，是水乡柔情的功效。飘着桂花的幽香，和这让人酥骨的小桥流水，不知不觉也把异乡人的脾气弄好了。桨声灯影里，他们共同熟练掌握的汉语真正派上用场。东北味和西北腔非但不影响传情达意，而且还蛮有喜乐效果。

知道了她从西安来，他便更专注地看她的脸。

"你是想看出兵马俑的影子来，对不对？"

"何止啊，我看到了中华文明的曙光。"

"你是骑马来的呀？"

"历史是跟厨子学的吧？我们不光游猎，也种地，卖了高粱也坐飞机……"

两人就这么结成了旅伴。随后的几天，每天一起进园子，玩到晚上再看一场剧。成天出双入对，回旅馆却依旧各回各的房间。

　　临别的那天深夜，从露天剧场出来，他们坐在河边。左边是一棵暗香弥散的桂花树，右边是一棵硕果累累的柚子树，眼前是水波和灯火……钱雨真觉得自己有些情不自禁，要一诉衷肠……他的头一偏，却发现她已是满脸泪水。他以为该抱她，却不想对方拼命摇头。

　　"这是怎么了？"

　　"我不是你要找的人。你也不是……"她望着对岸的小楼。

　　他在心里琢磨了一下才说："我们要找的，也许原本就是不存在的人。"

塑造一个贪官形象

徐均生

很想参加廉政小小说的征文大赛，但一直碰不到一个让我想写的人物。那天坐在电脑前发呆了好长时间，忽然有灵感降临，脑海里出现一句话：塑造一个贪官形象。

贪官的姓名也随即跟着跳出来：林子申。

"这个名字好！"

我的耳边传来一个男人的声音："我喜欢这个名字。"

"你喜欢就好……你，你，你是谁？"我非常惊讶。

"我就是你要塑造的贪官林子申。"

"你，你怎么会跟我说话？"

"我当然要跟你说话，你想过没有，你要塑造我这么一个贪官去参加征文，征文的目的就是想获奖，获奖就有名有利，你说是不是？"

"这个，这个，不能这么说的。"我说。

"我知道你不想说真话，没关系，反正，你想塑造我这个贪官形象，你要按照我的想法来。"

"什么？你说什么？"

"我是说请你按我的想法来塑造，否则，你怎么可能把我的真实面目揭露出来，更不用说获奖了。"

我想想也有道理，参加征文当然有想获奖的念头，但获奖只是一个想法，主要还是想写出一篇与众不同的征文，那才是我的真正目的。

"好吧，那你说，让我怎么来塑造你。"我想听他说说也好。

"首先我很爱我的妻子，尽管有很多年轻貌美的女人对我有意，但我非常洁身自好，非常注重自己的形象，不受任何的损害。"

"这个可以塑造。"

"再是我是个孝子，非常孝顺我的父母亲，特别是对我的母亲，过年过节，母亲的生日，一定要陪在她老人家的身边，亲自给她做一顿饭菜，哪怕那天有上级领导来检查，我也要请假陪母亲。"

"这点……还有吗？"

"当然有啊，我工作能力很强，非常有实干精神，凡是我治理过的地方，都能让旧貌换新颜，能让老百姓的日子更好，对，有实打实的政绩，绝对不是吹出来的。"

"还有需要塑造的地方吗？"

"有，我为人很低调，做出成绩不张扬，荣誉让给我的同事。我生活很节约，一套西装能穿好几年。住的房子很小，家具很普通……"

如按这样的情节塑造，这样的人物形象肯定不是贪官！

我想有必要好好地跟林子申谈谈心。

我问他："你自己认为有哪些弱点？比如容易被人攻破的那种，因为我们每个人都是有弱点的。"

林子申很认真地考虑后回答："没有，真的没有，我没有任何可以让人攻破的弱点，到目前为止，我还没发现。"

看来要塑造一个有血有肉的贪官形象也很难，那……要么把林子申塑造成一个勤政廉洁的好官吧，按照前面的情节构思，他完全具备了一个好官的形象特征。

"这样吧，我把你塑造成一个好官。"我不得不改变初衷。

林子申却坚决反对："徐作家，我们刚才是说好了的，你要把我塑造成一个大大的贪官形象。我相信你笔下的贪官，肯定能深入人心，经受得起历史的检验。"

既然他这么执着，我便按初衷把林子申塑造成了一个大大的贪官形象。同样，他又是一个有情有义的大孝子，而且他的妻子依然爱着他，他的儿子依然认为他是最好的爸爸。

其实，他之所以成为贪官，是因为小偷进他家时被保安盯上，结果在他家里发现了好多钱财，需要用车来运。这是他成为贪官的唯一证据。

为这，我特意问过他："你这么多钱财是从哪里来的？"

林子申很认真地回答："只要有心，当然能知道钱财可以从哪里来。"

"你要那么多钱干吗？"他一分钱都没花，每一笔接受来的钱财，都非常详细地记录在账。

"有一种看得见摸得着的成就感。"

"难道仅仅是因为这个吗？"

他没有回答，眼睛却不敢看我。

就这样，我眼睁睁地看着林子申被带走了。尽管他这个人物是我塑造的，但大部分情节还是他自己提供的，毕竟路是他自己走的，我有意想修正一下他的人生轨迹，也是心有余力不足。

很多年以后，当我忽然想起林子申这个人物时，发现身边有很多人在想念着他，在赞美着他，说他有情有义，是一个大孝子。而那些同时代的好官们，再也没人提起。

我抬头往窗外望去，仿佛看到林子申从黑暗中走出来，面带微笑，精神抖擞，要走向那阳光灿烂的地方。

神　器

朱树元

1

申子镇获悉老申最近常和一帮游泳爱好者到溱湖里拉练，就给老申添置了一只救生手环。这种手环由腕带、气囊、气瓶和拉杆组成，使用时佩戴在手腕上，游泳者一旦遇到溺水险情，只要掰开拉杆，气瓶就会往气囊里充气，膨胀起来的气囊就会拽着溺水者浮上水面。

申子镇把手环套在老申腕子上，一边教授使用方法一边郑重交代着："老爷子，这东西号称救生神器，以后您出去游泳一定要戴着它，这样才能确保万无一失，知道吗？"

老申觉得儿子此举有些多余，很快就撸下了手环："我不是只会狗爬式的初学者，游了几十年也没溺过水，你让我戴这么个玩意儿，是不是存心让我被人家笑话？"

申子镇耐心劝导道："您现在常去的十里溱湖可不比您从前扑腾的游泳池和小河沟，那儿烟波浩渺水深浪急，环境险恶变化莫测，您要是不佩戴这救生神器，我这当儿子的心里就不踏实。"

老申想想儿子说得也挺在理，就将手环放进了游泳装备收纳袋。

2

申子镇获得提拔当上领导干部之后参加的应酬明显多了起来，陪老申拉家常的机会减少了很多。

一天早上，老申逮着儿子说："你是党员干部，一定要遵守党纪党规，一定要严格要求自己，不能整天不归家在外头瞎混，知道吗？"

申子镇有些不耐烦："老爷子，我也算是个老机关，什么事情能做什么事情不能做我自有分寸，您不用为我操心。"

"你现在接触的人、出入的场合都比以前复杂得多，我就怕你有闪失。"老申将一只GPS定位手环套在儿子腕子上，"这东西号称防丢神器，从今儿开始你得戴着，万一哪一天你昏了头迷了路找不着北，我也好把你找回来。"

申子镇撸下手环翻看着，有些哭笑不得："这玩意儿是给孩子和老人用的，套在我手腕上怕是不太合适吧？我还得人前人后地抛头露面呢。"

老申耍起牛脾气："如果你不戴这个防丢神器，我以后游泳也就不戴你那个救生神器。"

申子镇可不敢惹老爷子生气，就采取折中的办法，将手环放在衣兜里，并承诺只要外出就随身携带，这才让老申平复了下来。

3

到溱湖里游泳的人大多会在腰间系一只跟屁球，然后在浅水区比画比画，只有少数艺高人胆大的才敢去深水区施展手脚。老申属于后者，而且不待见那种花哨滑稽的跟屁球，这会儿就顺势将救生手环佩戴在手腕上。

溱湖上空艳阳高照，水面也是风平浪静。老申跳入湖中，游得异常轻快，毫不费劲就将几个同伴远远甩在身后。游到一片树荫下的时候，老申放慢了速度，打算小憩片刻。

然而，进入这片阴凉水域的纵深部位后，老申先是感到水温下降明显，接着腿子陡然抽起筋来。老申慌了神，胡乱挣扎中被呛进几口凉水，身子也不由自主地慢慢往下沉去。

生死攸关之时，老申想起手腕上的救生神器，赶紧掰开拉杆，须臾之间，整个人就被迅速鼓起的气囊呼啦一下带上了水面。

老爷子化险为夷，让申子镇心有余悸而又倍感欣慰。申子镇及时将手环气囊复原并更换上新气瓶，同时又千叮咛万嘱咐了一些安全注意事项。

4

申子镇酒足饭饱之后经不住忽悠，迷迷糊糊就跟着一帮人进了一家高档私人会所，先在KTV包房号了几嗓子，然后准备随美女技师去做SPA。

冷不丁的，老申的电话打了进来："儿子，你不知道你待的那个地儿臭名昭著啊？你赶紧给我回来，要是有人硬留你，你就编理由找借口。"

申子镇拍拍额头，努力让自己清醒起来，然后对做东的老板说："我刚接到消息，说我家老爷子在溱湖里游泳被呛得送了半条老命，我得去看看。"

那帮人见申子镇言之凿凿，只好放手让他离开了会所。

到家后，申子镇翻看手机，立即感觉背脊发凉——申子镇脱身不久，纪检机关联合其他几个职能部门对会所进行突击检查，数名在此放纵享乐的公职人员被当场逮住。此事已被人晒进朋友圈，传得沸沸扬扬。

"多亏了神器啊。"申子镇既感到后怕又觉得庆幸，从衣兜里掏出手环对老申说，"不瞒您说，我有时还嫌它碍事儿，恨不得把它弄坏让它失灵呢。"

"神器虽好，关键在人。"老申感叹道，"咱爷儿俩如果不肯用或者不会用神器，怕是已经玩完了。"

申子镇低头沉思，反复摩挲着手环，然后将它戴上了腕子。

魏紫姚黄

梁　爽

　　魏紫和姚黄是清水镇上最美的两个姑娘。

　　魏紫纤细高挑，喜欢穿白衫或白裙，生得出水芙蓉一般清丽可人。姚黄圆润丰满，总是顶着一头金灿灿的乱发，有时还会挑染出几绺白色——身上的打扮如同她的日子，活色生香，热烈蓬勃。

　　魏紫在学习上一路凯歌高奏，如今已是名牌大学的大四生，刚被学校推荐保送研究生。姚黄初中毕业后没再读书，在小镇上的饭店、网吧、迪厅跳换着工作。

　　这样两个差别很大的女孩，却是最好的朋友。

　　国庆节那天，魏紫踩着青石板路上细碎的阳光，满大街地找姚黄。这次放假回家，魏紫没有提前告诉姚黄，想给她个惊喜。小镇的街头比魏紫想象中还要忙碌，临街的房子被刷成了五颜六色，大段的院墙也被喷上各种抽象画，长满银杏树的金色小镇变成了艳丽的油画。

　　魏紫在摄影店门口看见姚黄时吓了一跳。姚黄涂着乌黑的眼圈乌黑的嘴唇，头发像是被炸弹突然引爆，女巫一般。姚黄看见魏紫，一声尖叫，抱了上去。魏紫说，你这是中了蛊吗？姚黄咯咯地笑，还省城人呢，这叫前卫，镇上新来的造型师为我设计的。我们的小镇也有造型师？姚黄嗔怪地眨眨眼，别这么大惊小怪，我们的小镇被艺术家们相中了，造型师的好友就是位诗人，你见了保准会心动，不对不对，你不能心动，你有当学生会主席的白马王子……

整个下午，魏紫和姚黄都在镇东的银杏林度过。她们捡银杏叶，她们坐在树下说话，她们搂在一起用手机拍照。姚黄没有像从前一样讲那些给她买漂亮衣服、带她蹦迪、为她打架的男生，说不到两句话就会绕到造型师身上。魏紫说，姚黄，你爱上他了！姚黄的大眼睛里闪过一丝忧伤，他们搞艺术的人，真的和普通人不一样。魏紫说，如果不能爱，就别让这份感情开始。姚黄笑了，傻丫头，你以为感情是你学的数理化啊，开不开始由不得你的。

这就是魏紫喜欢姚黄的地方，尽管姚黄书读得不多，但对生活却常常有着更深刻的理解。姚黄说，魏紫你看，我在这个薄情的世界里就是这么深情地活着。

黄昏的时候，造型师也来到银杏林，和诗人一起。湛蓝色牛仔裤，白色亚麻长衫，及肩长发，瘦削的脸庞，诗人比魏紫想象中的还要诗意。初见魏紫，诗人伸出手，你好，仙子！魏紫的脸红了。诗人说，这么美的女孩，一定是银杏仙子，口气轻松自然。姚黄黏着造型师给她讲化妆，诗人带着魏紫走向了树林深处。

这个假期对于魏紫和姚黄来说，不同于以往所有的假期。魏紫言必称诗歌，说的时候会双颊飘出红晕，会眸子放出亮光。姚黄的脸变成了调色板，每天色彩纷呈。

假期的最后一天晚上，姚黄在巷口买了盐水鸭、煮干丝、茴香豆和一罐黄酒，又把饭桌搬进了自己的小卧室。魏紫说，我就爱闻你这屋里的花露水味儿，跟小时候一样。姚黄说，我们要是真能回到小时候就好了。两人轻轻地碰了下酒盅，各自呷口酒。魏紫把茴香豆一颗一颗地往嘴里丢，姚黄翘起手指撕扯着鸭翅膀。两人各怀心事，谁也不说话。还是姚黄先打破了沉默，紫，我知道你心里在想什么，你有优秀的男友，大好的前程，千万不能胡闹。魏紫不开腔，把一盅黄酒倒进了肚。

晚上，魏紫和姚黄并排躺在雕花木床上，帷幔上贴着时下正红的韩国明星的海报。魏紫说，你还记得吗，小时候这个位置贴的画是条黄色的小鱼，我们总用脚去蹬，后来小鱼成了灰色。姚黄的眼窝红了，说紫你这几天变得细腻了。

半夜里，姚黄醒来时，身边果然是空的。打开窗，隐约看见石板路上两个走远的白色身影。姚黄想喊，终是没有喊出来，只是轻轻地叹息一声。关拢窗，"吱呀"一声，把这叹息也关进了屋里。

地 震

蒋先平

晚上十点多钟，靠山屯王老汉斜躺在炕头津津有味地看着电视剧，身旁的老伴低头聚精会神地织着毛衣。

突然砰的一声，电视柜上的一只苹果摇晃了两下，滚落到了地上。不好！地震了。说着王老汉起身一下子蹿到了屋地。快、快下地，往外跑！王老汉冲着老伴大声喊了起来。

王老汉老两口跌跌撞撞跑出了家门，来到了空旷的院子里。快看一下儿子媳妇他俩咋样了。老伴喘着粗气指了指屯东头。这小两口觉大，是不是早就睡了，怕这会儿还傻呵呵地做美梦呢。王老汉嘴上嘟囔着，脚下已甩开了大步。

黑灯瞎火，王老汉领着老伴深一脚浅一脚向屯东头儿子家急匆匆地奔了过去。

谢天谢地，你们俩还真没有睡着，知道地震跑出来了啊。看到在屋外站着的小两口，王老汉和老伴长长地舒了一口气。

没有啥大事，就是刚才发朋友圈时感觉手机晃悠了几下，不是大地震，还把你们给惊动来了。儿子轻描淡写地说了一句。对了，爸，爷爷奶奶年纪大了，腿脚不好，也跑出来了吧？儿子想起了爷爷奶奶。

这、这，王老汉吞吞吐吐，他瞅瞅老伴，又瞧瞧儿子，习惯性地又用手挠起了脑袋。啊，你们没有去爷爷家啊？儿子着急了。

王老汉醒过了腔，忙说快快，去西头你爷爷家。

王老汉又领着老伴儿子儿媳妇，摸黑气喘吁吁地赶到了西头父亲家，看到屋里亮着灯，大门敞开着，院子里却没有父母的身影。

儿子不听劝说，挣脱媳妇的手，冲进了屋里，里里外外找了个遍，也没有看到爷爷奶奶，只好跑了出来。

四个人在院子里等了半个多小时，也没有等到老人。他们去哪了呢？是不是去村部的广场了，一定是去广场了，那里地方宽敞，还有路灯。王老汉跟老伴商量完，一家人向广场走去。路过王老汉家时，眼尖的儿子兴奋地喊道，爸妈，你们看，那是爷爷和奶奶。听到有人说话，门口树墩上坐着的两个黑影站了起来。

妈，半夜三更的你和俺爸过来干啥啊？王老汉搀着母亲又坐了下来。

那会儿电灯泡晃了几下，我知道是地震了。我和你爸出了家门，连滚带爬摸到你家，怕你们睡了，不知道往外跑啊。老太太上气不接下气地说着。

唉，我都年过半百的人了，能不知道躲一躲吗，还能让你们操心吗？王老汉小声地说。

你再大，也是我的儿啊。老太太紧紧地攥着王老汉的手说，没事就好，平安就好啊。

黑夜中，两行热泪从王老汉脸上滑落。

高饼子

周　伟

　　高饼子姓高，高高大大，敦敦实实，脸上红绿花色，倒下去像一截枕木一样，掷地有声。他总喜欢说"饼子"，大家就喊他高饼子。大伙儿都说："高饼子就是高，一人吃饱全家不饿，快快活活的，把什么都看透了。"他天天坐在老街的巷弄里，在冬日的太阳底下和夏日的阴凉中，总见他全神贯注地打牌。

　　十年前，高饼子35岁，应该是他人生中最红火的时候。高饼子说，他那时一天能做3500个煤球饼，咣当，一个，咣当，又一个……在咣当咣当声中，一条长长的老街都被他放满了"饼子"。这时，他直起身来，一抬头，头顶上空悬着一个黄黄的"饼子"。他看看一地的"饼子"，再看看天上的那个"饼子"，嘀咕着："这日子，不就是几个黄饼子吗？！"

　　说实在的，那时的高饼子只要没完没了地印"饼子"，他的生活就不得了。算算看，1个煤球饼1分钱，10个煤球饼1角钱，100个1块钱，1000个10块钱，3500个就是35块钱呢！这在当时的老街上已是一个大数目了！而且，又不要本钱，一身的力气难道还留着去跺板（棺材）？高饼子逢人就说："黄土到处可以去挖，不要花费什么，花不完的是力气！"

　　也怪，来钱这样轻松，高饼子却不天天去做。做一天煤球饼，他起码要歇上三五天。高饼子说，一人吃饱全家不饿。他不饿的时候，歇是歇不住的，就约人打牌。老街上如果说还有点儿生气，那就是天天还看见几个人在玩牌叶子（字牌瘦长条像叶子）。有四个人一桌的，也有三个人一桌的，围一圈儿，背后还有两三个看牌的；甚至还有两个人一桌的，也无一个人在看，但不打紧，战火正酣，那叫"挖对"。

老街上那些打牌的人，别看都是些小市民，却总要要点儿小钱。要时，先有个讲究。家家都有正宗的牌叶子，是那种祁阳牌的，磨得油光水滑，透亮透亮的。更有味儿的是，家家都有一套牌码子，36个扣子般大小的钢片片，锃亮锃亮的。若三个人玩，每人面前码12个；四个人，码9个；两个人挖对，就码18个。先说清楚了，一个钢扣子饼就是两毛钱。每个人捏紧手中的牌叶子，每个人看着面前码的钢扣子饼。这样的日子，太阳落下去，月亮升上来，你的钢扣子饼矮落下去他的就码高了……日子就是这般轮回，绵绵悠长。

老街是镇上最老的街巷子了，就连住在老街上的人也大多是老的了。隔不久，就有人老（死）去了。老了人是大事，但是打牌的人仍旧打他的牌，只定定地看面前码着的钢扣子饼。就是做丧事时，都要抽出空来打牌。我很是怀疑他们那句口头禅："没事打打牌。"没事？难道老人的事还不算大事？不明明写着"当大事"吗？！

很多年前，高饼子给我家也做过煤球饼。那天我家煤球饼烧完了，我急急地去找高饼子。他在街尾打牌，说："莫急莫急，先借几个烧烧，我在打牌呢！"我就再一次说："我家没煤球饼烧了！"高饼子显然是不高兴了，说："没看见我在打牌吗？"就再不搭理我。我说："急死人了，你还打牌？我给你涨价总行了吧！"

高饼子竟淡淡地回："又不是老了人！就是老了人，也用不得大呼小叫。每个人都要老的，老就老吧！"高饼子手里捏着两个钢扣饼，回过头来说，"譬如，这钢扣饼，该去就去。"我看见他轻松地输了两个钢扣饼，又精神百倍地投入"战争"中去。我返转身，恶狠狠地说："好好好，高饼子，有你快活的时候！"

高饼子不回我，熟练地让手上的牌叶子飞来飞去，再不看我。

我走远了，立定，往身后吐了一口痰："高饼子，你他妈的，痰在地上也成了饼子！"天上那个红红的大饼子，晒得人直皱眉头。我在心里咒骂着这一街打牌的人不争气："有朝一日，打牌打牌，总有你们打得喊天的一天。"

有一日，高饼子竟倒在了牌桌上，诊断的结果是脑溢血。高饼子的腿脚再也不灵便了，块头急骤地瘦小。这是高饼子万万料不到的，也是我万万不曾料到的。高饼子原来做煤球饼没有存下钱来，现在想做真是不能做了。好在，政府及时地给高饼子吃了"低保"。

然而，一个月之后，出人意料地，我又看到高饼子安静地坐在牌桌上。高饼子歪坐在牌桌前的轮椅里，他面前的牌桌上除了码着一堆钢扣子饼，还显眼地摆着一碗米，白白的米里插了一张张的牌叶子，错落有致，摆成阵势。

我走近了去看，想看出个究竟。打牌的人，没有一个注意我。

我在高饼子的肩上轻轻地拍了一下，算是打个招呼，也为我的诅咒表示歉意。高饼子没有说话（后来我知道高饼子是说不出话来了），也没有笑，只是一味地看着面前的牌阵。

后来，高饼子倒是在米碗里画出两个字，让我辨认了好一会儿，才知道那两个字是：快活。

我陷入了沉思。

眼前总出现那一幕：高饼子能做煤球饼时想做煤球饼时，咣当咣当，一条街巷都摆满煤饼子，他觉得快活；高饼子手脚灵活时，打着牌时，牌叶子飞来飞去，他也感到快活；高饼子手脚不灵便时，碗里的牌阵井然有序，进出有法，还是让他找到了快活……

再看着桌上的牌：一二三四五

六七八九十/壹贰叁肆伍陆柒捌玖拾。

简单吗？简单。复杂吗？复杂。

褶 皱

陈振林

男人和女人刚结婚，都是快三十的人了，两人分别都谈过好几次恋爱，这下终于拥有了属于自己的围城。

一走进家门，男人说："领导安排我到省城出差三天，明天早上就走。"女人不情愿地低下了头，小鸟般依在了男人的怀抱中。男人和女人结婚后住在单位宿舍，一会，宿舍小院的人都知道了男人要出差的消息，就有些老太太们替男人女人打抱不平："人家小夫妻才结婚几天？就派小伙子去？换个人去不行吗？"

男人又说："是单位财务上的一点急事，非得我去才摆得平的。"男人是财务上的一把好手，不由得对着女人炫耀地说了一句。

男人第二天清晨是坐着公共汽车走的，女人替男人买好了车票，送男人上了车。男人一上车，女人就回到了家，女人还得上班啊。男人一上车，脑子里满是女人的影子。在男人心里，他觉得能找到这个女人做妻子是幸福的，这就是自己的一生伴侣。女人是那种有气质的女人，是让人见了就还想看就记在心里的女人。女人的笑声就是一串幸福，天天在勾着男人的魂。男人一想，自己不由得笑了。一笑，不由得撞上了一旁坐着的太婆，太婆小声地说道："年轻人，是不是想媳妇想得笑开心了哟……"男人就笑出了声，忙着对一旁的太婆说着"对不起"。

男人确实是个财务上的高手，一般的财务人员得三四天做的事，男人不到两天就做完了。但晚上没有回小城的车。男人想想，就在省城还熬上一晚上吧，再想老婆也等到明天再说。男人晚上就逛了下商城，给女人买了件最流行的裙子。

"这裙子啊，虽说价格高点，但颜色正，款式好，还重要的一点，就是不起褶皱。你看，我捏一下，搓一下，一点褶皱没有。"男人买下了裙子后，导购小姐还是来了一番广告。男人心里就更高兴了，结婚第一次出门，肯定要回家给女人一个惊喜。

男人回到家的时候，已是第三天的傍晚。宿舍小院三三两两的人聚在一起，坐在院子里乘凉。见了男人回来，就都不说话了。男人感觉这些邻居看他时有些异样。男人想问，但是还是止住了嘴。进了家门，女人迎了上来，替男人接过东西。男人是有些累了，他洗了澡就上床睡觉。他感觉女人的神情有些不同。

男人又上班的时候，最先收到了一个铁哥们的短消息：你小子真是让女人给迷住了，出差只三天，第二天晚上也要回来亲热亲热。男人一惊，他想起昨天刚进小院时邻居们的眼神。他一切都明白了。到省城出差三天，要说他的心是飞回来了的，三天里，人肯定是没回来的。中午下班，院子里的那棵树下，住在男人楼下的女人王姐在说："我敢和你们打赌，我住在她楼下，那晚回来的肯定不是平子。"就有人反驳："不可能，我觉得还是人家平子回来了。""平子"是男人的小名，院子里的人都这样叫他。

男人挺了挺胸，走了过去，大声说："王姐啊，这下你就赌输了，我回到自己的家中也要向你汇报啊？"说话的几个人就散开了。男人一脸轻松。

女人在家里默默地做着清洁，动作依然有些不同。男人就拿出了从省城给女人带回的裙子。一看，在裙子的裙摆处，也许是被挤压的原因，出现了一道明显的褶皱。

男人叫过女人："老婆，专门给你带的礼物哟，请验收啊。"女人一接过裙子，就感觉到了这条裙子的华美。女人的手移到裙摆出现褶皱的地方，手不动了。男人就笑："导购小姐说我送你的这条裙子不会有褶皱的啊，怎么还是有了褶皱。也没什么的，用熨斗略略烫一下，就恢复原样了。"说着，男人就拿过了熨斗，认真地替女人熨起了裙子。

"你看，你看，熨得多好啊。穿在你身上，一定是光彩照人。"男人将熨好的裙子递给女人。

女人笑了，很甜蜜。

女人将裙子挂在了衣柜。那件光彩照人的裙子，女人一次也没有穿过。

日子一天天地从男人和女人的生活中溜走。一到夏天，男人就会说："老婆，你穿那件裙子一定是光彩照人。"女人总是笑了笑，说："一穿，那裙子就会有褶皱的啊。"

男人就不说话了，将女人搂得更紧。

领导不该被带走

黄般夫

2013年中国微型小说排行榜

领导被市纪委带走了。这个消息如同一颗重磅炸弹,迅速把芜城的大小机关、城区乡村炸得沸沸扬扬。领导怎么会被带走呢?莫不是弄错了吧?肯定是弄错了!

当天晚上,芜城老年大学校长在家里往外拨打了好久的电话。之后,又戴上老花眼镜,一笔一画地写了一封信,直折腾到半夜三更。第二天一大早,芜城六十多名退休老干部纷纷在联名信上签了大名,浩浩荡荡地来到芜城纪委。老干部们的意思是,请芜城纪委将这封夸赞领导的联名信送交市纪委,还领导一个清白。

芜城纪委书记亲自接待了老干部。校长首先说,领导当副县长这几年,一直分管我们老年大学。领导每年再怎么忙,每次都要亲自参加我们的会议和活动。更让我们这些老同志感动的是,领导每年都要为我们老年大学协调活动经费。这样一个关心、尊重老同志的领导,怎么会被纪委带走呢?

老张说,我与领导是同村人,虽然领导还是小孩时我就出来参加工作,但对领导的情况还是很了解的。领导的祖宗八代都是面朝黄土背朝天的农民,领导靠着会读书考上了大学,跳出了"农门";后来,领导分配在盱镇当镇干部。这样一个一步一个脚印靠自己奋斗出来的领导，怎么会被纪委带走呢？

老李说，我与领导在盯镇同事十多年，对领导相当了解，是看着领导在政治上成长的。领导还没当领导时，就天天深入村组，深入田间地头，同农民群众连成一片。领导没有人们常说的后台，家庭经济也不殷实，但领导凭着丰富的农业科技知识，扎扎实实的工作作风，亲政为民的工作态度，吃苦耐劳的工作干劲，硬是帮助一个又一个贫困村摘掉了贫困的帽子。那年乡镇换届，副镇长候选人没有领导的名字，但参加选举的人大代表百分之八十多的人联名推荐了领导。就这样，领导当上了副镇长，成了领导。领导能吃苦耐劳，能关心老百姓，后来就一路高升，从副书记、镇长、书记，当到了现在的副县长。这样一个接地气的领导，怎么会被纪委带走呢？

老王说，领导当上副县长后，分管了很多工作。其中，也分管我们林业局的工作。领导没分管我们局之前，全县林业管理非常混乱，乱砍滥伐现象屡禁不止。领导分管后，带领局领导一班人，经常深入乡镇、林区实地调研，找准症结。半年后，乱砍滥伐现象得到了根本性的杜绝。可以这么说，芜城现在到处青山葱茏，领导功不可没。不仅是我们林业部门，我还听说领导分管的其他部门，工作年年都受到了上级的表彰。这样一个工作能力强、有魄力的领导，怎么会被纪委带走呢？

老赵说，我退休前也在政府部门工作，虽然不是领导的直接部下，但我看得出，领导是一个好领导。领导每天很早上班，看见我们这些一般干部时，脸上总是挂着微笑，没有半点的官架子。这样谦和的领导，怎么会被纪委带走了呢？

在老干部们的印象里，领导是一个德、能、勤、绩样样好的领导，是一个深受干部群众爱戴的领导。老干部们的意思很明显，就是领导不该被带走。

老干部说完后，纪委书记神色凝重地说："没有过硬的证据，上级纪委是不会草率地带走一个领导干部的，更不会无缘无故地冤枉一个好同志。你们今天说的这些话，也恰恰说明了我们当前反腐败工作的复杂性与艰巨性……"

老干部们听了，叹息不已。

木　的

吴　苹

　　老田是在单城推木的车的人。

　　木的是单城特有的一种交通工具，是和面的相呼应的。木的三轮车是用来拉客的，有点像东北的倒骑驴，只是单城的"木的"车厢全是木头的。前些年，县城还没有通公交车时，大街上的木的随处可见。两公里一块钱，客人在前面坐着，司机在后面撅着屁股脚踩手推。推着推着，有人就推出了不一样的人生。

　　就像单城的老孟，踩着木的车走了一千七百多公里，将被拐卖的残疾湘女送回了家。其后，老孟就上了中央电视台和倪萍面对面聊天了，再其后，老孟就成了朝九晚五的上班族了。以至于那一阵子，木的车主们像寻觅失散多年的亲人一样睃巡着街上的乞丐，偶尔发现一个，一帮人争先恐后地跑过去。独独一个人站在木的车边没有动，那个人看着那帮跑着的人，慢吞吞地说，跑得再快能跑得过命吗？好运气岂能是抢来的？

　　这个人就是老田。

　　后来，大街上的公交车和出租车多起来，木的车的生意也一天不如一天。木的车主们纷纷改行，但老田没改。

那是一个大雪天，天黑了下来，在路灯橘黄色的光柱里，雪花飞蛾一样乱舞，很有舞台效果。街上的车辆和行人越发少了，老田仍推着他的木的站在汽车站门口，眼巴巴地瞅着落满雪的马路伸向遥远的那一头。

一辆大巴车进了站，吐下一批乘客，老田赶紧凑上去，乘客望望老田的旧木的，大多摆了摆手。最后一个戴眼镜的中年男人坐了上来。

老田推着那个中年男人上了路。在路上，老田得知那人是一中的老师，也姓田，还和老田一个辈分。老田说，兄弟啊，你看你是文化人，有本事，命好！我就不行了，爹妈没得早，没上过学，也就是个推木的车的命。老田叹了一口气，人呢，再犟也犟不过命呢。田老师就笑。

到了一中家属院，老田说啥也不要田老师的钱，田老师说啥也要给，两人推来推去一阵子，田老师看推不过，只得拿了一兜水果送给了老田。

老田将水果带回了家，也不舍得吃，在桌子上摆了一堆。逢有串门的人，老田媳妇就指着桌上的水果说，看，城里我兄弟给的，人家可是有本事的人呢。

某一个清晨田老师推开门，却发现一个人正站在他家门口的雪地里。那个人穿着旧毛衣，又是搓手又是跺脚，嘴里哈出的热气已在帽檐上结了冰。哎呀！这不是推木的车的老田吗？田老师说，哥呀，你咋来那么早？老田往手上哈着气说，嘿嘿，怕你去上课，早来了一会。田老师说，大冷天你咋连棉袄也不穿？老田走到木的车前，掀起棉袄说，给你带了些红薯萝卜，都是自家地里长的，不值钱，怕它们冻坏了就盖上了。

田老师拉着老田走进屋，给老田倒了一杯红糖水说，哥，你这有什么事啊？老田先嘿嘿笑了两声，搓着双手说，兄弟，哥添了个孙子，是个大胖小子呢。田老师说，好啊哥，恭喜你啊！田老师从兜里掏出两百块钱，往老田手里塞，给孩子的喜钱。

老田连连摆着手说，兄弟，你误会了，误会了，哥不是这个意思。田老师还是往老田手里塞，拿着，给孩子的。

老田看推不过田老师，急得脸都红了，脖子上的筋鼓凸着，嘴也磕巴了，兄弟，真、真不是这个意思！

田老师停下来。

老田说，我只是想麻烦你一件事。

啥事？哥。

这不，家里添了这个孩子，还没取名字呢，我和你嫂子都不识字，想让你帮着给取个大名。老田停了停，擦了擦眼睛说，他爹的名字是我给取的，可能名字没取好，这不，才二十多岁就撒手走了，撇下爹娘和一个怀孕的媳妇……出了满月，估计儿媳妇也在这个家待不了几天啦……想着兄弟是个文化人，搁以前就是贵人呢，想沾沾兄弟的福气，给孩子取个好点的名字。

后来，老田再上街时，木的车上常常坐着他的小孙子。逢有人逗孩子，老田就说，这孩子叫希望，城里我兄弟给取的名字，人家是文化人，名字取得可真好听呢。逗孩子的人就说是呢是呢，这孩子名字好，长大准有福气。

每当这时，老田就咧着嘴嘿嘿直笑。

心　结

宁春强

　　父亲跟邻居郑广有的较量，由来已久。

　　在老家石门这个偏僻的小山村，我们仅隔一堵矮墙的两家，表面上春风和畅，背地里却是暗流涌动。

　　父亲生有两男一女，而郑广有则是两女一男。在重男轻女的农村，父亲的优越感显而易见。可是，恢复高考那年，郑家的大女儿娟子考上了辽宁大学，我大哥考取的却仅是市属师范专科学校。这让父亲一直耿耿于怀，在老郑面前始终抬不起头来。

　　两年后，轮到我高考了。"考北京大学！"父亲望着我，极像家里来客人时，母亲追望母鸡屁股的神情。鸡屁股被母亲盯着盯着，没准儿就能下出一枚蛋来。而父亲的属望无论如何热切，我都不大可能为他考上北大。可我又不想让父亲过分绝望，便答应一定报考北京院校，在首都读大学。

　　那个夏天格外漫长。漫长的夏天刚要过去，我收到了北京航空学院的录取通知书。父亲丢下饭碗，一高蹦了出去。消息迅即传遍了全村。

　　那几天，郑广有像霜打的茄子，一蹶不振。

　　寒假回到老家，刚进门，父亲就问："带烟卷回来了没有？"我愣了一下，说："没有啊，我又不抽烟。"父亲很是失望："娟子回来时，给她爹带了好几盒烟卷。这姓郑的，舞舞咋咋的见人就发烟抽，还吹呼说一盒两块多钱呢！可你和你哥回来都没有带烟卷。"父亲吧嗒着旱烟袋，吩咐道："二秃子明天开拖拉机去县城进货，你也跟着去一趟吧，买几盒烟卷，再买些鞭炮。记住，烟卷一定要比老郑家的好！"

不明白父亲为什么这么急。我刚到家，就被他打发走了。好在去县城，当天就能回来。傍晚，刚要进村，就见父亲不知何时已等候在村头的北石盖了。

我跳下拖拉机，迎向父亲。"烟买了？"父亲问，目光充满着期待。我掏出了香烟。"多少钱的？"一把抓过烟，父亲又问。我说三块多钱一盒。父亲点点头，笑了："好，好！狗日的，比他贵就好。来，二秃子，抽烟！"

不大工夫，全村人都知道在北京上大学的我回来了，且给父亲买的香烟，比老郑女儿买的还要贵！啧啧啧，这在京城读书的，就是比省城的厉害！我看到，一墙之隔的郑广有耷拉着脑袋，蹲在猪圈墙上，像刚刚败下阵来的伤兵。

春节说来就来了。大年三十，晚上九十点钟，家家户户都要燃放鞭炮，石门人称之为"发子"。而发子时燃放鞭炮的多少，则成了一个家庭的脸面问题。甚至，连鞭炮燃放后的纸屑，都被各家各户所看重。纸屑越多，说明日子越红火。

每年发子，父亲都要跟老郑家较劲。常常是一起燃放，比声响，比时间的长短。有时赢，有时输。而近几年，我们家总是输多赢少。原因是娟子处了个对象，每年都往老郑家送不少的鞭炮。有了这一外援，郑家的底气就越来越足了。

今年，父亲改变了战术。发子时，不跟郑家同步，而是等全村都燃放完了，再放鞭炮。"各家各户都没声了，独独咱家轰轰烈烈，惊天动地的，那该是多么突出啊！这下子，肯定把老郑家给盖了！"父亲很是为他的这一奇思妙想而得意。

不料，一场意外彻底打乱了父亲的计划。郑广有在燃放鞭炮时，一不小心把自家西厢房旁的草垛给引燃了。开始，父亲还没太在意。当草垛上的火势陡然升腾起来时，父亲惊吼道："救火——！"便带领着我们，冲进了火场。

两家人齐心协力，火势渐渐地被压了下去。父亲满脸的灰烬，头发也烧焦了。郑婶递来一条湿毛巾，对父亲说："谢谢他叔，擦把脸吧。"

父亲没有接毛巾，只丢出两个字："不用。"父亲跟郑家较量了大半辈子，皆因郑婶。当年，父亲和郑广有一同看上了她。

回到家后，我问父亲："该咱们家放鞭炮了吧？"父亲吧嗒着烟袋锅，沉吟了一会儿，说："算了吧。老郑家刚着过火，咱这个时辰放鞭炮，不大合适吧？待会儿，你出去放个二踢脚就得了，其他的，留元宵节再放吧。"

翌日晨，父亲一推开街门就愣住了。昨晚我们家虽没燃放鞭炮，街门口却是满地红红的纸屑。那边，老郑手持扫帚，正冲着父亲哑哑地笑。

抉 择

刘 磊

2013年中国微型小说排行榜

烟一支接着一支，饭却是一筷未动。

知夫莫若妻，见雷峻这样，洪茹就知道他遇到难事了。

她深知丈夫的脾气，不便过问，只是内心难免纳闷儿。

作为新淮县纪委书记，雷峻是个响当当的人物。为政多年，脚稳身正，名声颇佳。工作上他坚持原则，雷厉风行，堪称黑脸包公。在家是个模范丈夫，对洪茹呵护有加，体贴入微。只是有一条，那就是从他走上纪检岗位就定下的规矩：工作上的事，绝不容许家里人打听一句。

洪茹是育才中学英语教师，半年前校长为侄儿违纪一事找到她，请她回去给雷书记说说，好求个通融。洪茹实在拗不开校长的面子，不得已只好应承下来。

那天，她瞅着丈夫的情绪很好，便吞吞吐吐地将事情说了出来。没料到前一分钟还满脸阳光的雷峻转瞬间变成了震怒的雷公，斥责如雨点一般向她砸来。

说实话，洪茹对丈夫还是理解的。自从有了那次教训，她就再不干预丈夫工作上的事了。

夜，越来越深，书房中的雷峻却毫无睡意。他久久盯着墙上那幅放大的黑白照片，眼神变得有些复杂起来。

照片上是形如父子的两个男人。年轻的一个正是二十年前的雷峻，而那年长者面目慈善，发间已微露斑白。照片的背景，是雷峻就读的大学操场。

父母早逝的雷峻全赖邻居杭伯的拉扯才没有辍学。杭伯当时做点小生意，虽比一般人家宽裕些，可两个儿子都在读书，生活担子并不轻。三个孩子的学杂费，是一笔不小的开支，杭伯宁愿一家人节衣缩食，也从没想过放弃对雷峻的培养。

不仅如此，杭伯还是雷峻的救命恩人。那年冬天，流行性感冒肆虐甚广，雷峻也未能幸免。一天夜里，雷峻突然浑身发抖，脑门像火炭一般烫。惊醒后的杭伯眼瞅土郎中的药不顶事，立马从热被窝中爬起来，背起雷峻就朝县医院跑。医生检查后说，亏你送来及时，再迟一些这孩子就没救了。

想到这里，雷峻的眼窝再次湿润了。是啊，杭伯对自己的恩情太重太重了！如果没有他，绝对不会有自己今天的。想到这些，雷峻越发无所适从、坐立不安。

他的烦恼，源自一封举报信。

纪委接到举报，揭发了杭裕田贪污受贿的事实。这让雷峻震惊不已，也让这个在案子面前从不曾皱一下眉头的硬汉子陷入两难。

杭裕田是杭伯次子，也是杭伯唯一的儿子——其长子在八年前的抗洪抢险中已英勇献身。

许是听到风声，杭裕田暗中找到雷峻。他已全然失去昔日官场上的威风，苦苦哀求雷峻看在老爷子的分上放他一马。

一连三天，雷峻都是在极度的精神煎熬中度过的。

第四天，雷峻做出一个艰难的抉择。

也就在当日晚上，苍老的杭伯上门了。雷峻连忙迎上前去，紧紧攥住杭伯的手，杭伯也紧紧地盯着雷峻。

"峻儿，你决定怎么做了吗？"杭伯的声音很轻。

"杭伯，我决定了。"雷峻垂下眼睑，不忍正视老人那饱经沧桑的面庞和似有祈盼的眼神。

"你准备怎么做？"杭伯依然紧盯不放。

"杭伯，对不起！"雷峻的声音若有若无，还带着几丝暗哑。

雷峻真想不出下面该怎样和杭伯说了，他不敢正视老人的目光。

没料到杭伯听了此话，尽管脸上依然布满悲伤，可神色却放松了不少。

杭伯紧紧握住雷峻的手，颤声道："峻儿，你可知道杭伯刚才有多紧张吗？我怕你念及杭伯的情面做出你不该做的事啊！"

雷峻心头一热，眼睛顿时湿润了……

帕尔姆最后的杰作

陈　炜

在西罗王国，眼镜匠帕尔姆是个异类，他一直将自己制作的眼镜称为作品，而不是如其他匠人那样称为货品。异类是要受到嘲讽的，帕尔姆成了很多人口中的笑料。但在极少数人眼里，帕尔姆制作的眼镜更应该称为杰作、神作。他们是这些眼镜的佩戴者，除了帕尔姆，只有他们知道，这些眼镜能让他们看到想要看到的模样，不管是物品还是活人。

在深山里，帕尔姆的日子一直清苦，野果和野菜是主食，只有在远游的时候才能吃上少量肉食，饮一点淡酒。

帕尔姆制作的眼镜售价极高，每副一千金币，可几十年来，他制作的眼镜没有超过十副。对帕尔姆的客户来说，这些眼镜不仅功用超乎想象，而且镜身镶嵌宝石，精美绝伦。曾有客户打算支付帕尔姆十倍的金币，但被婉拒，"在制作眼镜的过程中，我已经得到了足够多的奖赏"。

一天正午，帕尔姆煮了点蘑菇干，一个突然到来的客人打断了他的午餐。已经好多年没人来到他的林中小屋了。

不速之客看起来不到三十岁。帕尔姆因为被人打搅了午餐，撇着嘴有些不高兴。

"帕尔姆先生，"年轻人坐下后说道，"我想请你为我打造一副眼镜。"

帕尔姆的眼睛亮了起来，嘴角开始走平："一副眼镜多少钱，你知道吗？"

"请不要为我担心。"年轻人笑道，"一千金币只是我一周的零花钱。吉尔斯公爵是我父亲，我刚刚继承了爵位。父亲告诉我，你有世界上独一无二的本领，你是眼镜匠，更是巫师。"

帕尔姆暗自惭愧，心想自己需要一副老花镜了。以前，他绝对不会看不出这个青年气度不凡，眉宇间和吉尔斯公爵那么神似。"你的要求是什么？"他问道。

"我要一副这样的眼镜，"小公爵说，"戴上它我就能看出眼前人心中关于我的想法。"

帕尔姆看着小公爵许久，摇摇头："非常抱歉，这超出了我的能力范围。公爵大人应该跟你说过，我的眼镜只能让事物变成人们想要看到的模样。比如我给他制作的眼镜，让他看到所有人在他面前恭谨无比。"

小公爵说："这我当然知道。我想，这么多年隐居深山，你的魔法力难道没有提升？"

帕尔姆还是摇头："再怎么提升，也无法让我的眼镜看穿人的灵魂。"

小公爵说："我即将步入朝廷与王公大臣周旋，也将在上流社会与贵妇调情，我迫切需要看出人们对我的想法。至于他们的灵魂是黑是白，我毫无兴趣。帕尔姆先生，你难道不想挑战自己，做一副一生中从未有过的杰作吗？"

帕尔姆愣怔了许久，方才微微点头。

小公爵把一只钱袋放在桌上："这是一百金币，是我的定金。"

送走小公爵，帕尔姆坐在桌旁直到日落，才把冰凉的午餐吃下肚。晚上，他把所有的魔法药剂取出来，放在一旁备用。

真能做成那样的眼镜吗？这一夜，帕尔姆罕见地失眠了。

第二天一早，帕尔姆来到屋旁的深潭边，纵身跃入，潜入潭底，采掘结晶物用来炼制镜片。上岸后，他在阳光下发抖不止。"我老了，再下一次这个潭，我会没命的。"他想。

帕尔姆一次一次地试验他的药剂，常常通宵达旦。用了五个月，经过了一千多次失败，才取得了一小瓶也许是能用的药剂。用药剂炼制镜片、磨镜片，制作镜框、装配、修饰，眼镜终于完成了，离小公爵来取眼镜的约期还剩半个月。

怀揣眼镜，帕尔姆出了深山，去人群密集的城镇试用他的眼镜。

他选了一个小酒馆，戴上眼镜，坐在店门口的桌旁。人来人往，许多人匆匆而过，看不出他们对他有什么看法。他想，也许自己的魔法不足以把小公爵的想法实现。但是，当一个老人经过时，他立即感受到了信息："这是帕尔姆吧？这个傻瓜怎么还没死？"这不是声音也不是文字，但帕尔姆真真切切感受到了。他被自己的魔法眼镜惊呆了。

帕尔姆在很多地方测试眼镜。他感知了人们对他的蔑视、轻贱、善意，甚至还探知了两个强盗打算对他下手抢劫。

回到林中小屋，帕尔姆还在激动不已。看着眼镜，忘记了饥饿和寒冷。眼镜的神奇，让他难以想象。

三天后，帕尔姆的激动劲儿才渐渐消退，开始坐立不安。这副眼镜出自他的手，但最终将属于小公爵。这个年轻人让他爆发出一生中最神奇的魔法力。

"他为什么会有这样的念头？"帕尔姆感觉冰冷透骨，仿佛刚从潭水中出来。太可怕了，太可怕了，无论是小公爵，还是这副眼镜。在他和它面前，任何人都将像裸着身子一样，包括制作者帕尔姆。

小公爵如约来到帕尔姆的林中小屋。屋内无人，桌上放着一只钱袋子，旁边的纸条上写着：恕我毁约，万分抱歉。

小屋旁深深的潭底，帕尔姆静静地躺着，腿上绑着大石头，手中紧紧握着他一生中最后的杰作。

谢　谢

津子围

2013年中国微型小说排行榜

　　尽管对飞机延误已经有了心理准备，站在登机口前的王志强还是期盼本次航班能准时起飞。

　　两个穿制服的人向王志强走了过来，他一眼就看出他们是干什么的，摆了摆手。那两个人走近坐在椅子上的小庞和汪晓东，向他们推销旅行卡。王志强心想，那件制服很容易混淆人们的判断，如果不是内部人员还真分辨不出他们是不是航空公司或者机场的工作人员，就像很多人分辨不出警察和协警一样。

　　王志强经常坐飞机执行公务，他对机场的情况十分熟悉。十几年前，王志强办理信用卡时绑定了航空公司的会员卡，没想到竟然升级成了金卡——在空中飞来飞去，由于航班里程累计量大，不知不觉中他就成了金卡会员。金卡的好处挺多，最明显的好处，一是可以用里程免费兑换机票，五一小长假，老婆孩子就去了一趟九寨沟，算是对他长期在外奔波的小奖赏，而且，这个奖赏是额外的，不要白不要的意思。还有一个好处，可以享受贵宾待遇，头等舱休息室、走优先通道。今天王志强不能去休息室喝咖啡吃点心，因为小庞他们没有金卡，既然是一起出行，把自己搞得太特殊总显得不太好。

　　飞机到底还是延误了两个小时，王志强他们三人登上飞机时，小庞已经一

262

脸愠色，汪晓东脖子往上都涨红。经过舱门口，面对空姐的职业甜笑、和风细雨的问候，小庞不理不睬，汪晓东则不友善地白了一眼。

他们三人的座位是紧挨着的，39ABC。小庞是A，靠窗；汪晓东是C，临过道；王志强是B，在他们两人中间。王志强对汪晓东说，你坐中间吧，我坐过道。

三个人中，王志强的块头儿最大，坐在过道他还稍微舒展一些。

飞机启动，开始爬升，他们三人安坐下来。王志强瞥了汪晓东一眼，意识到汪晓东坐了自己的位置，一会儿空姐会过来单独跟金卡会员打招呼，如果问到汪晓东，不知道他会有什么反应。自己是否接过话题，说自己是王先生。一般情况下，空姐会拿一张做了记录的小纸条，对经济舱里的金卡会员表示礼遇，其实，经济舱里的金卡会员没有几位，而空姐的礼遇也是形式上的，只来告诉你飞机降落时间。尽管如此，每次受到这样的礼遇，王志强还是感觉良好，觉得自己跟其他人有所区别。

王志强想，今天自己不接话题，看看空姐是不是只认座位不认人，当然，他也想看看汪晓东的反应，也许在枯燥的旅程中增添一点佐料。

飞机平稳之后，空姐开始为乘客送饮品、送餐。由于航班延误，此时已经到了正餐时间，但空姐送的却是间食——一个热狗。小庞有些不满地嘟哝："飞机上的伙食越来越差了，原来是吃好，后来是吃饱，现在顶多是不饿。"空姐听到他说的话，连忙解释，因为这个航班没有配正餐，飞机延误是意外事件，她还多给了小庞一份热狗。接着，空姐热情地对汪晓东说："王先生，您需要一份吗？"

汪晓东愣了一下，接着说："好的，谢谢！"

王志强暗自一乐，斜眼瞅了瞅汪晓东，看得出汪晓东很受用的样子。

实际上，小庞只吃了一个热狗，他把另一份递给了汪晓东，汪晓东随手递给了王志强。王志强说："我已经够了。"

"没关系，不够再要。"汪晓东很有信心地说。

王志强没说什么，他甚至盼望空姐来找39B的"王先生"，看看接下来会发生什么事儿。

空姐忙来忙去，先是送饮品，后来送餐，之后又收拾餐盒垃圾，迟迟不来找"王先生"。以前，王志强对此从不关注，没感觉到时间的嘀嗒声，现在心里盼望了，时间反而慢了下来。不会漏掉这个程序吧？王志强想，也许，偶尔漏掉也是可能的。

广播里提示乘客收起小桌板、扣好安全带、打开遮光板、调直座椅靠背。王志强知道飞机开始下降了，他微微闭上眼睛。

一股淡淡的香水味儿，空姐站在王志强身边，俯下身子对汪晓东说："王先生您好，飞机将在1点50分左右降落。"

汪晓东连忙点了点头："谢谢！"

王志强心里直乐。

王志强注意到，汪晓东一直很庄重的样子，下飞机时，他还对机舱口送别的空姐微笑一下，口齿清楚地说："谢谢！"

走出候机大厅，小庞和汪晓东走在前面，他俩的警用手铐连在一起。

王志强踢了汪晓东屁股一脚："没想到你小子今天成了文明人，还知道说谢谢啊！"

汪晓东回过头来，郑重地对王志强说："谢谢！"

沙 子

黄大刚

亚洲眼里容不得沙子。

小区里停车位本来就不多，物业为了创收，把不是小区住户的车辆也放进来停车过夜，结果，停车紧张，晚点回来找不到停车位，抛在路边，过往的车辆小心翼翼刚好能挤过，尽管如此，还是有不少车辆被刮到，住户怨声载道，但只是在私底下发牢骚，没有谁站出来跟物业理论。

亚洲搬来的第二天，就去找物业。那张油汪汪的胖脸反问："你是谁呀，哪户的？""我租A幢一单元502房。""出租的，我们不管，我们只对业主负责。"胖脸摆到了一边。"我只要交了物业管理费，我就有享受优质物业的权利，你今天不给我个说法，我就不走了，你也不准下班。"亚洲说到做到，天擦黑了，亚洲还是石佛般一动不动坐在那里。胖脸实在没了辙，冤大头般叫起来："哎哟，装鬼是你们，打鬼也是你们，停的车都是你们登记的，现在又赖到物业来了，神仙也管不了你们。""好，我一户一户核实。"胖脸以为亚洲只是说说而已，没想到，亚洲真的行动起来，一家一户拍门登记。胖脸慌了手脚，悄悄把亚洲拉到一边："我给你腾个车位，免费停，你就别操那个闲心啦。""我不需要。"亚洲沉着脸说。亚洲每天来去都是骑着辆电动车。

亚洲因为眼里容不得沙子还和别人干过一架。公交车上，一位小个子的母亲艰难地抱着年幼的孩子挤在人群中，随着汽车颠簸，母亲一只手紧紧地抓住椅背，另一只手托住孩子的屁股，可没一会儿，手就软了，腾出双手来抱，可一刹车，立即摇晃得差点摔倒。实在扛不住，母亲把孩子放到乘客的缝隙中，孩子不舒服，不停地哭喊："妈妈，抱！妈妈，抱！"亚洲挤了过去，拍了拍一位坐着刷手机的年轻人："小伙子，这是老弱病残座位，让给抱小孩的妈妈坐。"年轻人白了他一眼，继续低头玩手机。"我说的话你听到没有？！"亚洲压不住火气，声音大了起来。"怎么？这座位又不是你的，干吗你说让，老子就让？老子不让！"年轻人不满地叫道。"你一个大男人，占着专用座位还有脸说这样的话，你给我起来。"亚洲抓住年轻人的胳膊往上拽，两个人较上了劲，动了手。亚洲把年轻人揍得重，得付医药费。

"付就付，这钱花得痛快。"亚洲解气地说。

亚洲眼里进过各式各样的沙子，都被他舒畅地揉了出来。可这粒沙子却硌得他不知从何下手。

炎炎夏日来了，亚洲下午经常到河边洗澡，他发现不少孩子也加入了洗澡的队伍。这些孩子有一部分还不会游泳，在河水浅的地方玩耍，玩得忘情，互相追逐着就接近了水深的地方。亚洲游过知道，河床采过沙，留下了不少很深的、情况复杂的采沙坑，别说小孩，就是他游到这些采沙坑也很危险。可孩子不知道，嘻嘻哈哈玩得开心。

亚洲只要看见孩子来洗澡，就把孩子轰走，他在电视报纸上看到，暑假时有孩子因去河里洗澡而溺亡。他担心悲剧在这里上演，可他一走，孩子又来洗澡，孩子不但下午来，上午也来，他不可能时刻守在河边。他觉得要管好孩子，得找到学校和家长才行。他去学校，学校放假已关门了。他走到附近的村子，跟家长说，家长不以为意："没事的，我们这里的神很灵的，从来没有人淹死在水里。"他苦口婆心向家长说电视报纸上孩子游泳溺亡的新闻，家长听得心不在焉，见他纠缠不休，摆出无奈的样子，说："脚长在他身上，我们又要忙地里的农活，说了，听不听由他。"

　　亚洲很焦急，他强烈地预感有一天要出事的，只是他们没有重视而已。到那一天，就没有后悔药吃了。他在微信上，看到家长趴在溺亡的孩子身上哭得死去活来的样子。

　　有一天，真的出事了，有人溺亡在河里。

　　这个人是亚洲。

　　葬礼上，几个家长带着被救起的孩子长跪不起。

温暖的山芋

满　震

　　韩老六正猴在自家的山芋田里发愁呢，老伴中风半身不遂卧床不起，自己的腰疼病这几天又发作疼得要命，这一田的山芋靠自己一个人蚂蚁啃骨头一块一块地刨，得什么时候能刨完啊，刨完了还得一车一车拉到城里去卖。

　　这时候，大学生村官小林姑娘来找他。

　　"韩叔啊，要起山芋了吧？"

　　韩老六看到小林很高兴："是啊，小林姑娘。"

　　韩老六夫妻俩无儿无女，是村里的贫困户，是小林的定点帮扶户。平日里，小林常来看他们，帮着干点家务活；农忙时还会带几个大姑娘小伙子来帮着干农活。老两口很不过意，小林却说："我在家是独生女，我在外地工作，不能孝敬爸妈。看到你们我就想起我爸我妈。"老两口觉得小林真是个好姑娘，要是有这样一个女儿该多幸福。

　　小林说："韩叔啊，我来找你是想跟你商量件事，你今年的山芋卖不卖啊？"

　　韩老六说："卖啊。可是，你看你婶躺在床上也帮不上忙还得要人服侍，我这腰这几天又犯病，这山芋在土里还没起出来，还得拖上街去卖，你说怎么卖呀？"

小林说："那就卖给我们吧。这山芋你就别刨了，就搁地里头，改天我们来刨。"

韩老六不明白小林为什么买山芋却不要他刨出来，只知道一个劲地说感激的话。

星期天，公路上开来了十几辆小汽车，车队到了韩老六的山芋田边就停了下来。小林姑娘从第一辆车上下来，一声招呼，从后面的车上下来一大帮人，看样子都是一个个小家庭，一对对年轻的夫妻各自带着五六岁、七八岁的小男孩或小女孩。他们呼啦啦拥进韩老六的山芋田里。

小林说："请各家派一名代表到我们这里来，爸爸也行，妈妈也行，小朋友也行。我和韩爷爷先教大家一下怎样挖山芋。"等各家的代表都围拢了来，就一边示范一边讲解，"先轻轻刨开薄薄的一层泥土，山芋就露出来了，然后沿边上挖。这样就不会把山芋弄破了。好，下面我们就开始挖山芋比赛，看谁挖得多。奖品就是：你们挖的山芋不管多少一律归各家所有。"

然后，各家的大人小孩就用自己带来的小铲子、小钉耙忙活起来，一嘟噜一嘟噜的山芋就从土里被拽了出来。孩子们惊喜地喊叫着："啊，这么多的山芋！"

韩老六看到一个个胖胖的大山芋挤挤挨挨的，就想到一群小猪崽在老母猪怀里挤着吃奶的情景，真叫人心生怜爱。

孩子们有的在刨山芋，有的在用泥土搭城堡，有的在追逐嬉闹，叽叽喳喳，快乐得像一群小麻雀。

"爸爸妈妈，快来看，这个山芋好大！"一个小女孩双手抱起一个大山芋开心地大喊大叫着。

她的妈妈拿来照相机："别动别动，我来给你拍一张。"咔嚓，然后说，"这张照片的名字就叫《小娃娃和大山芋》。"

韩老六看着这些快乐的孩子，看着这幸福的一家家，心里真是羡慕。

小林走过来："韩叔啊，我来给你山芋钱。"说着递给他3000元。

韩老六吓得连连推让："你们省了我起山芋，省了我一车车拖到城里去叫卖，省了我好多工夫。我这一块地的山芋至多也就能卖个三四百块钱，哪能要你这么多钱！"

小林说："这次'起山芋'并不只是来帮你干一次农活，它是我们邀请团县委和县妇联共同举办的'开心农场'采摘活动内容，目的是培养城市孩子亲近大自然热爱大自然的思想感情。这是我们的最大收获。15户家庭自愿报名参加这项活动，每户交200元共3000元。你就把它看作是我们大家对你的一点心意收下吧。"

韩老六的心里就如吃了热乎乎的山芋一般，顿时一股暖流。

我是阿和，不是阿斗

天　水

我是三国刘玄德的长子刘禅，我出生的晚上一只白鹤飞到屋上，高鸣四十余声，向西飞去。"鹤"者，和也，我本来就是为和平而生，不知道父亲当年为什么就偏偏不知道这个玄机，也怪他的名字叫玄德，不叫玄机，换成玄机就知道了吧。

父亲不为我取名阿和却偏偏给我取名为"阿斗"。后来我才明白，那年我娘"夜梦仰吞北斗，因而怀孕"。

北斗是啥，就像是西欧君国里的权杖，执权柄而主国，父亲有野心想一统天下，"阿斗"的马甲就让我穿了一辈子。

其实，大家都明白"北斗"的"斗"，也就是"斗争"的"斗"，一个人只要有了野心，就必须斗争。

而我一生最讨厌的就是斗争，讨厌打打杀杀，讨厌生灵涂炭。但在那战乱的年代，我的理想是多么遥远啊。没有办法，我就只能装傻。

让我做出装傻的决定还是在刚出世时，记得我在娘肚子里，也就是现代人所说的胎教吧，外面叮叮当当的声音多么悦耳，还有人哭，有人笑，有人擂鼓，有人鸣金……我认为外面的世界像演戏一样一定精彩，真想早一天出世，但我娘始终把生命的大门关闭着，我就生气地用手抓，用脚踢娘的肚子，时间久了娘终于受不了，在我刚满九个月时就不情愿地把我从她的肚子里放了出来。

我出世一看，外面哪里是我想象的，原来那些声音是争斗，是杀戮……我当时就吓得大哭起来。

我不愿看到这一切，更不愿参与这一切，思前想后，我决定装傻，想逃避这一切。

怎么才能让我那争强好胜的爹，和勇猛的关二叔、张三叔，还有爹手下那些谋士相信呢？我决定做几件实实在在的傻事让大家看看。

机会终于来了，在我两岁时，我走出了第一步。"长坂坡之战"父亲只顾自己逃跑，根本不顾妻儿，我娘走失了，二娘怀抱着我，走投无路，最后把我交给赵云将军，我在赵叔叔怀中，虽有他老人家的护心镜护住，但赵叔叔单枪匹马在曹营中左冲右突，那场面血肉横飞恐怖极了。

我当时弄不明白，大家为什么不能坐下来和和平平地相处，偏偏要杀个你死我活。

虽然想不明白但我却发现这是一次机会。在赵叔叔把我放出盔甲时，我终于松了口气，厮杀终于暂停。接下来就该我上场表演了，我马上装睡，还打起大呼噜。

初次表演终于骗过了我爹和身边的人，他们都说我傻。

做一件傻事不行，我还得时时演戏，于是我每天傻呆呆地一个人独自发笑，终于有人说我脑子有问题了。

为了巩固他们对我这个"傻子"的认识，我还得继续寻找一切机会表演几场有意义的戏让大家瞧瞧，机会说来就来，一次张三叔在众人面前给了我一块点心，我接过点心傻傻地看了半天，然后在我那带有泥灰和屎臭的光屁股上擦了两下，然后坏笑着津津有味地吃起来。

这方法果真有效，每天都有人开心地给我点心，看我在屁股上擦两下吃下。

这件事把很多人都骗过了，唯独没有骗过军师孔明，军师说，小主人才不傻呢，你没见他天天都有点心吃吗？当时把我气得直向他瞪眼珠子。

管你军师信不信，我还得装下去，为此，我故意数不清数字，每次都用二十一世纪乡镇的赶集日数数说"一三五七九""二四六八十""二五八""三六九"……直到九岁我才勉强地用手指头和脚趾头掰在一起数到十八。

当傻子也是件不容易的事，我爹在世时很顺利，我爹跟随关二叔张三叔去后，由于我是长子，我爹手下的文臣武将硬把我抬上了王位。

既然是傻子怎么能理国事呢，我便演绎了"扶不起的阿斗"这个让后人永远牢记的角色。

我整日不上朝，在后宫里玩老鹰抓小猫、玩小孩子过家家的游戏，把军政大权都交给孔明军师。

军师虽然知道我是装傻，但他得到大实惠，也就再没有揭露我。

军师追随父亲去后，蜀国的日子也不好过了，为了减轻战乱之苦，我宁愿一个人背骂名，也要百姓享一次我这傻子的福，所以当邓艾一打进成都我就举起白旗。

为了不让家人和蜀国的百姓再次遭殃，我还得一辈子装傻。

在晋朝的日子里，司马昭东施效颦，摆下当年项羽款待我祖先刘邦的那种鸿门宴，设舞设乐嬉戏我考验我。

我强颜喜色，说我不思蜀。其实国都亡了，思念又有什么用呢，再说天下纷争本不是我所愿，姓蜀姓魏姓晋又有什么两样呢。

百姓日子过得平安稳定才是我最大的心愿呢。

因为我骨子里是阿和，不是阿斗。

祥　叔

姚兴刚

四十年前的那个秋天，我刚开始学会调皮捣蛋。我记得那个秋夜里，空气中到处弥漫着玉米棒子成熟的香气，月光水一样泼在田野里，躲在土块底下的蛐蛐没完没了地调情。

吃过晚饭，爹把我逮进怀里，用生硬的胡须扎我的脸蛋，然后让我骑在他脖子上，去村口听祥叔说书。

祥叔是最好的说书人，爹是他最忠实的粉丝。祥叔把醒木往桌子上"啪"地一拍，说三国话西游，通古道今，抑扬顿挫，脸上带着表情，手上打着招式。在那段饥饿的岁月里，爹说，听你祥叔一段书，就算肠子贴到脊梁骨也不觉得饿。

祥叔的醒木是他爷爷传给他爹，他爹又传给他的，连同说书的手艺。祥叔的爷爷是给八路军说书的，后来给鬼子抓去，给剥了皮抽了筋，皇军说，正因为爷爷的说书鼓舞了八路的士气，皇军死了很多人。祥叔的爹被红卫兵堵在了书场，临死时攥着祥叔的手说，这辈子千万不要再说书，要不然你一辈子讨不到媳妇。但祥叔还是举起了醒木，打倒"四人帮"的那天，祥叔把醒木拍得震天响。

祥叔正说着薛刚反唐，突然话锋一转，插个小曲：话说月光无垠，好大一只耗子，竟然不知天高地厚，露出脑袋，偷了两只红薯，瞪着两只贼溜溜的大眼睛，欲要钻回洞中，喂养小畜生，突然，"啪"，醒木拍，天兵降临，呜哇哇，小贼哪里逃？只见刀光一闪，咔嚓，贼鼠脑袋搬家。然后祥叔狠狠瞪了爹两眼。

听众哄堂大笑，大呼痛快。爹没有笑，我骑在爹脖子上，明显感觉爹脖子往后一缩，脖颈冰凉，就好像脑袋真的被天兵搬了家。

那天晚上，我实在饿得要命，爹拿起娘的围巾出了门，爹把围巾蒙住脸，钻进红薯地里扒了俩红薯，回到家，娘把门插死，生怕烤红薯的香味散发出去。

这一切都被来串门的祥叔看了个底朝天。

爹不再去听祥叔说书。

那年冬天，爹死了，上吊死的。爹偷了队里的两斤麦子，因为我姊妹三个整天饿得哇哇大哭。爹跟娘说，我死了一了百了，你带孩子好好过。

从此，祥叔再不说书。祥叔给娘下了跪，说要不是那次说书插了个曲，人家也不会开始怀疑到爹，爹也不会被他害死。娘去拉祥叔，祥叔死活不起来。祥叔说，嫂子，以后你们一家四口就由我来照顾。娘不依，但祥叔还是三天两头往家里跑，祥叔那顶帽子也算戴牢靠了。

第二年的秋天，娘终于泪流满面把祥叔搂进怀里，拉着我的手让我喊爹。

我才不会喊爹，我就一个爹，给我偷红薯的爹，他已经死了。

单干后，我跟俩姐姐都在上学，地里的活落在祥叔一个人身上，他的腿上青筋暴突，村里人都当面说他是拉驴套的傻瓜，他扭头不语，仍旧干他的活。

我仍旧讨厌祥叔，我把尿洒进他的茶壶里，他抿一口，吧嗒着嘴，这童子茶确实味道非凡。我把凉水兑进他的散酒里，他说味道是淡了点，但一斤顶两斤，值。

姐姐们都没考上大学，嫁到邻村去了。我考上大学的那天，他咧着嘴笑得喘不上气，拍着我的肩膀说，小子，打小我就看你有出息，将来有出息了，可别再给我带兑水的散酒，别让我喝童子茶。娘拿着毛巾不停擦眼泪，娃，这么多年你祥叔最不容易，你就喊声爹吧。

爹，我终于喊了一声爹，其实这声爹我在心里憋了好多年，一直喊不出口。

爹一怔，等缓过神，翻箱倒柜找出醒木，扛起桌子就往外走。

村口，爹把醒木"啪"地一拍，拍得震天响。

进　补

陈耀宗

天气越来越冷。正是进补身子的最佳时令。

"后天就是冬至，得好好进补进补身体了。"女人翻看着日历，对男人说，"冬至日吃什么好？"

男人说："羊肉怎样？益气补血补虚。"

女人摇着头："羊肉好是好，可不是每个人都可以吃的，挺燥热的，你这体质，不适合吃，还是吃狗肉最补，滋补又固肾。"

"要不，换一下口味，吃猫肉最补。"男人说，"你没听人说，千补万补不如猫肉补，尤其是男人吃了最见效最有力头。"

女人马上否决了："我才不吃呢，猫肉有种骚味。"

两人意见不一。

拗不过女人，男人最后只好作了让步，顺从了女人：吃狗肉。在家中，男人向来是最没地位的，他当不了正家长，家里大大小小的事，都得由女人拍板。

夫妻俩最终敲定：冬至日晚上吃狗肉，恰好这天是星期六，在县一中读高二的儿子波波会从学校回家，一家人好好吃顿饭。再说儿子正处在冲刺期，最需要补补身体。

男人好像突然想到一件事，他以商量的口气跟女人说："平时，我没少吃别人的，却从未请过他们，什么时候我也做一回东请他们。"

女人显得很开明："那倒也是，你也不能老是让别人请，要不，人家会说你铁公鸡一毛不拔，你也得屙一回硬屎。这回，干脆把你那些朋友都请到家里来聚聚，反正多买几斤狗肉就是。"

男人很高兴。夫妻俩掰着手指，一个个进行过滤：大胡是男人最铁的哥们，他请男人吃过最多饭，无疑他是第一个要请的；雄哥呢，不只是酒肉朋友，还是难兄难弟，这些年来，没少帮过自己，这回他自然得到场；还有阿辉，每次家里买了好菜，都要请男人过去一起喝两杯，这回岂能丢下他？再就是胖吴，每回他做东下馆子，都得把男人喊过去一块分享分享，这回家中聚餐，当然不能厚此薄彼遗漏他；还有就是那个老三，也不能不请……

费了大半天，男人女人终于圈定了要请的五个朋友，再加上男人女人和儿子，一共八个人。

女人想了想，便对男人说，八个人是一台席，十个人也是一台席，家中那台大圆桌能坐十几个。难得设一次家宴，她唯一的妹妹住在同一个小区里，是不是也把她一家三口一块请过来，这样就更有气氛更热闹。

男人哪能不点头同意？

周六这天，男人女人一改赖床的习惯，一大早就来到肉菜市场上采买狗肉。运气还算不错，跑了好几个摊档，终于买到货真价实的土狗肉。

男人厨艺好，做得一手好菜，尤其是做狗肉煲，他最拿手。男人将狗肉放在一只大泥煲里，然后配上红枣、枸杞、姜、茴香、陈皮等作料，还倒上大半瓶客家糯米酿酒，用文火煲了近两个小时，晚饭前又回炉转了一次火。满屋飘香，让人不住地直吞口水。

晚上，大胡、雄哥、阿辉、胖吴、老三等朋友，女人的妹妹、妹夫、外甥一家三口全都到齐了，一个也没落。

男人女人热情地招呼客人入席。

餐桌上，丰盛无比，除了狗肉外，男人还做了好几样拿手菜。

屋内热气腾腾。一时间，觥筹交错，推杯换盏，欢声笑语。大伙大块吃肉，大口喝酒，个个神采飞扬，这个称赞男人的手艺好，那个夸狗肉煲美味可口。

男人女人和客人频频碰杯。

就在这时候，坐在女人和男人之间的儿子波波小声说："阿爸，阿妈，这么多菜，要不喊阿婆一块吃？"

女人的脸色骤然一变，但她佯装没听到。

儿子的话男人自然听到了，他显得很尴尬，他拍着脑袋："看我这记性，都忘记了，你快去隔壁喊你阿婆过来。"男人有苦说不出，女人与老母合不来，三五天一小吵，半月一大闹，弄得男人像风箱里的老鼠两头受气。老母干脆搬到隔壁的老屋一个人过日子。

女人绷着脸："就你们父子俩多事，吃饭！"

客人们面面相觑。好在女人很会打圆场，脸色马上阴转晴，掩饰着自己的不快，她脸上挂着笑举着筷子："大家吃狗肉，趁热吃！"

男人也赶紧附和说："对对对，大家抓紧吃菜，喝酒！"

屋内又恢复热闹的气氛，家宴再次掀起新一轮高潮。

波波无心再吃下去了。他是何时出去的，没有人注意到。他悄悄溜到厨房里，盛上一碗狗肉，朝隔壁老屋走去……

1973年的槽子糕

段锡民

张石头的小脑袋瓜里装着好几个梦想，其中之一是能吃顿槽子糕，放开量吃，往饱里吃的那种。那槽子糕哟，肉乎乎的圆台状，还戴着个蘑菇头，金黄或紫红色，咬一口，松软的糕块化为颗粒，满嘴的香甜，好吃死了！

其实不仅他，全鸡爪洼村的大人小孩都把槽子糕当成好吃食呢。村人串亲戚带礼物，多是拎上一两包硬邦邦的桃酥、炉果。只有遇上尊贵的客和郑重的场合，才会咬咬牙，买上一两包槽子糕。

小石头只有过年时才能吃到一块槽子糕。爷爷牙口不好，嫁到镇上的姑姑每年春节的礼物就是两包槽子糕。除夕夜，爷爷会捧出点心包，慢悠悠地解开纸绳，打开草纸包装，发给家人每人一块。爷爷自己也只吃一块，用没了牙的牙床慢慢地抿。余下的那个整包正月要转送给石头的姥爷，拆开的半包爷爷会细心地锁进柜子，留给来拜年的孩子——石头的表弟表妹们。

1973年秋分那天正是星期天，石头破例拥有了一块槽子糕，因为这天是爷爷80岁生日。捏着糕，石头小心脏里充满了暖融融的幸福感。他溜出家门，到村东找到最好的伙伴张登山，慷慨地把半块槽子糕分给了他。登山小脸激动得发红，回赠给他一只热乎乎的烤地瓜。

贺寿的亲戚多，槽子糕都分完了。只剩下两张包装纸和一截纸绳，还有巴掌大的一张红纸，做装饰用的。他缠着爷爷要，说包装纸可做算草纸，纸绳呢，用来订本子。寿星老眯眯笑着点了头。

得了宝贝，他兴冲冲地喊来张登山：我背面画好了，用红纸剪两颗红五星，咱贴在帽子上玩。张登山眼珠一转，拉住他：走，逗傻子去，保证好玩。

俩人来到村外的乡道边，捡了一堆半干的驴粪球。张登山展开包装纸，细心地把粪球垒好，包上压好红纸，再用纸绳捆上，裹成了一个方方正正的点心包。

张登山捧着纸包，选择乡道的一个拐弯处，把纸包放在路旁草丛边，半掩半露，看上去就像谁不小心丢的。然后俩人趴到二十多米外的一个小土包后，预备等人"上当"时，跳出来嘲笑那倒霉鬼。

也许是农忙季节吧，等了好一阵没人来。石头失去了耐性：不好玩，咱走吧。登山却兴致不减：再等等，轰！地雷马上就炸了。

恰在这时，村头有人喊：嗨！你俩，来"抓特务"！登山跳起来："司令"喊咱，快走。石头扭头看了纸包一眼：红纸。可登山劲大，拽着他"噔噔"地跑了。

俩人刚跑走，有人来了。不是别人，是石头嫁到北洼村的小姨。她挎着个荆条筐，刚到供销社卖半筐鸡蛋，买了盐、火柴等几样日用品。抬眼瞥见纸包，她紧张地回头看，没人。忙捡起来，捏一捏，软软的还有一点弹性；嗅一嗅，香甜的槽子糕味，咦！咋透着一股青草腥味儿呢，八成是掉到草稞里，熏上的吧。她犹疑地想打开看，可后面有"嗒嗒"的马蹄声传来：嫂子，捎着你，上车。原来是同村的锁柱赶着生产队的马车过来了。她顺手把纸包放进筐，坐上了马车。嗬！槽子糕哎，要回娘家吧？锁柱笑呵呵地问。她忙点点头。

进家门，老公公正摇辘轳打水浇菜园。她喊一声"爹"，从筐里的捧出纸包放在井台上：给您，路边捡到。公爹瞥了一眼：镇供销社的，好东西！对，你不正要回娘家吗，给你爸拎去吧。她笑着答应：哎！那我去做饭了。

儿媳刚进厨房，儿子拎着镰刀回来了：哪儿来的槽子糕啊？

你媳妇捡的。

捡的？儿子狐疑地审视片刻，动手解开纸绳：我说哪有这样好事嘛，驴粪球！

当爹的停住辘轳，往厨房看了一眼，迟疑了一下，从衣兜里掏出一个手帕包，翻捡出一张钞票：你快去，买斤槽子糕，她要回娘家……别让你媳妇看见。

儿子遮遮掩掩地进了爹的屋：买来了，可不是镇上的，没有红纸。当爹的说：那包我藏园子旮旯了，红纸在外面，没脏，别让你媳妇……

石头的小姨兴冲冲地拎槽子糕回娘家，石头的姥爷高兴地说：年年都吃石头他爷的，这包，赶明儿，送亲家吧。

姥爷来了，张石头高兴地迎上去，可一见点心包，他心里"咯噔"一下，待姥爷把纸包放炕沿上，他赶紧翻开红纸，看一眼，脸色变了。忙把妈拉到外屋小声说：那槽子糕不能吃，是驴粪球。

妈妈气恼地打了他脑袋一巴掌：胡说，你姥爷能送驴粪球？

石头捂着打疼了的脑袋：我们包的……骗人玩，红纸上……有我画的五角星。

妈妈脸色也变了，又给了他一巴掌：熊孩子，咋不学好呢？

趁俩老头正寒暄，石头妈进屋悄悄拿出纸包，急忙打开看。石头吃惊地瞪圆了眼，香甜味儿扑鼻而来，真是金黄金黄的槽子糕呢。

妈妈长舒了一口气。接着伸出食指用力戳了戳石头的脑门：你啊，你啊！

门

黄维栋

顺子住在老街，是用大板车送煤球的，专门给这条老街的住户们送蜂窝煤。他的名字是他那个老实巴交的父亲取的，本希望儿子和家里都顺当点，但顺子不争气，读书不好，且淘气，没有考上什么学校，二十多岁就只好干这个活了，暂且赚点钱。当然，这是几十年前的事情了。

那天下午，天阴沉沉的，顺子拉着一车煤球，他加快了速度，因为似乎要下雨。正从老街上经过，见前面一户人家冒出了烟，门口挤满了人。他知道那是街坊学军家，他心里一惊，可能是着火了。他连忙跑过去，见人们想打开门，但门在外面锁着的，一时打不开，此刻还隐隐约约听到里面孩子的哭声。

"让开，我来！"顺生不假思索地急急地大喊了一声。

这一声炸雷般的喊，让人们闪开了。顺生一看，两扇门面，中间锁着，他打量了一下，走上前，用力紧紧端着一侧门，朝上暗暗使劲，门轴就脱离了下面的窠臼，门开了。

快要烧起来的火扑灭了，顺生和街坊把里面的孩子连忙送到医院。孩子后来没事，但医生说，晚了一点，可能都不行了。

众人都夸赞顺生，顺生就如同英雄，老街方圆几百米的英雄！

还因为事情急，顺生没有给板车盖雨布，那一车煤被雨淋了个透湿，煤球便废了。学军要给顺生钱，顺生坚决不要。

钱不要，但饭是一定要吃的！学军坚持要请客。

客是在一家水酒店请的，店就在这老街上，老板金福大家也熟悉。学军请了向阳、卫东、建设等七八个人，都是当时参加救火救孩子的街坊。

学军很热情，不停地用碗敬酒。大家也热情，都敬顺生的酒。都说多亏了顺生，要不说不定就要出大事。

顺生连干了几碗，满面红光。他嚼了几颗花生米，然后说，其实我们老街房子的门是可以端起来的，你们应该知道，只是一时心急，没有想到。

人们连连说是那样，手忙脚乱的，一时想不到。

顺生喝了口酒，又说，老房子的门可以卸下来，还可以安上去，这样也好也不好。

在一旁的水酒店老板金福一听，插话道，难怪！我们老街这两年失窃的案子很少破了，公安说，没有撬门砸锁的痕迹。

向阳正在嚼黄豆，连忙吐出，端起碗，大声说，兄弟们，再干一碗！大家听了，都热热闹闹地喊着，干了！

顺子干了满满一碗，长长舒了口气，痛快！

以后的顺子依然拉板车送煤球，但生意越来越不好，他觉得现在有些街坊开始烧液化气，生意不好是很自然的事情，但当看到有的街坊宁愿请别人送煤球，而没有请他，觉得有什么不对劲，可也不知道什么缘故。

直到那天，见向阳在他自己家门口转悠，挺烦躁的样子。原来是他把门外面锁上了，钥匙凑巧在屋里。顺生说，我来开！

向阳连忙说，没事没事！我正要到我爹那儿去，他有钥匙。那语气和说话时的眼神让顺生觉得有点什么。又想到街坊人们的眼神里也有些让他说不清的东西。

顺生终于弄清了原委，这是他请一个十几岁的男孩子看了两次电影，那男孩告诉他的。

几年后，顺生去了南方，听说是在一个门窗厂打工。很多年后和人合开了一家门窗制造大公司，电视里都有产品广告，连这座小城开发的新城楼盘很多都用他公司的门窗，据说保险系数高，有科技含量。

顺生要回来看看，这是最近人们知道的消息。人们是从他初中班主任那儿知道的，班主任说，顺生回来要给他办寿宴。班主任原来也住在老街，顺生知道那男孩告诉他的事情后，就很少和人交往，但经常去初中班主任那儿。

顺生离开的这几十年，只回来过几次，一次是接自己的父母到南方去，一次是老街要拆迁，回来处理一些事情。

原先在水酒店喝酒的几个人后来都各自住到新城区的不同楼盘，平日也不常见面。此次顺生回来，让他们几个人都坐到了一起，商量要不要请顺生吃顿饭，毕竟是老街坊。

傍晚，在一家酒馆的包厢里，几个人在一起喝酒。先是有人好奇顺生为什么做门窗生意。有人就说，那是抓住了好机会，南方搞大开发做房子，门窗需求量大着呢！好赚钱！

闲聊了一会儿，学军喝了口酒，说，哎，你们说，顺生真会干那种事？我看不会。

这可不好说。向阳眼神不好，正努力对付一只虾，用手剥着虾尾的壳，费了点力气终于把它塞进了嘴巴，声音不那么清晰地说。

学军接着说，不过再说也没有什么意思，人家都是大老板了！

金福说，大老板又怎么了？做人做事那也该是有说道的！

卫东说，那种事，应该不会。

建设说，谁知道呢？按说无凭无据的，不过……说不清。

又聊了一会儿，大家在请不请顺子的问题上也没有得出个结论，大家酒足饭饱离开包厢的时候，不知是谁嘟哝了一句：顺子为什么要做门窗的生意呢？

没有人吱声。

渡口的故事

王建平

2018年中国微型小说排行榜

那年秋天的一个晚上，槐花出逃了。

不逃，几天后就只有糊里糊涂去嫁一个人；逃，也许还能活出个人样儿。后半夜，槐花翻过一座大山，隐约听见有脚步声响过来，上山容易下山难，她没有多想便仰躺在地上，任由身体向下滑，不知滑了多久，最终失衡的身体仿佛撞到一棵树，失去知觉。

槐花醒来，竟然睡在一张床上。屋内弥漫着怪怪的气味，她不敢大口呼吸，想坐起来，想喝水，无奈右脚痛得不能动弹。

茅草房屋顶的破洞掉进阳光，照亮一张黑亮的脸，上面胡子拉碴。

"是你——救了我？"槐花音色温婉，"谢谢你！"

槐花曾对她母亲说过，她愿意每天只吃一顿饭，省下的给爹和妹子吃。

"嫁！他年龄是大了点，驼背，但不聋不哑，不疯不癫，在乡上管粮库，每天籺进籺出凭鞋帮子里带出的粮渣儿，也能养活我们全家，你不嫁就是傻子！"母亲说话时瞪眼咧嘴，手舞足蹈。槐花不敢往下想。槐花出逃前发过一个毒誓：出逃遇险，只要是单身男人救了自己，就嫁给他。

黑脸男人偏过脸："我没救你！"语气生硬，"是你撞倒了我插在江边的

286

桨。"

"桨？"

男人的大嘴巴噜噜一笑："你命大，身子淹在河水里，头搁桨上。"

槐花想象桨的模样，难道我要嫁给木头？

"我的桨上有一根细铁丝连接到我床前的铃铛上，半夜有过渡的就摇动桨，昨晚你把我的铃铛弄响了。"

第二天中午黑脸男人为槐花敷消肿药。药是从镇子上带回的。

"你全家都住河边吗？"槐花定眼看着一双又黑又大的手。

"全家？我——就是全家，你笑话我了？"

对面的话让槐花心潮翻腾，泪水冒出眼眶。她对黑脸男人讲述了自己的境遇，说："你救我，我会报答你的，等我的腿脚好了，我会……"槐花的话语里表露出她的心愿。此刻，槐花的脸又红又烫，偏向一边，目光落在不远处那件晾晒的衣服上。

又一天，槐花向黑脸男人提出自己想洗一次澡。

黑脸男人摇动头，不接话茬。他那晚为她换湿衣服也是不得已啊。

黑脸男人从门外端进一碗面，递碗时不敢正视槐花的大眼睛。

面里有两个荷包蛋。槐花吃完面喝尽半碗只有咸味的汤："大哥，谢谢你！"

"我手笨，面里尽是蛋壳渣儿。"黑脸男人笑答。

"我真想听听你的故事。"

"嗯——我一个摆渡的，上无一片瓦，下无两分地，只有喝不完的河风，能有啥故事？"这时，床头铃声响起，"妹子，今晚我仍睡船上。"

其实，黑脸男人在船上一夜无眠。槐花清纯明亮的笑声渗入河风，不停地揉搓一个男人的心房……槐花的大眼睛……啊——他用力拧一把自己的大腿，重重地吸入一口气，是呀，天下再拗的女子也是娘身上掉下来的肉，没准大山深处的那个娘正遥望着星空……天没亮之前他做出了一个决定。

黑脸男人砍回竹子绑扎起一副担架，他要送槐花回家。

翻过山顶，黑脸男人困了在树荫下休息。槐花知道山顶离家不远了，她终于从另一位抬她的大哥口中听到了黑脸男人的故事。

原来山脚下这座蔡家湾水库向大山深处延绵十多公里，水库中游仅有的渡口叫蔡家湾渡口。渡口有记载的第一位摆渡人人称熊老大，三十年前熊老大离开人世，熊老二接过了大哥手中的桨。十五年前熊老二身子骨出问题，熊老三也就是黑脸男人又站在船头上。十多年来，熊老三仍旧照大哥二哥的样儿摆渡，免费渡人。不摆渡时就种种几分河滩地。近年沿岸不少人笑话熊老三了，说他长一个榆木脑壳，摆渡不收钱，恐怕永远讨不到女人。熊老三讲不出大道理，他只想坚守二位哥哥的那种情怀，每天看到过渡人脸上充满喜色，自己也就快乐，于是婚娶的念头也就被每天收获的快乐稀释得所剩无几……

黑脸男人走过去，眼睛盯住那张充满深情的脸，他说："妹子，你娘跟天下所有的娘一样，是不会害你的。"又说这年月女子大了嫁得出去真不是一件坏事，他还说了一个女人注定也是未来的娘。言毕，黑脸男人抬起担架走向余晖。

谁会在意，大山深处的这个渡口，一支桨与水不息的缠绵，光阴又走过了二十年。

仍是秋天，秋阳高照，槐花的儿子随母亲来到蔡家湾渡口。儿子在寻找好乡村好故事。在离蔡家湾大桥不远的一家农舍里，一位二十上下的姑娘接待了槐花母子俩。姑娘说她就是十多年前被人丢弃在熊老三渡船上的那位弃婴，熊老三是她养父。

姑娘打开一扇门，槐花顺姑娘的肩头看过去，不明亮的墙角里坐着一个白发老人，老人扭过满面络腮胡的脸看过来。

姑娘说："我爸看见你们了。"

"熊大哥——我是槐花！"

"大桥通车后，我爸就失忆了，连我也认不得了。"姑娘说，"他每天只记得擦拭他怀中的那一支桨！"

那支桨面上散发出桐色的光芒。

陈豆放羊

代克仁

　　陈豆在公路上放羊。羊很不听话，常瞅着空子往山上跑。

　　陈豆很恼火，呵喝着用鞭子狠狠地抽。可那鞭梢每下都落在地上。陈豆叹息："到底是牲畜，不讲感情呢！少了个伴儿，一点儿也不晓得伤心，净巴望着吃好的。"

　　陈豆舍不得打他的羊。他的羊太金贵了，是县长下乡扶贫时送给他的，一公四母。当时县长握着他的手说："这是纯种沙河羊，你可要好好喂养，来年我要来看羔子呢！"

　　陈豆很争气，伺候羊比伺候爹娘还要周到。羊也挺争气，比小孩儿还要乖，赛着长个儿。尤其是那只叫黑眼圈的公羊，长得格外肥壮。

　　陈豆的羊养得好，引得村里人眼馋也口馋。

　　村长的儿子亮子对陈豆说："老豆，把黑眼圈卖给我，我给儿子抓周做席用。"

　　陈豆说："把种羊卖给你，来年我哪来羔子给县长看？不卖。"

　　亮子说："我加倍给你钱。"

　　陈豆说："给块金砖也不卖。"

亮子气鼓鼓地走了。

陈豆更加小心地看护他的羊，不料还是出了事。

那天，风轻云淡太阳很暖，羊也很听话。陈豆在山坡上打起了盹。谁知迷瞪过了头，等他睁开眼，吓得魂儿都飞了——黑眼圈不见了！

陈豆跌跌撞撞摸到亮子家时，他的黑眼圈已经被剥了皮，大卸八块摆在桌案上。陈豆的脑袋"嗡"的一下不管用了。他不顾一切扑上去，抓住亮子的衣襟，要他赔羊。亮子掸开他的手，扔给他五张百元的票子。陈豆不要钱，坚持要羊。亮子蛮横地说："我看你不是想要羊，你是存心想要挨揍。"陈豆拿他没办法，伤心地哭："你叫我来年拿什么给县长看啊！"亮子就骂："真他妈的晦气！老子要办喜事呢，你莫在这里号！"

亮子不讲理，陈豆就去找村长。

村长说："亮子不是给了你钱吗？你自个儿不要，怨谁？"

陈豆说："要钱有啥用哦！来年我哪来的羔子给县长看？"

村长说："多大个事呢！人家县长是大忙人，指不定早把这茬事给忘了。县长随口说说而已，你倒当了真！"

陈豆说："县长说话能不当真？那哪个说话还能当真？不管怎样，你还是给咱买只沙河种羊吧！"

"你疯了。买只沙河种羊来回路费都要千把块钱呢！你也不想想，人家县长管着全县上百万口人呢，都像你想的那样，那县长还是人当的吗？再说了，亮子给你的钱可买好几只羔子了。"村长发火了。

"那不一样呢！"

"有啥不一样？"

"县长是要看他送给我的羊下的羔子呢！"

村长恼了："你脑子有毛病，难怪越扶越贫！我忙着呢，你少来烦我！"

陈豆拉住村长不放："你是村长，我不找你找谁？"

村长发怒了："你那事，我官小管不了，有本事你去找县长管！"

陈豆要去找县长，可陈豆的羊还要人放呢。陈豆想到县长是坐小车来的，而小车总是要在公路上跑的。于是他就到公路上拦县长的车。陈豆一个人的力量太小，就带上他的羊，也好让羊忙里偷闲在公路边解决一下温饱问题。

陈豆不认识县长的车，只得一辆一辆地拦。远远地见来了小车，陈豆忙不迭地把羊往路中央拢。他站在羊队前列，欲对经过的小汽车强行拦停，进行"检视"。

"嘎——"迎面驶来的小汽车急刹车，停下了。司机从窗口探出头来，朝陈豆咆哮道："老家伙，你不要命也不能这样祸害开车的人。赶紧把羊赶开！"

陈豆走上前，赔着笑脸往车里瞅。

每次他都是在挨了一通臭骂之后，很失望地把羊又赶到路边。

一天，有人跑来告诉陈豆，说县长一个月前调走了，让他别再拦车了。

陈豆没指望了，赶着羊在路中央迷迷糊糊地往回走。后面来了一辆车，喇叭狂鸣，陈豆浑然不觉。车上的人急了，以为他是聋子，下了车把他往一旁拉。陈豆的眼睛一亮，认出拉他的人是给县长开车的小伙子，忙抓住他的手语无伦次地说他的事。小伙子朝车里一指，说："这是新上任的县长，你跟县长反映吧。"陈豆好不容易把事情的原委讲清楚了，县长握着他的手说："老人家，你把羊赶到山里放吧！你的事回头我让人办。"

一个月后，村长给陈豆牵去了一只沙河种羊。陈豆看见村长把脸拉得老长。他听说村长还受到党纪政纪处分。

此后，陈豆把羊赶到山里放，可原来的四只母羊不听话，总爱往公路上跑，一点儿也不怕来来往往、呼啸而过的车辆。陈豆急得一点儿办法也没有。陈豆想哭。

娘　家

秋子红

媳妇娘家远在陇西的大山里。

那地方穷，漫山遍野间只长山芋和荞麦。遇上天旱，山芋秧子一棵棵萎了，荞麦下不了种，家里实在揭不了锅，便有人家将闺女托人领出山，寻一户人家，卖了。

媳妇就是这样来到男人家的。

男人知道这是媳妇心里最怕人碰的痛处，男人便常想，他要待媳妇好。

但男人性子暴，火头上，冷不丁抬手就是一巴掌，"啪"的一声掴在媳妇脸上。

媳妇转过身，躲着人，用手捂了脸，只让泪从指缝间流出。

这事儿若摊在村里别的媳妇身上，肯定要号、要闹，等号够了闹够了，肯定会二话不说，卷起包袱回娘家。然后，娘家的七大姑八大舅肯定要找上门来论理。最终，等男人上门赔够了不是，媳妇才在娘家兄弟护送下，大大咧咧踏进家门。

媳妇娘家远，媳妇受了委屈，泪只流在自己心里，泪流完了，媳妇照样像往常一样喂猪，烧饭，拉土，锄麦。

娃小时，正月里，邻居家的男人用一辆自行车驮了媳妇和娃要去丈人家。娃看得心热，从门外跑回来，扯着媳妇衣角说他要去舅家，媳妇刚笑着的一张脸一时就不自然起来，手哆嗦着哄娃说："舅家远，今年咱不去了。"娃使着性子在媳妇身边喊着说着。男人大声呵斥一声，娃"哇"的一声哭了，媳妇将娃搂在胸前，也哭了。

那时，男人的心里就像打翻了五味瓶，横竖不是个味儿。

后来，娃大了，渐渐懂了事，便再不说要去舅家。

再后来，家里的光景一天天好起来，媳妇便常念叨起要回娘家。

曾经有两次，媳妇差一点儿还真的回了娘家呢。

有一年，媳妇已攒够了车票钱，但男人的爹殁了。等埋了男人的爹，男人欠下一屁股债，媳妇便将车票钱给了男人。

又一年，男人刚从县城的火车站买回了车票。夜里，娃喊肚子疼。媳妇和男人连夜将娃送到县城的医院，医生一检查，说是急性阑尾炎，要做手术。第二天，媳妇便让男人将车票拿到火车站退了。

秋天，玉米挖完后，媳妇终于要回娘家了。

还在玉米吐缨缨时，媳妇就对男人说起她娘家的事。媳妇说："俺娘有腰疼的病，这几年也不知好了没；俺弟现在该娶媳妇了，也不知娶上媳妇没；俺妹子最小，不知现在还上不上学……"

男人听得心里烦了，不由得就抢白几句："不就是回一趟娘家吗，有啥好唠叨的？"

媳妇脸一红，不好意思地低头笑了。但没几天，媳妇又会对男人说起她娘家。

媳妇终于要乘车回娘家了。

前一天，媳妇和男人去了趟县城，除给男人和自己买了新衣新鞋外，还给娘家的父母弟妹买回了大包小包的礼品。

第二天黎明，媳妇烙好了干粮做熟了饭菜后，叫醒男人。吃罢饭，天麻麻亮时，媳妇和男人出了村子。媳妇背着行李，走在前头，瘦瘦的身子一摆一摆，走得很急。到了火车站，男人已走出了一身热汗。

上了火车，男人在货架上放下行李，便拣靠窗的座位和媳妇面对面坐了下来。

车窗外，阳光照着田野，很好看的，那些树呀房子呀电线杆呀飞似的向后退着……

火车终于到站了。

出了车站，媳妇和男人走在一条麻绳般在山间绕来绕去的土路上，媳妇的话一下子就多起来。一会儿掐一朵路边的野花，一会儿放下行李，跳上土坡摘一把野枣，送给男人，让男人尝尝酸不酸。男人第一次感觉，平日里温温顺顺沉默不语的媳妇，其实挺爱说话的，性子也野得多。

爬上了一座山梁，远处，有几户人家稀稀疏疏散落在山洼里。

媳妇一下兴奋地指着前方，对男人说："俺家就在前面那个庄子里，那棵梧桐树下，就是俺家。"

媳妇说话时，一汪泪蓦然间从黑亮亮的眼里涌出来，媳妇不停用袖角擦着。擦着擦着，终于双腿一软，跪在山梁上，放声哭起来。

男人背着行李，站在媳妇身后，豆大的泪珠一颗颗从眼里滚出来。

远方，夕阳里，那棵梧桐树下，一户人家屋顶的烟囱里，有一缕炊烟那么白那么亮地正向着黄昏彩云满天的天空袅袅腾腾地飘着。

老太爷

朱莲花

大雨是突然降落的，在老太爷去世的晚上，一夜之间，五里槐村就变成水茫茫的一片。

凉意笼罩了整个村子。

村子不大，有几十户人家。都是朱姓老祖宗的后代，老太爷是活在村里辈分最大年岁最长的人。

当过私塾先生的老太爷，就像那一坡又一坡长满皱纹的古槐，香味醇厚地生活在五里槐村，受着全村人的膜拜。

青山依旧，碧水长流，老太爷终于走完了他九十岁的人生，在这个大雨滂沱的夜晚，闭上了他不甘心的双眼。

村里的老汉们，低垂着花白的头，围在老太爷家中，一屋子的长吁短叹。窗外的雨，纷乱飘泼了一夜，他们也愁肠百结了一夜。

这些老汉，都懂老太爷的心思，知道他走得多么遗憾。

可是，他们顾不上想这些，眼前最犯愁肠的，是老太爷入坟的事。全村就是些老汉、娃娃，壮劳力外出务工，闻着年味儿才肯回家！要找什么人，才能把老太爷的棺木抬到山坡上的祖坟地？

大雨却不管老汉们的愁事，没日没夜地下着，洗刷着远远近近的一切。但是，也有些雨水冲不走的记忆，清晰地从老汉们的身体深处冒出来。

记得那时，日子都过得苦，大人娃娃总吃不饱。春种夏收，村里的娃们，跟在挥汗如雨的爹妈后面，不是在集体的土地上挣巴些工分，就是侍弄自家的一亩三分自留地。

虽说，上学基本上免费，村里人还是不上心，这样的日子，谁还有心情让孩子念书！

只有老太爷看在眼里，急在心中。

金秋九月，天高云淡，是村校开学的时节。

戴着瓜皮小帽，穿着黑色斜襟衣的老太爷，拄着拐杖，捣捣东家的门，敲敲西家的墙，说，娃们该上学了。

小辈们并不买他的账，反而和他顶嘴："肚子都吃不饱，去学校干啥？你也不看看，这些猴崽子，生就的榆木脑壳子，能读哪门子的书！"

碰了壁的老太爷，快快地抚着槐树，满脸伤悲，目光悠远地看着前方。见有人走过，就叹息："子孙虽愚，经书不可不读，经书不可不读啊！"

可是，谁听他的话呢？

老太爷沉默着，后来，开始在家捣鼓，熬制娃们爱吃的麦芽糖和香味玉米籽。

村校墙外是槐树林，槐花正开满树。

村里人带着白天的劳累，在大槐树下歇息，老太爷用零食，引诱着疯玩的娃们到他的小院。

槐香中沏上花茶，院中铺着竹席，吃过馋人的麦芽糖和香味玉米籽后，老太爷就着黄豆大的油灯，领他们念唐诗宋词，讲经史子集，细述外面的世界，把他的希冀悄然播种。

月亮照着池塘，风爽快地吹过。远方，自由的鸟儿在飞；近处，娇媚的槐花在坠落。沐浴着这份安静美好，那些诗意的句子和美丽的梦想，如精灵一样，在娃们的心中生根发芽。

老太爷诗书启蒙的日子，让娃们带着梦想的翅膀，陆续走进校门，一路读书到大城市，跳出农门，飞出了五里槐村。

老太爷摸着小胡子，逢人就露出满满的笑。

只是这几年，农家娃上个大学真心不容易，工资低消费高，背着沉甸甸房贷的光景，让村里人对读书灰了心，早早撵着孩子丢了书，出门去打工。

九十岁的老太爷，最后一次踉跄地走过荒芜的土地，浑浊的老眼里滴下泪水。

他老了，无力再为迷路的儿孙们指点迷津。

在这个万物吐故纳新的雨夜，他抱憾黄泉，把愁肠留给一村子的老汉。

愁肠复愁肠的老汉们，在一个天刚放晴的晨晓，听到满村的狗们此起彼伏地嚎叫，疑惑地开门张望，却发现老太爷家门口站满了人。

黑压压一大片，全是五里槐村走出去的读书人，他们散落在各个城市生活，听到老太爷去世，相约着回来为他送终。

这些文弱的读书人，一律穿着白衬衣，罩着黑西服，手臂上戴着黑纱。平日，村人们都笑他们肩不能挑，手不能提，此刻，却显得那么有力量，让人安心。

多彩的经幡飘起，老太爷的灵柩稳稳当当地抬在了他们肩上，这些飞出五里槐村的男女们，簇拥着全村的老汉、娃娃，缓缓向墓地走去。

太阳慢慢爬出来，远山近水一片清明。

泥地上，一串串深深浅浅的脚印，伸向远方……

林子的婚事

范子平

林子正往家挑水，八爷过来说，小子，咱早点走，你麻利点。娘赶忙从屋掂出个马扎让八爷坐下。林子仄着肩膀将水倒进缸里。他家离水井有点远，连续几个来回挑得身上出汗，想舀口凉水喝，八爷吆喝道，别磨蹭！看八爷已经一脚踩院门外，他没顾上喝，把瓢扔缸里急急跟上。娘追出来扯着喉咙喊他，说还没有换衣裳哩。林子又急忙跑回来换了衣裤，上身是借大贵的大布衫，穿上飘飘的，白中泛黄，前边隐隐显出"株式会社"，后边隐隐印着"尿素"二字。

八爷是要带林子去牛店相亲。牛店那边闺女叫菊子，是八奶娘家的本家侄孙女。八爷不知道，林子更不知道，那边菊子已偷偷往村口跑了一趟，听说未来的夫婿模样儿俊，菊子一想就红脸。

到牛店不过十多里地，但路过张村后不远，那条灌溉渠大决了口，一片汪泥，要搁平时，一挽裤腿就蹚过去，可今天衣裤都是借来的，形象更是影响不得，只好绕路。八爷骂一句，妈的，好事多磨，绕道吧。这是1971年的7月，他们在亮闪闪的太阳下多走好几里，脊梁都汗津津的。

八爷边走边交代说，人家端出鸡蛋荷包，要是相中人，你也要让到，你给我记牢，得拨出一半，剩下的才吃了。要相不中，千万别吃，一个鸡蛋都不动，一点水不能沾嘴。这是规矩。又说，闺女是好闺女，纳的鞋底针脚密扎扎的，干地活也不落人后。你不会相不中，小子，你又吃鸡蛋又得人，美着哩。林子嘴上嗯嗯应着，心不知跑哪里去，丢下八爷大远。八爷只好紧走两步呼哧呼哧喘着气。

进了菊子家院门，林子手都不知道往哪搁。那几个大姑娘小媳妇咭咭笑着又叽叽喳喳，林子不敢抬头看，可鼻子灵着呢，一下子就嗅到了鸡蛋荷包的腥味，那么亲切的腥味。他们村里查得紧，一家只能喂俩母鸡。油盐酱醋加看病都在那几个鸡蛋上呢！他至少三年没有尝过鸡蛋味道了。还是那年爹发高烧，娘狠狠心煮了一个，他和弟弟都凑上去，爹跟他们分分吃了点渣渣。

八爷说，要是都顺眼，叫菊子跟林子里间去再私下说几句？菊子娘瞟一眼林子说，俺菊子没意见，林子说咋办吧。林子茫然摇头说不用吧。女方的几个人在议论他，他觉那议论如蝗飞来但都被他挡在身外，只有鸡蛋荷包的味道直扑他心里。他不由自主地盯过去：几个荷包都是溏心的，软软的嫩白轻裹着软软的金黄，软软的金黄从软软的嫩白中透出来，旁边还带点浮沫。递过来了。是谁递过来他没顾得上看，他应该说我哪能吃这么多，在对方的推让声里拨出去四五个。但是应原谅林子，来前干了活，又绕路多流了汗，紧走慢走一二十里路，肚子早就在咕噜噜叫，更主要的是，他多年来对鸡蛋的盼望猛烈地膨胀着食欲，新鲜荷包诱人的腥味汹涌澎湃袭击着他，叫他不能自已，他神圣地端起碗，凑到嘴边，几乎是往里倒一样，连水带鸡蛋荷包，八九个呢，瀑布一般冲进喉咙，他的牙齿发出刚劲有力的嚼声，但实际上什么也没嚼到，东西早就到了肚子里。八爷伸手要说什么，都没顾得上说出来，胳膊一时吃惊地停在半空中。菊子一家也吃惊，菊子的娘叹一口气说，这孩子太饿太渴了。

回来路上林子脚步比较轻快，八爷气喘吁吁说，你小子等等，就你吃饱了鸡蛋！林子不好意思，就话归正题：八爷，哪一个是菊子，就是高个儿穿蓝方格衬衫那个吧？八爷不由哈哈大笑，你小子，就知道吃荷包！人都没弄准！那是菊子过门才半年的嫂！低个儿穿黄方格衣裳的才是菊子！林子猛地站住说，低个子，是那个？我不要！八爷生气了，我交代你的啥？吃过荷包蛋就铁定了！吃足荷包蛋你退亲？不用我动手，大家不打折你的腿！

　　林子一路灰着脸。到家八爷说了原委。林子先挨娘的数落，又挨爹的数落，最后是八爷的儿子——当支书的四叔狠狠的数落，就差巴掌扇脸上了。林子没办法只好投降。秋天刚过就赶着马车搬亲娶过来。八爷没骗他，过门的菊子果然懂事能干，家里是家里，地里是地里，街坊邻居都夸。喝过初中墨水的林子也满足，夜里抱着菊子光滑的身子说，咱这就是爱情吧。贤惠的菊子就迎合着他喃喃道：俺就觉得这爱情好舒坦哩。

2013年　中国　微型小说排行榜

惊艳马骨胡

墨　村

　　此时的广西德保县城华灯初上，热闹的夜生活已拉开了序幕，街心小公园里的"呀嗨戏"（提线木偶戏），已紧锣密鼓地开台上演。我回到下榻的酒店，躺卧在松软舒适的大床上，回味白天的采风收获，依然如醉如痴……

　　忽然，屋门洞开，一位头戴缀满银色络缨丝坠白头巾的陌生女子，飘然进入了房间。女子上穿无领蓝色短襟衣，下着长至脚踝的蓝色长裤，长裤外又围着一条与膝盖平齐的五彩百褶裙，亭亭玉立，宛若天仙。

　　女子朝我抿嘴一笑，变戏法似的从身后拿出一把琴杆顶端雕刻着马头雕饰的二胡，琴筒往腰间一支，左手持琴，右手拉弓，一曲绝美的音乐声便开始在房间里飘荡回旋。音色圆润柔和，清脆明亮，尖锐的高音，刚劲的低音，似二胡又不似二胡。女子左手滑音、飞指、勾弦、拨弦，环环相扣，右手拉、推、连、顿、跳、抽、送、抛、击、搓，技巧娴熟。

　　随着杂糅了小桥流水的江南丝竹风格的优美音乐声，黄澄澄的油葵花与蓝莹莹的格桑花次第盛开；鉴河之上，曼贝侬小西湖碧水粼粼，舟帆点点；开满山坡果汁鲜美的金黄脐橙硕果累累，轻咬一口，唇齿留香；层林尽染的红枫林万山红遍，美轮美奂；一群群小巧玲珑体型秀美，毛色分别为骝色、青色、枣红、浅栗、深栗的德保矮马，时不时从眼前一掠而过，那铁蹄敲击石板的嘚嘚之声，伴随着慢如行云流水、快似万马奔腾的马骨胡演奏，宛如置身金光四射、云霓缥缈的仙境一般。

音乐不断推进，高潮迭起，我惊讶地发现其演奏与二胡迥然不同，在进入快节奏的时候，反转成了弱强弱强的奇特节奏。一幕幕山民们那种跳跃着生活节奏的动态画面接连呈现，在大山的褶皱里、在崎岖的山路上，他们马驮人扛，篓背肩挑，跨沟过坎，翻冈越梁，一根根负重的扁担，在宽厚的肩头接连地抛上压下，吱呀欲折……

这惟妙惟肖淋漓尽致的视听盛宴，使我身不由己地微闭双目，沉浸在了如梦如幻的音乐海洋之中。

吱呀，又是一声门响，从开启的门缝中，探进几匹挤在一起的小矮马平直的马头，它们不停地眨动着鼓凸的小眼睛，两只短耳，机警地竖立着，随着音乐的节拍左右扇动，少顷，比赛般竞相打着响鼻，一个个心满意足地缩回了头颅。屋门重新悄没声息地关上了。马蹄清脆，携带着忽低忽高缥缈的音乐声，渐行渐远，慢慢消融于青山秀水之间。喧哗的房间一下子变得寂静无声了。我缓缓睁开陶醉的双眼，却发觉女子早已收起了弓弦，正目不转睛地紧盯着我，见我睁眼看她，女子羞涩地低下了头，我知道您是作家墨村，我很喜欢读您的小说！

哦，你是？

女子再一次笑了，露出一排米粒般洁白的牙齿，您不用知道我是谁，记着我是您的铁杆墨粉就行了。我知道您痴迷民族音乐，我也喜欢。您可以给我签名吗？可以和我合影留念吗？

遇到如此喜爱自己作品的读者，我有点晕乎乎地得意，可以，可以，完全可以。

话音未落，女子伸展玉臂，腰身一扭，裙裾一旋，伴随着一阵扑面香风，身上的短襟衣像一只蝴蝶，翩然而飞，缓缓坠落在红木地板上，整个上身只留下一件令人目眩的粉红胸罩。

女子汪着一对媚眼，挺胸袭来，别想歪了，我只是想让您把您的名字签在这上面。我的右手索索发抖，笔尖几次滑落。好不容易抖颤下最后一笔笔画，手心里已握满了一汪湿汗，干渴的嗓子像粘上了一片树叶。

谢谢您！女子翘起脚尖，双臂环抱，重重地亲在了我发烫的脸颊上。猝不及防的我木呆呆支叉着两条胳膊，签名笔叭一声掉在了地板上。

好哥哥，你就不能给小妹一个回抱吗？

我慌乱地点着头，紧紧地把女子娇柔的热身子箍进了怀里，矮马、红枫、小西湖，啊，太神奇了！我真想把你一起带走！

女子一愣，惊兔一般缩回了身子，你想把我占为己有？告诉你，美是带不走的，我的美属于德保！女子一拉窗户，飞身扑出了窗外。

咴咴咴咴，一阵惊心动魄的马嘶声，在楼宇间激烈地碰撞着，回旋，升腾，再回旋，再升腾……

有人跳楼了！

我大吼一声，一个鲤鱼翻身，从床上弹跳而起。惊恐四望，哪里还有那位头戴白色络缨丝坠的女子。深红色的窗帘严丝合缝，门窗一切完好，床头灯暖昧地沉睡在昏黄的光晕里，电视屏幕上，两个女子缠着一个男人，吵闹着哭啼着要死要活。

一场虚惊，睡意全无，点燃一支烟，推开门窗，咿咿呀呀的"呀嗨戏"早已偃旗息鼓，不见了踪影。灯火璀璨的大街上，行人稀少，间或有超大功率的摩托车，呼啸而过，粗大的排气管一路咆哮，粗野而霸道。街边的夜市摊上，隐约传来摊主恹恹的拉长声调的吆喝声，6号桌，香血肠一份，大麻鸭一盘，烤羊肉十串，外加蛤蚧雄睾酒，两瓶——！

夜，已经很深了。

那是一个坑

李　吟

王超盯着天上的秋阳，不刺眼。

王超再看眼前那口深坑，黑黢黢，有底吗？他挺挺胸，别害怕，下去吧，坑里有玉石；别害怕，下去一趟再上来，三千元现金便到手，诱人嘛。

深坑在郊外的一棵大梨树下。建筑商老乔的儿子与伙伴在这儿玩耍，老乔的儿子颈上吊着块玉石，祖传的，极珍贵。那小子把一位小女孩头上的花朵摘下扔进了深坑，女孩哭，大声喊，那小子要逃，可小女孩不服气，扯下老乔儿子颈上的玉石丢进深坑……女孩儿的父母不在家，找谁啊？老乔只好悬赏一千元，寻人沉下深坑找玉石。可一千元现金算个啥？谁愿意把生命放进坑里去"玩笑"？凑巧的是王超正好路过现场，见老乔指着小女孩大骂着。小女孩哭得伤心，嘴里叫着"奶奶奶奶来救我"，可奶奶总是没出现。王超一咬牙，说给三千元，他保证下去找到玉石。王超随口一声保证就惹上了麻烦，老乔拽住他不松手，问需要签订协议吗？王超摇摇头，下去就下去，协个什么议？他是个大男人，好歹也是贩卖山货的小老板。

君子一言快马一鞭。王超临下深坑前，手机响了，妻子问王超在哪里，王超撒谎了，说他在大宁河火锅店里陪客人。妻子说家里煤气灶坏了，要王超快回家。王超说正忙着，等会儿便回家。王超确实忙，想整几个钱，不忙不行。他计划今年买个门市，实现了；让儿子读研，实现了；给儿子买套新房，实现了。他还得让妻子好好过日子，得兑现。妻子腿残了，是他的过错。半年前，王超骑着摩托去乡下收山货，后座上带着妻子。村道太陡，摩托栽下路坎，他妻子性命虽保住了，左腿却残了……王超摁断信号，到了深坑边，要求先把一只公鸡放下去，只要公鸡上来是活的，他下去再上来肯定也是活的。

众人将公鸡放下三十多米的深坑，拉上来，哇！公鸡长鸣一声。

王超长舒一口气，腰间系上麻绳，头上有矿灯。

老乔问王超需要氧气吗？王超说氧个什么气？免了吧。

王超看着十多位汉子守在安有滑轮的地方，黝黑的脸上满是神圣，一挥手："放。"

绳索嗖嗖声响，王超缓缓下沉，头上的灯光在坑壁上直晃悠。

王超深入坑底。坑底有杂物，有动物骨架……骇死人。真是神灵保佑，王超一眼就发现玉石躺在几块骨头旁边。玉石闪着蓝幽幽的光。王超抓起玉石，掸掸玉石链子，链子也串满了珠子。他抠抠脑袋，忽然把链子扯断一截，掂一掂。为何要扯断链子呢？他一笑，嘿嘿嘿！他将链子塞到坑壁的一个小凹洞里，然后摇动麻绳，三下，再三下。

王超被拉上地面，把玉石递给老乔。

老乔甚是兴奋，攥着玉石，问链子怎么还差那么一截？

王超抠抠脑袋，说他在坑里发现时就是这样。

老乔一脸狐疑："是不是你扯断了？"

王超勃然大怒："我扯断了？我给你扯断了？"王超扑过去，伸手要夺老乔手上的玉石。

老乔退几步："你在要诡计！链子在你身上。"

王超急了，双手扯衣领，扯裤子，裤子褪下老远，红色短裤都暴露出来。他掏出身上的现金一大把，朝老乔直摇晃，说他出三千元，再把玉石丢进坑里，让老乔自己下去找回玉石，可以吧？

老乔还没吭声时，一位妇人带着一个小孩来了。小孩是老乔的儿子。孩子只有一只左臂，下巴上还有一块疤。孩子从老乔手里抓过玉石，泪水唰地出来了，说链子断了，不好看了，不好看了。

众人看着孩子在哭，议论纷纷，有人说老乔不地道，有人说王超也不地道。

老乔的脸庞要爆炸："你不是还想要我的钱吗？再加一千块。"老乔竖起一根食指，戳向天空，好久没有倒下来。

王超一昂头："我再下去，死了也会爬上来。"

王超又被绳索放进坑里。当然，他不费吹灰之力就找到了链子。他站在坑底，关了手电筒，光明不在，坑里瘆人的黑。他就那么站着，谁也看不见他，他也看不见谁。王超感到身上麻酥酥的，快上去！王超使劲儿摇绳索，三下，再三下。

王超又被拉上地面，他把那截链子捧给老乔的儿子，然后从老乔手里取过现金，腮帮鼓几鼓，数了两次，取出一千元塞进老乔儿子的手上，一拍屁股，扬长而去。

王超去了饭馆，煮了一碗肉丝面条，还有二两白酒，压压惊。他正张嘴嗍面条时，手机响了，居然是老乔打来的。老乔问王超是什么文化程度，在哪里上班，一天能挣多少钱；还问王超老婆有没有工作，有几个孩子。王超不知老乔在哪里问到他的号码，他想了想，一跺脚："乔总，你问这些做啥？心疼钱了？想要回去？"老乔在手机里笑："你扯啥呀扯？我问你一下，身上会少了一块肉？那截链子是你故意扯断的吗？你为何少要我一千块钱？"王超听着老乔在手机里啰唆着，他不作声了。

过了一会儿，王超对着手机一声喊："乔总，你是有钱人，和我探讨这个问题做啥呢？那是一个坑！"

今晚儿吃啥呀

乔　迁

　　还有半小时下班，老张从办公桌前站了起来，踱到老李和老王的办公桌前，老李和老王的办公桌对摆，老张的办公桌单摆的。老张是俩人的领导，但老张一点领导的架子都没有，除了办公桌单摆以外，与俩人看不出任何差别来。看不出差别是对的，一个办公室就他们三个人，清汤清水的一个小部门，一天从早到晚也不见一个上门来办事的人，这样的部门，用本地的一句俗语说："淡了吧唧的！"

　　一个淡了吧唧的部门，三个人却过得有滋有味的。老张踱着步过来，老李和老王就放下手中的活，其实也没什么活，今天干明天干都一样，不影响啥。俩人侧了一下椅子，并不起身，把脸冲着老张，微笑着问道："领导，今晚儿吃啥呀？"

　　老张就笑，对他俩说："研究研究，反正不能跟昨儿个和前儿个重了的，换样来。"

　　老李和老王就嘿嘿了几声说："那是啊，每天不能吃一样的啊！"

　　老张说："老规矩，咱三个人两菜一汤，多了浪费的。"

　　老李和老王附和道："对，对，一定要节约，浪费可耻，浪费有罪。两菜一汤咱们三个也足够了，再者，咱们这小部门清汤清水的，得精打细算，细水长流啊，一顿就整没了，明儿个咋办？往后咋办？"

老张点头："说得对，认识很到位啊！说说，今晚儿的两菜一汤来啥？"

老李比老张和老王都胖，晃了一下脑袋，张开左手五指，右手往下掰指头说："昨儿个吃的锅包肉，前儿个吃的红烧鲤鱼，今儿个吃糖醋排骨吧！"

老王立刻说道："不行，大前儿个吃的糖醋排骨，你忘了吧！"

老李一怔，望着老张问："是吗？"

老张思索了一下，点了下头说："好像是的，换一个。"

没等老李开口换菜，老王说道："还是我来点吧，你点净可你口来的，大前儿个的排骨你非得要糖醋的，你能吃，我这糖尿病能吃吗？！"

"你那么瘦还有糖尿病，我这么胖都没有糖尿病的……"老李张口就说。

老张赶紧一挥手，止住老李的话说："今儿个荤菜让老王点，老王点啥是啥！"

"铁锅爆大鹅！"老王张口而出，铿锵有力，一锤定音。

"这个行！而且要爆得干巴些，有嚼头。"老张说道。

老李看看老张，冲老王说道："就咱三个人，吃得了吗？"

老王呛老李："咋吃不了？干爆大鹅，不放土豆干，啥都不放。"

老李说："那也吃不了啊，一个大鹅六七斤呢……"

"爆半只爆半只，半只一定能吃得了。"老张赶紧说道。

老王嘴都张开了，看看老张，把嘴又闭上了。

"荤菜有了，素菜吃啥？"老张冲俩人问道。

老李看了一眼老王，似乎对素菜不感兴趣，说了一句："啥都行。"

老张望定老王："老王你说。"

老王犹豫了一下说："要么吃酸菜的……"

老李呼地站了起来，冲老王叫道："麻烦不？直接大鹅炖酸菜就完了，现在不流行这么吃吗！"

"酸菜粉，酸菜粉，老王是不要吃酸菜粉。"老张赶忙冲老王叫道。

老王看看老李，半张着嘴，强扭过脸来面对老张说："是荠菜粉。"

老李吐了一口唾沫说："不是一样吗！"

老张啪地拍了一下老李的桌子，掷地有声："就这么着了，一荤一素定了。还有一汤，这下班时间马上就到了，我就定了，酸菜汤！"

老李翻了一下眼珠子说："有酸菜的了！"

老张一乐："那就三丝汤。"

老王犹犹疑疑地说："前儿个好像是三丝汤。"

老张揉了揉太阳穴，挥手叫道："丸子汤，鱼丸的，加油菜。"

老李和老王不吱声了，算是认可。

"酒还喝本地小烧，纯粮不上头。"老张起身走回自己座位，从椅背上把外套拿起来，说："到点了，走吧！"

老李和老王也抓起外套，穿上，出了办公室，锁门。三人相跟着出了办公楼，然后并排走，走了二百米，到了一个十字路口，老张冲老李和老王说了一句："明儿个接着吃啊！"

老李和老王呵呵一笑，异口同声地说了一句："好，明儿个接着吃。"

说完，三个人便朝着三个不同的方向走去。

老张回到家，一进屋便闻了鱼丸汤的味道，便冲着厨房里的老伴喊了一声："别忘了放油菜啊！"

老王回到家，老伴问他："晚上吃什么？"老王想了想说："荠菜粉吧！"老伴有些不高兴地往厨房走，说："天天荠菜粉，一缸酸菜都快吃没了。"

老李回到家，把手里在路上买的半只熟鹅冲老伴一扬说："加把土豆干再烧一下……"

老黑头进城记

唐丽妮

广西，武鸣，甘圩镇，某村，老黑头，壮族。

"死老头，你犟，犟得过天？"一到家，徐婆就骂。

"在家养半个月，就去南宁！"

"他们上班忙，我在那里给孙子孙女们把屎把尿的。你倒好，躲清闲，不肯去，看看，看看，摔了吧？动不得了吧？"徐婆想起一茬，骂一茬，一边手脚利索地收拾房间。

老黑头鼓腮鼓眼睛。

他挺在床上，动弹不得，像是被股骨上的钢钉钉在那里一样。他刚被从医院接回来。老婆子和儿子们原定把他接到南宁老三家养伤，可他硬逼着老二把小汽车往村里开。

雨天滑一跤，骨头竟就断了！自己丢开犁耙两年不到，就变成块烂豆腐了！那两分地还等着点上花生，那半坡肉桂还等着去收拾呢！

"南宁？不去！"老黑头心里委屈。

这辈子，他的汗水，他的甜日子都落在这里，病了，残了，死了，化蛆，化泥，当然也还是在这里了。

小时候，甘圩的土匪常进村打劫。土匪来，他就跟着大人，没命地跑，到后山的洞里蹲着。有一次，歹人在他家门口堆上玉米秸，点上火。火光把天都烧红了。山洞口也是红的。他蹲在洞里，浑身抖。那次是父亲背他回去的。那时，他日夜梦想着离开这村子，永不回来。

　　可中华人民共和国成立后，土匪被政府剿了。村子安定，他不用再跑再躲，十四岁，就下田下地了。第一天出工，是插秧，两条细腿踩进泥浆水里，痒酥酥，从脚板底擦过小腿肚子，直往心上爬，那感觉比捋猫毛还要松爽。

　　就那一下，他觉得，跟这片田地是拉扯不清了。

　　1958年，他19岁，满身的肉疙瘩，两条腿往水田一站，就像打下了两根木桩。生日那天，他接过队里的一头牛和一副犁，犁出了一条黑黝黝的泥路。

　　在这泥路上，老黑头挺过了三年饥荒，走过了乱糟糟的红卫兵年代，直到包产到户。自家分到的那十几亩田地，就是他的金矿银田，三个儿子的一勺粥一口饭，都是从那里刨出来的。

　　从黑发到白发，他这一生都在田地里打滚，呼出的气都夹有泥腥味，他就是一块泥巴疙瘩了，怎离得开？

　　"你离不开？当初谁说做农苦？撵他们去读书，要他们出外，出去就不要回来了。"徐婆说着，就把牛奶吸管从他嘴里拔出来，把空盒扔了。

　　"他们不出去，吃什么？这田地都变路变公园了。亏得我有先见之明！"老黑头瞪老婆子一眼。

　　"呵，我们家也划入南宁市了，你在这里，跟在老三那，不是一样？"

　　老黑头哑了口，闭上眼，装睡。

　　他也闹不明白，到底为哪一出？农人苦过黄连。哪个农人不想洗脚上田？不眼馋城里人？自己银行里十几万元征地款青苗费放着哩，那两分剩地值什么惦记？儿子们在城里有吃有穿，叫老人去跟着住，是看孙子，更是不放心老人。他懂。

　　老黑头不懂的，是自己。

按说，这不是贫与富的事，现在这日子比旧时的地主还要舒坦。自己还守什么呢？屋子？祖宗？

一阵工夫，徐婆已在家里厅堂及各屋都烧上了香，求祖宗保佑，化灾化难。

祭祀的烟气升起来，很快就堆满了屋。

老黑头觉得心口闷闷地疼了一下。

半个月后，老黑头仍然被钉在床上，下不了地。

老三却挂着两个黑眼圈回来了。

"爸，妈再不去帮看小青草，你儿子就得关门歇业啦。"老三说。他开的是快餐店，没日没夜的，实在顾不上孩子。老黑头明白。

近来，老婆子倒不骂他，不逼他了，可她常一个人傻愣愣地坐着，估计是想小青草了。那小脸，更瘦了，更皱了。

"去了南宁，老的废，小的闹，小老太婆怎扛得住？"老黑头心里一阵阵地疼。

"嘣！"老黑头一拳砸在自己大腿上。他恨自己，也怨老三。

到了老三家，一眼瞧见亲家母正在给小青草喂饭。

他的心，一下就松了，暖了。

转眼过大年，一大家子全回村里老家团聚，祭祖宗。老黑头已大好，笑呵呵，端坐主座，喝烧酒，吃大肉，接受儿孙们的祝福。

清明的时候，不用老头子吩咐，儿子们挑上鸡鸭烟酒糖饼，还有五色糯米饭，分路进山，给祖宗们清理墓地，烧香，摆供品，祭拜，求护佑。那时刻，老黑头拉着徐婆，坐厅堂，笑吟吟，等众儿孙归来。

现在，老黑头胖了，白了，背着手在朝阳广场散步。

1968年的借条

岳秀红

　　王明聪回老家是因为县里邀请。现在讲借鸡生蛋引进外资，这小县城当然引不进外国人的资，借不到外国的鸡，就只有把目光转向根在县城的王明聪这类年轻有实力的儒商。县里引资办再三发邀请函，王明聪不好意思直接拒绝，答应回老家考察一番，再决定投资与否。王明聪想：如果真有不错条件，投点资也好，算是为父老乡亲献爱心，为家乡建设做点贡献。

　　在县城考察三天，王明聪没有考察出任何值得投资的项目。交通不便能源不足信息闭塞，这一点投资进去岂不等于泥沉大海不起一个小泡！陪同的副书记、副县长和引资办的人看着王明聪永远一副严肃样，心也一个劲往下沉。因为王明聪没明确说出拒绝的话，抱一丝希望的他们依然热情无比地陪伴和招待。副书记还派人专程接来在乡下养老的王明聪父母。

　　第三天晚上吃过饭，王明聪照旧拒绝他们的娱乐邀请，和父母回宾馆休息。等王明聪洗漱完毕，老爸问儿子：老么，这投资的事你拿主意没？王明聪说：不好办，投资没条件，不想投。老爸瞪儿子：啥条件，你多投资不就有了条件！王明聪摇头：爸，您不懂，投资得讲效益，我把钱投在别处效益大赚得多。老爸仍然瞪儿子：没人投资，这儿不就一直穷下去！王明聪笑起来：爸，

313

您管这么多干啥，您现在又不穷。老爸不再瞪儿子，伸手掏什么。一阵声响后，老爸递给儿子一张泛黄的纸。王明聪接过一看，一张旧纸条——

今借到向阳人民公社三大队八生产队豌豆十斤、黄豆十斤、绿豆十斤、花生十斤。

借物人：王得宝

1968年3月21日

王得宝是老爸的名字。王明聪问老爸：爸，您拿这旧借条做啥？老爸不回答，问儿子：老幺，整个向阳乡只你一人出国念过书对不？儿子点头。老爸又问：老幺，苏村坝只你一人念过大学对不？儿子又点头。老爸再问：老幺，苏村坝多憨子傻子对不？儿子还点头。老爸继续问：老幺，你哥你姐脑瓜子笨没念过书对不？儿子仍点头。老爸拿过儿子手中的纸，问：老幺，你爸当过生产队粮食保管员对不？儿子说：我知道。老爸将正在看电视的老娘拉过来，问：他娘，你生四个娃儿，就只怀老幺生老幺坐月子吃过好东西对不？老娘咧开没牙的嘴笑：你爹想要一个不傻的娃，我也要命地想。老爸不让老娘再说，问儿子：老幺，你生在哪一年？王明聪脸烧起来，轻声答：1968年。老娘不顾男人阻止，又开了口：老幺，你生在1968年享福哩，你从来没缺过奶吃。你爸是党的人，就只这回拿公家东西没还。

第四天上午，王明聪主动和县里签订投资合同。王明聪的投资远远超过县里的期望，让他们喜出望外。

送 水

李德霞

爹在我家院里打了一口井，井水很甜，很凉。

爹还请村里的木匠在井口装了个辘轳。从此，爹就再也不用到离村一里地的老龙潭去挑水了。

我家西院，住着银环。银环是个寡妇，几年前死了男人，带着个六岁的黄毛丫头过日子。别的不说，光冬天挑水就让她吃尽了苦头。爹思来想去，终于在一个清亮的早晨，把我家西院墙扒了个豁口，让银环也上我家院里来挑水。

自从有了这个豁口，银环挑水方便多了，不用走院门，跨过豁口就来到水井边。一根扁担，两只水桶。扁担颤颤悠悠，水桶颤颤悠悠。挑着水的银环，脚步轻轻快快，细腰扭扭搭搭。

有时，银环来挑水，赶巧爹在家，爹一准会丢下手头的活计，跑过去搭把手，甚至不顾银环的阻拦，夺过扁担，挑起水桶就迈过了豁口。

屋里的娘看见了，那张脸拉得比爹扒的豁口还难看。

秋去冬来，爹进城去开"三干会"。

爹是村里的支书，每年的这个时候，他都要进城去开会，一走好几天。

爹走的那天晚上，漫天大雪下了整整一夜。村里村外，白茫茫一片。

山里的狐狸找不到东西吃，那晚就窜进村子里，叼走我家一只老母鸡。

娘心疼得直掉泪。咒过几遍狐狸后，娘的脸上突然露出了笑容。娘老早就想堵上那个豁口了，只是找不到借口，狐狸的作恶成全了娘，给她堵上豁口提供了最好的理由。于是，娘不顾天寒地冻，和泥搬坯，吭哧吭哧，不消半日，就把那个豁口给堵上了。

娘拍拍身上的泥巴，揉揉冻红的手，对着那个歪歪扭扭的豁口说："害人的东西，有本事你再过来？"

那晚，娘睡得很香，甚至打起了轻微的呼噜。

几天后，爹开完会回来。

走进院门，爹第一眼看到的，是被娘堵上的那个豁口。

进了屋，不等爹开口，娘抢先道："都怪你，好端端的院墙，扒个豁口，让狐狸钻进来，叼走咱家那只老母鸡，害得我堵了老半天……"

爹呵呵一笑："你那不是堵狐狸，是堵隔壁的银环，对不对？"

娘的脸一红，又一白。娘剜爹一眼："瞎说！"

"就你那小心眼儿，能瞒得过我？"爹操起炕头上的旱烟袋，"不过，你堵得也好，省得我再动手了。"

娘愣愣地看着爹："你挖苦人？"

爹说："我说的是真话。"

"这话咋讲？"

爹划根火柴，点着旱烟，吧嗒几口说："这次'三干会'上，我认识了上马村的乔支书。乔支书和我同岁，几年前死了老婆，想再找一个，没合适的，我就给他介绍了银环。没想到，乔支书跟银环还是小学同学哩……乔支书答应明天就来见银环。依我看，这门亲事，十有八九准能成……"

娘低着个头，不吱声。

爹说："你说，那个豁口，你是不是堵对了？"

娘看着爹，拧着眉头说："要不，我把那个豁口再扒了？"

爹脸一板："你这不是解开裤子放屁吗？"

娘想了想，脸上突然有了笑模样。娘扭身出了门。

爹抻脖子瞅着走出屋的娘。

娘来到水井边，麻利地摇满两桶水……

娘操起扁担，挑起水桶，一扭一扭出了我家的院门……

屋里的爹，嘿嘿地笑出了声儿。

疲 惫

厉周吉

又吃馒头？赵刚看了一眼妻子摆在餐桌上的馒头，皱了皱眉头。

快了，再有三五天就吃完了！妻子脸上带着浅浅的笑意。

三五天？怕是两个三五天也吃不完吧！赵刚再次皱了皱眉头。

别说了，再说茜茜更不吃了！妻子小声说。

不吃就对了，干脆扔了算了。赵刚声音又提高了几分。

叫你别说，你偏偏说，有你这样烦人的吗！难怪孩子烦你！妻子也生起气来。

茜茜同意去听课了吗！看见妻子摇头，赵刚再次皱了皱眉头说，老人、孩子没有省心的。

生气归生气，馒头还得吃。赵刚用力掰开一个馒头，揭掉长了淡淡白毛的薄皮，使劲咬一口，很夸张地咀嚼起来。

赵刚和妻子的老家都在乡下，双方母亲都是每年刚进入腊月就开始办年，一样接着一样，那真是不到除夕不结束：做豆腐，做面鱼，做菜包，做豆包，蒸年糕，蒸发团，蒸馒头，蒸枣山，炸鸡，炸鱼，炸肉，炸丸子，煮鸡，煮鸭，煮肉，煮卤子……

一下做这么多好东西干啥呀？什么时候想吃再做，不是更好吗？对母亲和岳母的做法，赵刚曾多次质疑。

不这样还是过年吗？谁家过年不这样！你们咋这样不重视传统！你们既不理解我，也不心疼我，谁都不帮忙，想想我都生气！办年那些日子，我几乎天天熬夜，累得手脖子到现在还疼！几天前，赵刚问母亲时，母亲这样说。

置办下这么多好东西，吃着吃着就变了质。稍微变点质，肯定不舍得扔，于是每年赵刚都有接近两个月的时间在吃这样的食物。

三年前，赵刚因为肠息肉住了二十多天的院，医生说与经常吃霉变食物有一定关系。这让赵刚对这些食品更加抵触。面对那么多的食品，赵刚感到既郁闷又恐惧，这种感觉把过春节的所有美好都抵消了。

茜茜吃饭了！妻子的一声吆喝，把赵刚的思绪拉回现实。

茜茜听话，今天的一个培训与两项活动都非常重要，你都得参加……赵刚趁着茜茜吃饭又开始做思想工作。

不去。茜茜干脆地说。

为什么呢！赵刚微笑着说。

有必要吗？我为什么要参加那么多的培训和活动？假期就要结束了，我可曾休息一天？我本想这几天自己支配，连那个培训也不参加了，想不到你们又给我报了两项活动！

我们都是为了你好，你不知道考上名牌大学对以后发展多么有利！我们可不想让你再过我们这样的生活，我和你妈当初要是再努力一点，哪里是现在这个样子！哪有你这样不懂事的孩子，你不知道为了给你选择活动项目，你妈都累得头疼！赵刚把刚吃了一半的馒头放在桌上说。

我才不领情，自找的！什么年代了，我就不信考不上名牌大学就得饿死！我更不信参加你们给我报的乱七八糟的辅导对学习有利！茜茜也把馒头放到桌上，直直地盯着赵刚说。

面对女儿的强烈质疑，赵刚一时不知怎么回答才好，忽然就感到一阵头

319

疼。

看你们爷俩呀！谁也别说了，参不参加都得吃饭！茜茜尝尝我煲的汤，这可是我昨天刚从网上学到的地道做法，可好喝了！妻子急忙打圆场。

与此同时，赵刚感觉到自己的大腿被妻子的尖细指甲戳得生疼生疼，那种疼深刻无比，直达内心深处。赵刚不能喊疼，也不能在脸上表现出来，只能强忍着。

为什么要过年呀！为什么要放假呀！放假明明是休息的，我的假期为什么比平时还忙碌呀！那么多的亲戚需要走，那么多的作业需要做，那么多的培训需要参加！你们可有关心我有多么疲惫！我真是被假期吓怕了。茜茜拿起馒头，重重地叹了口气。

假期本来就是这样的，成绩优秀的孩子，哪有玩的？我们对你的要求还是低的。春天不辛勤耕耘，秋天哪有丰硕收获？要想将来有个光明前途，现在必须多付出……妈妈头头是道地劝说茜茜。

那天，在爸爸妈妈的耐心劝导下，茜茜终归还是同意参加所有的学习培训和活动。赵刚把茜茜送到辅导中心大门口后，茜茜稍显佝偻的单薄背影很快就融入了由无数靓丽背影构成的一派五彩斑斓之中。

在掉转电动车车头准备离开前，赵刚忽然感到浑身疲惫，他定定地呆在原地，出了好一会神。

我是潘金莲

凌　尘

　　张老歪发现老婆香莲不对劲，是她带回来一大块猪头肉的时候。已经有半年没有吃肉了，张老歪甚至连猪头肉是啥味道都忘了。他侧卧在床上，看着香莲切肉。香莲把猪头肉片得很薄，装了满满一大盘。那肉肥硕得闪着油光，肥肉下面连带着瘦肉，香莲没切完那香味就飘到床上。张老歪咽了口唾沫，两手按着床勉强坐起来。张老歪看着香莲今天始终背着个脸，好像不敢看他似的。

　　这些日子，张老歪才刚能自己扶着床边坐起来。家里的钱，都花光了。他的双腿，是自己开着拖拉机钻进路沟挤坏的，命差点挤没了。拖拉机被救援队解体了才把他救出来，两条腿没了，连下身都受了伤，张老歪奇迹般地活过来了。

　　张老歪的外号不是白叫的，他的头有些歪。前天张四来串门，悄悄告诉他："老歪，你老婆有作风问题。"

　　张老歪立马说道："胡说。"

　　张四小声说："我看着好几次了，香莲在南岭干活的时候，跟一个光头的人去了沟下的树林，你不信？"

　　张老歪的脸慢慢发生了变化，张四见了，就悄悄溜走了。

张老歪沉默了半天，他没出事的时候，见过香莲坐在别人的自行车后架上，还搂着人家的腰。张老歪气得脸铁青，他把床头的东西都扔了，只要能抓到的，被子也掀了。香莲回到家，看见地上乱七八糟，张老歪的脸色很难看。

香莲说："你发什么疯？"

张老歪不知是冻的还是气的："你，你干的好事！"

香莲知道有人来过，说："你听谁嚼舌头？"

张老歪头一转："没谁！"

香莲说："我一天到晚容易吗，你整天疑神疑鬼的。俺还就真有那事，你能怎的？"

张老歪瞪大眼珠子，憋了半天蹦出一句："你，你个破货！"

香莲气得把桌子上的碗筷摔了："俺天天伺候你吃喝拉撒，我让你吃，哪天一把耗子药药死你。"

张老歪怔住了，半天才说："你怎么这么毒，你还真是个潘金莲。"

香莲一听，大声道："我就是潘金莲，你等着。"

老歪像霜打的茄子，蔫了。他无奈地看着香莲走了。

香莲收拾着饭菜，把猪头肉端到床头，眼睛却没看张老歪，张老歪一直注视着她。

"你有事？"张老歪问。头些天的事，让他明白了一个女人多不容易，张老歪想了一个晚上。

香莲还是没看他："没事。"摆好了，香莲拿起筷子，夹了一片肉放进嘴里，边吃边说，"先毒死我吧。"说完放下筷子走了。

张老歪看着猪头肉，一下子没了食欲。

张老歪想了好几天，他知道香莲早就有外遇，可现在他什么都不能给她。张老歪做了个决定，他把香莲喊到床前，说："咱俩离婚吧，我不能再拖累你了。"

香莲真没想到，这话能从张老歪嘴里说出来。香莲的嘴上再怎么说，心还是软的。她瞅着张老歪，眼圈红了。她觉得对不起他，说："俺，俺真做了对不起你的事了。"

张老歪很从容地说："知道。"有好几个人告诉过他，香莲能当着他面上说这话，缘分没了，都怨自己。张老歪的心里不是个滋味，五味杂陈的。这两年来，地里都是那人帮香莲干活，不然这个家早垮了。张老歪觉得有些对不住香莲。

香莲说："你知道是谁？"

张老歪说："就是骑车带你去县城的陈光头，咱一个学校的。"

香莲没想到张老歪这么清楚，问："要离婚了，你怎么办？"

张老歪说："这不用你管，你只要签字就行了。"说完在床头上拿出一张离婚协议，张老歪用了一天写好的。

香莲接过来，鼻子一酸，竟落下泪，这两年她从来没在张老歪跟前流过眼泪。"等一会。"香莲说完拿着离婚协议走了。

香莲回来的时候，带着陈光头来了。香莲拿着离婚协议，让张老歪签字。张老歪见了，泪如雨下。

离婚协议最后加了一条：离婚后，我赵香莲和陈亮，共同照顾张树声。

张树声是张老歪的真名。

定钢锤

朱　羊

　　小时候，但凡遇到拿不准的事情，我们往往会采取定钢锤的办法来解决。眼睛紧盯着对手，嘴里大声喊："定钢——锤！定钢——锤！"铿铿地跺脚，再将藏于背后的手猛地伸出来：石头、剪刀或布，一般三局两胜，输赢立见分晓。

　　我又一次败给了王三旦，只好乖乖去背坐在地上的黄小珊。

　　黄小珊刚才和我们一起去果园偷沙果，从土墙上跳下时把脚崴了，疼得她龇牙咧嘴直嚷嚷："你们拿我当个啥呢？不爱背，我爬回去好了！"

　　王三旦嬉皮笑脸地："哪有不爱背女同学的，为了背你，快争得头破血流了。"

　　我背起肉包子似的黄小珊，没走出几步，汗珠子就摔到脚面上了。

　　"沉吗？"黄小珊明知故问。

　　我心说，你自己啥分量心里没个数啊？又唯恐王三旦一旁看笑话，于是硬着头皮说："沉倒不沉，就是上不来气，哎哟，你勒着我脖子了！"

　　黄小珊笑得咯咯地："羊，怪不得你比他们学习好，识数呀。"

　　因为背黄小珊，我多分了一份沙果。王三旦从我的果子里挑出一个最大的，"咔哧"咬掉大半拉，然后酸出一句："好事都给你占了。"

我气得脸红脖子粗，正想发作，一下子想起爸爸教我的那句话，男子汉要拿得起放得下。所以，王三旦应该感谢我有一个良好的启蒙教育，不然，真动起手来，打他个万朵桃花开，那算是轻的。

之所以没人愿意背黄小珊，主要原因不是嫌她胖，而是她长得根本就没个女孩儿样，纯粹一个假小子，同学们背后都叫她"黄小山"。一张圆嘟嘟的脸长满了芝麻粒般的雀斑，支棱着一头半寸来长的黄头发，成天地跟着我们这群野小子疯，活像只被狗撵了的麻雀，叽叽喳喳没个消停时候。

从那以后，我便悄悄地躲着黄小珊，真是一朝被蛇咬，十年怕井绳啊。快上高中的时候，黄小珊转学走了，但我被"黄山压顶"的笑话，却一直在朋友圈里广为流传。

很多年过去，我们都长大成人了，可是王三旦依然会拿这件事要挟我，为了能让他在我新交的每个女朋友面前守口如瓶，我请他吃遍了全市大大小小的饭店，我自认倒霉，每每想起黄小珊，不免痛由心生，我那美好的童年基本上交代在你手里了。

这一天，王三旦又给我安排了一场相亲。

"你是上天派下来专门吃定我的吗？"

王三旦在电话那头嘿嘿笑："你现在还有十五分钟，鸿福楼大酒店，告诉你，错过这次机会，我保证你后悔一辈子！"

他每次都这样说，而且每次相亲的结果都大同小异，不是人家看不上我，就是我看不上人家，没孔的笛子两头缠，根本就没个音儿。我真后悔，这辈子怎么交下他这么个哥们呢。

撂了电话，开车直奔全市最高档的鸿福楼，远远望去，见王三旦和一个身材高挑的红衣女子站在门口。

再走近些瞧，那女子可不是一般的标致呀，真如同天上掉下来的林妹妹。我不由暗自给王三旦点赞：这家伙总算办了一件靠谱的事。

女子摘下墨镜，飘逸的长发一甩，眼波流转，芳唇轻启："老同学还好吧？"

我懵了半晌，终于灵光乍现般惊呼："黄小珊！这可真是女大十八变啊。"

黄小珊咯咯笑着："你还是没什么大变化呀。"

我寻了个空儿，狠狠地剜了王三旦一眼，你个饿死鬼托生的浑球儿，明明是见老同学，非骗我说相亲，有意思吗？

王三旦全然不予理会，反而用一种很炫耀的口气："小珊现在老厉害了，《百湖文艺》副主编黄山就是她，给你发过不少稿呢。"

"原来黄主编是你呀，我还以为是男的。"

服务员端上来茶水和糕点，王三旦借口去点菜，把我和黄小珊留在了包间。

"真不知道是你来，他告诉我是相亲呢。"

黄小珊白皙的脸颊透出一层红晕，浅浅一笑："他说的没错，是我托他找你来的……"

"啊？"我感觉整个人都木了。

彼此沉默了足有三分钟，最后还是黄小珊打破僵局："我们来做个游戏吧。"

"好。"

"我们还玩小时候的定钢锤怎么样？赢了，你娶我；输了，我嫁给你！"

我想，看来真要把一辈子都交代给她了……

温暖的夜晚

赵向辉

十几个高中同学聚会，酒至半酣，有人提议说一件自己难忘的事。

轮到秦渊海时，他沉默了一小会儿才说。20世纪80年代初，我刚十来岁，和父亲到县城买年货，结果和父亲走散了。当时我很害怕，在大街上漫无目的地走啊走，一边走一边流泪。太阳快落山时，我又冷又饿，被好心人收留了。第二天早晨，我看到了父亲，离开时，我注意到，这是一家小饭馆儿，记得名字有一个"香"字，门前有一块大石头，特别光溜的一块白色大石头。

一个叫梁峰的同学试探着问，那个饭馆是不是叫义连香，好像整个县城就那个饭馆儿门前有大石头，我小的时候去吃过几次饭，记得清楚。

秦渊海惊喜地说，真的吗，你怎么知道？

梁峰说，我家原先在县城住，后来才搬到市里的。

秦渊海说，明天，明天带我去找那个地方，我一定要找到恩人，再不报答就更后悔了。

梁峰说，那里没几年就拆迁了，我也不知道他们搬到了哪里，也许，问问上辈人可能会知道。

天遂人愿，第二天，在梁峰父亲的帮助下，秦渊海顺利找到了当年的恩人，如今已是古稀老人的谢明玉。

一进家门，秦渊海叫声"恩人"就哭上了，边哭边诉说记忆中的事情。老人说，老梁电话里说了以后，我慢慢回想起来了，是有那回事儿，可那都不叫事儿啊，谁没个难处啊，我们早就忘了。

秦渊海说，那天返回的路上，父亲说等有机会一定买上礼品去看望恩人，当亲戚一样走动。谁知，没几个月，父亲竟因肺病恶化撒手人寰了。咽气之前，父亲把我叫到床前说，一定要找到恩人，报答人家。当时我年纪小，来一趟县城也不容易，后来长大了，再去寻找恩人，竟找不到那座房子了，问周边的人也说不知道，我只好放弃了寻找，但是内心一直难以忘怀。

谢明玉老人说，老伴儿前两年走了。我记得当天啊，主要是老伴儿的功劳，他听你说完，想你爹肯定比你还着急呢，就连忙披了件棉袄去了城关派出所，打听有没有人报案丢了孩子，结果人家说没有，他就一边埋怨你爹不报案，一边骑着自行车满大街转悠，一边转悠一边喊，谁家丢了孩子，把整个县城转了两遍，才在后半夜遇到你爹，原来你爹以为你自己回家了，结果到家一看，没有，就又返了回来，一口气走了六七十里地啊。

秦渊海动情地说，听我爹说，可把他累坏了，也累坏了我大伯，在县城转了好几个小时，那么冷的夜。

老人说，都过去了，别放在心上，帮一把的事儿，不难。

秦渊海说，老人家，往后您就是我的亲戚，我会经常来看您的。

老人说，小秦啊，真的不用，我这把年纪了，好静，找到我了，圆了心愿，就行了，往后就别惦记我了！

秦渊海笑着说，那可不行，好容易找到，得让我好好报答报答。

第二天，秦渊海带着省电视台的记者到了谢明玉老人家，采访老人，让她讲述那一段感人的往事，说与采访秦渊海的一同播出，让观众都感受那一份感动。

第三天，晚报的记者也到了，都市报的记者也到了，据说，过两天，外地一家报纸也要来采访。

老人偷偷和秦渊海说，千万别让人来了，不值得这么热闹。

秦渊海说，没事儿，您就等着当网红吧。

晚上，女儿秦小宁对秦渊海说，怎么样？我这策划，这条新闻在我的微信公众号原创发表后，点击量到了10万以上，吸过来3000多个粉丝，一下子就火了一把。下个周末，你再买一些礼品，去老人家里一趟，咱换一个角度说事儿，就说要帮老人看病，相信又会热一阵儿。

周末，阳光灿烂。秦渊海带着市电视台和市电台的记者到谢明玉老人家的时候，只见大门紧闭，铁锁把门。

邻居说，老人雇了一辆三轮车，把东西搬走了。

理　发

白金科

理完发要付多少钱，吴老师很是费了一番心思。

吴老师真心地想帮帮老怜。

老怜也姓吴，叫吴本章，吴老师私底下叫他老怜。做了二十四年的代课老师，临了连个民办也没混上，老可怜了！

想当年吴老师读完完小，直接进了区上的完小做了代课老师。那时候缺人才呀，要是放到现在，哪轮得着他？吴老师进校的时候，老怜已经在那里教学了。老怜是初级中学毕业，早吴老师一年进的校。

吴老师本事有限，只能教一、二年级的算术，老怜就不同了，老怜上学时是高才生，整个完小各个年级的每门功课都能拿得起放得下，是学校的业务骨干。

因为优秀，所以"备受重视"。老怜最好的时光，就是在这样备受重视中度过的。那时候缺人才呀，大队里缺，区政府也缺，一来了运动，要组织学习，要搞材料，要宣传，要……总之，有很多很多繁杂的事情需要文化人，这时候老支书就说，叫吴本章，赶紧的！

老怜就去了，在大伙敬佩的目光中走进大队部，没日没夜地干。

吴老师没本事，只能老老实实地窝在学校里，教他的一二三四。

代课老师最好的结局就是转为正式的民办老师，而在有限的几次机会中，老怜都因为不在岗而耽搁了，后来撤销大队部成立村委会，老怜又被推选为村委会主任，一干就是十多年，十多年干下来，到底也没能干上支部书记，后来因为不顺支部书记的意，被挤下来，镇里可怜他，又让他回了学校，依然做代课老师，但这时候所有的民办老师都已经记录在案，代课老师已经不允许转民办了。

都说可怜之人必有可恨之处，在吴老师看来，这话用在老怜身上是再合适不过了，你说你咋就那么一根筋呢？一九八六年，县教育局组织民办老师摸底工作，镇教委特调老怜加入，这是多好的机会呀，你只需稍稍劳累那么一下，写上"吴本章"三个字，然后装入档案袋里，一切都有了，别说上级根本没查这事，即便是查到了又能咋地？谁不知道你已经干了近二十年的代课老师了？从哪里说不够民办老师的资格呀？

那一次摸底，经老怜的手记录在案的民办老师有几百人，结果是，这些人后来集体转为公办，而老怜依然为代课，再后来，学校没了代课老师一说，老怜只得下岗回家。

现在，吴老师每月有六千多块的退休金，而老怜只能领四百八十元的生活补贴。

就这生活补贴，也是沾了别人的光。好些代课老师因了这样那样的原因没有坚持下来，后来眼睁着教师的待遇大幅提高，心里便不平衡，便要向上级讨说法。在全县的这些人中，老怜的教龄最长，理应出头，最起码也该随队出征，但老怜不去，还说什么上级会考虑的。结果呢，大伙一闹腾，上级还真就重视了，按年限给了点生活补贴，老怜干了二十四年，每月领四百八十块。

老怜混到这份上，儿子不孝顺，老伴又常年吃药，老怜的日子便过得艰难，六七十岁的人了还要去下劳务，结果又把左腿摔折了。村委会照顾，办公楼下腾出一间房来，不收费，让老怜开个理发店，为村里的老年人理发，多少赚些家用。老怜偏又弄出个章程，七十五周岁以上的不收费，七十至七十五岁的收三块，七十岁以下的收五块。这就让吴老师很费心思了。

吴老师不差钱，完全可以去那些大闺女小媳妇开的美发店，到老怜这里真的是想照顾老怜的，他真的想多给老怜几个钱。

但是老怜一根筋，这事怕是很难。来的路上吴老师想给二十块，扔下就走，后来想想老怜肯定不会要，那就给十块吧，镇子上的理发店大都是十块，随行就市，这没得说。

理完发，吴老师戴好帽子，掏出十块钱放在桌上，转身就走。

慢着慢着！老怜飞快地找出七块钱来，塞给他。

真是一根筋！吴老师摇摇头，抽出两块来，放到桌上。

老怜将两块钱拿起来，塞给他。你比我小一岁，腊月二十生日，今天腊月二十三，你已经七十周岁了，该付三块。

唉——说什么好呢！吴老师叹口气，慢慢出了理发店。

几个提溜着大包小包衣着光鲜的人，呼呼隆隆进了理发店：老师，我们来看你了！

听到一声"老师"，吴老师的心尖儿就是一颤，他本能地扭头去看，这不是前村的李成还有后村的刘伟他们吗？此刻，他们都在亲热地围着老怜。

可能是自己刚才低着头，又戴着个大帽子——理了发怕冻着，特地戴了个棉帽子，所以学生们没有认出他来。吴老师想。

但心里分明是不得劲。

吴老师扭头就走。今天这发理得，真他……的闹心！

盼 归

曾立力

杀完年猪，祭过灶神，屋里收拾亮堂，年货备置齐，老爹就伫立在村口。眼珠子死盯着大山的那头，傻傻的像根木桩，木桩上不时冒出一股股烟子，飘散在寒风里。

有外出务工的村民，拎着大包小包回来，路过时关切地问一声：老爹，等崽呀？老爹虚虚笑一笑，并不作答。莫名叹口气，一口接一口地叭烟，痴痴看人家匆匆离去。

外出的人，身在城市，根在老家，脸也在老家，混得好也好，不好也好，过年都得回来。老爹掰开手指算，村里外出的人几乎陆续回来了。村里陡然间变得热闹起来，旺了年的气氛。

十多年前老爹一人将儿子拉扯大，五年前儿子外出务工，临走时撂下狠话：爹以后就指望我吧，我赚大钱给爹花！头两年儿子还能按时回，后来就如断线的风筝再没回来。先年说没买到车票，二年说工厂离不开。事不过三，看还有甚理由？老爹闷在心里嘀咕。

往年老爹也是苦等，只是等的时间没这长，等个三两天也就不等了。逢人便说：车费贵，回来一趟纯粹是烧钱，能省就省。不回来也好，我在屋里吃得

333

做得，又没到七老八十，哪用得着他。转脸又说：这宝崽啊！心大，只晓得赚钱。过年上一天班发三天的钱，还有红包得，划是划得来。老板看得他起，就不会讲句好话请个假？父子连心，未必不晓得做长辈的有几想他？钱赚得完吗？你说养崽有什么用？或是拿出儿子寄来的礼品给人家看：都说城里人用的品牌好，金贵得很，你看我哪消受得起？说着说着背过身去悄悄掉眼泪。

平日里老爹这也舍不得，那也舍不得，老惦记着抠钱给儿子讨婆娘。春上猎到头山猪，硬是没舍得吃一口，全都用烟子熏起，留着等儿子回来再吃。说话做事也老走神，炒菜忘了放盐，煮饭忘记淘米，丢三落四的日子过得寡淡，屋里冰冷。

眼看明天就是大年三十，在老爹的望眼欲穿中，山的那头终于出现个小红点，越来越大。一个穿红色太空棉袄的小伙，两手提满满一大堆礼品，东张西望，走走停停。走到老爹跟前放下东西，怯怯地唤声：爹！老爹一愣，随即父子俩抱成一团，热泪盈眶……

老爹擦干净眼泪朗声说：走，回家！儿子便像小时样跟在老爹身后，一前一后走进老屋。屋里仍保持原貌，墙壁上贴满儿子的各种奖状和大小照片。儿子不在时，老爹就靠它打发时光。

儿子回家，屋里多了人气，年味更浓。老爹换上儿子买的新衣服，精神头十足，笑吟吟的，像完全换了个人。

大年三十晚，老爹办了桌丰盛的团年饭，都是些儿子爱吃的食物。父子俩施酒布菜，你敬我我敬你，说说笑笑，有滋有味。对老爹而言：一个年就是一片心！

吃完年夜饭，围坐在火塘旁，边看春节晚会，边守岁唠嗑。老爹酒喝得有点高，不停地叙说着儿子小时的事，并无什么特别之处，无非是些农村孩子大都有过的旧事。

听老爹津津乐道，他也跟着插嘴找回儿时的欢乐与记忆。体会到若不是亲身感受，谁能知晓一个父亲对儿子的爱有多深呢？

都三年了，他想说清原委。可他刚开口就被老爹打断，不是拉他点赞电视里的节目，就是端来碗团圆蛋，催他赶快趁热吃。催得他心里暖和和，眼里泪转转。

他是个孤儿，与老爹同县不同乡。吃百家饭长大，出来打工，拜老爹儿子为师，大伙说师徒俩就像一个模子铸出来的。三年来都是他冒充老爹的儿子，寄钱寄物寄问候的。今年老爹催得急，再不回去，怎么也说不过去。凭着老爹的一张照片，他这冒牌货，忐忑不安地赶来与老爹团圆。刚见面时他还暗自庆幸：老爹老眼昏花，没能认出他来。现在方才明白：那是老爹不愿说破，让人难堪。哪有父亲不认得儿子的呢？瞒得了一时瞒不了一世。想到这，他扑通一声跪倒在老爹跟前。

老爹连忙一把扶起他说，其实他早已知原委。三年前听说儿子不回来，便担担年货寻过去陪儿子过年，没料到寻到的却是个噩耗，顿时只觉得山崩地裂……强忍住巨大的悲痛，将所有的期盼又原封不动地全担了回来。

老爹好强，打断牙齿往肚里吞，回到村里硬是没跟任何人说，人前还装成没事人样。

后来他冒名顶替，老爹哽咽着喉咙说，从那时起他就把他当成了自己的儿子，有了念想。

他和老爹再次紧紧地抱成一团，泪流满面……

显然老爹早有准备，拿出厚厚一沓压岁钱，说：拿着，回去成个家立个业，莫让爹娘盼断肠！我总不能带着它到土眼里去吧？

新年的钟声正在敲响，新的一年已经来临。面对老爹的殷殷期盼，他不忍心说，陪老爹过完年，他还得同许多人一道继续南下！

玉如意

白小川

吴教授是圈子里有名的玉器玩家。

前不久，刚从朋友那觅得了一件玉如意。且看这如意，细腻如丝绸，手法精湛，做工精巧，晶莹剔透，吴教授如获至宝，称这乃是玉中极品。吴教授爱玉，专设一阁楼为玉器收藏室，其中大小精品一应俱全，均是观赏把玩中上品，吴教授亲自将玉如意放在阁中最显眼位置——作为镇阁之宝，并给阁楼取名如意阁。

吴教授好酒，好友，好面子。每每觥筹交错，吴教授就会谈起他的养玉心得，他说玉有好多品德，仁、义、智、勇、洁等，他最欣赏玉的"宁为玉碎，不为瓦全"的气节。谈到他的玉如意时，吴教授就成了艺术家。他喜欢看到别人投来的艳羡的目光，如果友人要求参观他的如意阁，见识一下他的玉如意，吴教授就欣然应允，态度诚恳，强烈邀请，仿佛大有不去参观以后就不能喝酒不能相处之意。可是第二天友人打电话要来参观，吴教授却说，哎呀，很不巧啊，美院里有个会议，离不开。或者说，很不好意思，刚好接到院里通知要去兄弟学院开学术交流会啊……马局长就这样吃了两次闭门羹。

吴教授是当地一所美术学院的著名教授，有名誉，有身份。但是最近，他也犯了难。为啥呢？吴教授唯一的儿子在做生意的时候，涉嫌经济诈骗罪，被刑拘了，吴教授的夫人整日以泪洗面，茶不思饭不想，这可愁坏了吴教授。吴教授只好四处求人打听。人家说了，现在有最新政策要严打经济犯罪。这下更是雪上加霜，吴教授头发一夜间就白了好几根。儿子还年轻啊！

最终还是圈子里的人给吴教授出了个主意。吴教授想了又想，思了又思，痛下决心。他约了马局长到他的如意阁一谈。马局长应约而来，满面春风。却只见吴教授面笑而肉不笑。"马局长，您随便看看吧，说实话我这里从来没有外人来过。"马局长转了一圈又一圈，口里不断地发出赞叹声，精品，都是精品啊！

"马局，咱们长话短说，我儿子的事情，想必你也知道了，还请你帮忙哟！"

马局脸色回归，思忖了下："现在上面有政策，你儿子的事情不太好整啊！"说着将目光全部放在那个玉如意上。

吴教授心领神会，唉，一切都是为了儿子。

儿子平安无事后，吴教授看着那个玉如意曾经在的地方，心里也空了许多。自从那个玉如意归了马局长，如意阁吴教授也就很少去。圈子里每逢聚会的时候，吴教授也不再谈玉，只是闷头喝酒。

回到家话也少了，笑容就更少了。吴教授的夫人就气不打一处来："一件破玉器比我和儿子还重要？整天跟丢了魂似的。"

一天，圈子里的人跟吴教授说："马局的闺女今年报考咱们美院的研究生好像差了几分呢。"吴教授顿了下，义正词严问："差几分？我们美院是严格按照高招规定的。谁敢亵渎教育！"

圈子里的人走后，吴教授心里顿时如寒冰消逝，密集多日的乌云也一并散去，真是因缘际会啊！吴教授的学术地位在美院是数一数二的，各专业的研究生导师都会给吴教授面子，负责招生的更是吴教授的得意门生。随后，吴教授一一打了电话，详细地询问了有关本次招生的事情，像是在安排打一场硬仗。

既然是硬仗就不能给敌人一丝喘息的机会。吴教授打开了窗户，一股子清新的空气吹进来，满屋子都是丁香的味道，雨过天晴真好啊！

可是一直等到开学的时候，也没见什么动静，圈子里的人才跟他说，那个马局的闺女被录取了。吴教授惊闻后百思不得其解，他如意算盘落了空，犹如掉进了十八层地狱一般。

某日，吴教授突然接到姜院长的电话，家中设宴小聚，他也觅得一宝，邀请他去鉴赏。院长的邀请吴教授不敢怠慢，便应邀而到。一进书房就看到院长的书架上摆了一件精美绝伦的玉器，晶莹剔透，玉质细腻光滑，不正是那件玉如意吗！

吴教授心有所悟，心底好似打翻了五味瓶，默不作声，像是找到了丢失已久的孩子。

护林老人

付卫星

这天，他在一片树林里迷了路。

他的大排量摩托车、手机和导航仪都帮不上他，他热切盼望能见到一个活生生的人。

"有人吗？"他近乎声嘶力竭地喊道。

"喊什么？别吓着她。"随着铜质般的声音望去，只见一位护林老人站在林子里。老人高高的个子，六十多岁，目光严厉且有神，古铜色的脸与身后的树干一个颜色，健壮且有质感。

老人朝身后的小道摆摆头说道："跟我来吧。"

他骑上摩托车追上老人，刚想叫声大爷，老人头也不回地说道："把你那电驴子关掉，她闻不了那油烟味！"

他听了心里有点不快。你老伴又没在跟前，这油烟味能呛得着她吗？可他嘴上没说，而是乖乖地推着摩托车跟老人来到他的住处。

老人让他把摩托车停放到门前，领他进屋坐下，又转身去了厨房。只见老人的这间屋子并不大，套间里面有一个土炕，是老人睡觉的地方，旁边放着一部老式电话机，外间有一张自制的小方桌，几个从山上砍来的小木墩，就算是老人的客厅了。

他老伴并没有在屋里，也许在厨房里忙着吧。

过了一会，老人回来了，手里端着两个盛满热水的搪瓷茶缸。老人把其中的一个搪瓷茶缸放到他面前让他喝，说道："今儿你就住我这，明天我送你出山。"

他点头答应，随后又迫切地问道："大爷，您这里有电吗？"

老人说："没有。"

他失望地把手机扔到小桌子上，说道："我的手机早没电了，这可怎么办？"

老人说："你为啥不早说，我能给你充电。"他纳闷，没电怎么来充电？于是他跟着老人一起来到屋外。

老人指着窗台上一块巴掌大的太阳能板告诉他，这是用来为手机充电的。他又指指山坡上另几块更大的太阳能板说，那是晚上用来照明和做饭的。他为老人的环保意识感到惊愕，这让他跟山外的朋友很快取得了联系。

临近中午，他已经饿得肚子咕咕叫，他从摩托车上拿下自己的包，取出一些罐头香肠和矿泉水要与老人分享。不料老人看到这些东西后，脸色一下沉了下来，他冷冷地说道："快把你这些东西收拾起来，全是些垃圾，她也不喜欢这些东西。"

老人又一次提到了她，可他始终没见到她的影子，这让他的好奇心大增。他想问，又不敢贸然开口。

老人要去做午饭，他提出做帮手，老人坚决不同意，说："你坐着就行，别的什么都不要管。"

那天，他第一次品尝到了真正的野味大餐，全是山上来的绿色产品，吃得他是酣畅淋漓，大呼过瘾。

正在这时，老人的电话响了。老人抄起电话一听便大发雷霆，他对着话筒高声叫道："告诉你兔崽子，老子说过多少遍了，你那四个轮的我就是不坐，我自己会走，我再说一遍，她不喜欢那油烟味！"说完，老人果断地挂掉了儿子的电话。

老人气呼呼地坐下来，又转脸对他说："听着，你明天也不准骑那两个轮的电驴子。"

"那我怎么走啊？"他说。

老人朝山下一指说道："坐船！"

他起身朝山下一望，原来山下有一条弯弯曲曲的小河，蜿蜒通向山外。

晚上，老人打开了屋子里的灯，让他和自己一起到里屋的土炕上休息。他这时突然想到老人的那个"她"，便问道："那大娘睡在哪？"

老人怔了怔，然后说："早没了。"

他就更加好奇："那她怎么还怕油烟味？"

"不，是林子。"老人说。

"林子？"老人一口一个"她"，说得那么亲切，原来说的是林子，他不禁又问："林子也会呼吸？"

"怎么不会？"老人用深沉的口吻继续说道，"这林子呀，也是有生命和灵性的，她也会哭，也会笑，她也喜欢洁净清新的空气，她也会讨厌那油烟味。"

他的心仿佛被针扎了一下，他第一次听到有人这样来描述大森林，也为自己以前的一些做法感到脸红。那晚，他与老人并排而卧，闻着老人身上特有的松香味道酣然入睡。

第二天一早，他随老人来到小河边，把摩托车推到小船上。老人说声"坐好"，手中的竹竿轻轻一点，小船便顺水而下。不到半个小时，小船便慢慢靠在岸边，老人指着远处的一条小道说："从这走，你就可以到县城了。记住，下次来，可别再骑这电驴子了，她是不喜欢油烟味道的。"

第二年开春，他果然骑着单车来春游，却没能见到老人。他站在老人的小屋前喊了一声，一位五十岁左右的汉子走过来，说道："喊什么呢，别吓着

341

她！”

他听着耳熟，却不是老人。

汉子说，老人是他父亲，年头为捡游人扔下的垃圾摔下山崖，去世前，坚决要儿子答应他，一定去看护林子。

他随汉子来到老人坟前，深深鞠上一躬，告诉老人，他这次没骑电驴子，请老人安心。